도스토옙스키와
저녁 식사를

도스토옙스키와
저녁 식사를

2025년 12월 22일 초판 1쇄 인쇄
2025년 12월 29일 초판 1쇄 발행

지은이   김영웅
펴낸이   조시현
기 획   정희용
편 집   김병수

펴낸곳   도서출판 바틀비
주 소   서울시 마포구 동교로8안길 14, 미도맨션 4동 301호
전 화   02-335-5306
팩시밀리   02-3142-2559
출판등록   제2021-000312호

홈페이지   www.bartleby.kr
인스타   @withbartleby
페이스북   www.facebook.com/withbartleby
블로그   blog.naver.com/bartleby_book
이메일   bartleby_book@naver.com

ⓒ 김영웅, 2025
ISBN 979-11-91959-45-1 03800

Fyodor Mikhailovich Dostoevsky

유쾌하고 용감한
고전 걸작 읽기 모임 분투기

도스토옙스키와
저녁 식사를

김영웅 지음

바틀비

"인간이란 무엇인가에 대한 물음에 진지하게 화답
하고 싶은 사람이라면 꼭 도스토옙스키를 읽자."

_____ 드림

김새섬(지식공동체 '그믐' 대표)

공감의 감탄사를 속으로 쉴 새 없이 쏟아 내며 책장을 넘겼다. '어! 우리도 이랬는데!' 하는 마음과 '맞아, 맞아. 도스토옙스키 읽다 보면 이런 기분이 들지!' 하는 생각이었다.

　　나는 저자와 비슷한 시기에 도스토옙스키의 작품을 독서 모임에서 함께 읽었다. 같은 모임에서 읽은 것은 아니었다. 나는 온라인 독서 모임 플랫폼 '그믐'에서 10여 명의 회원들과 도스토옙스키 4대 장편을 읽고 오프라인 만남을 가졌는데 그 모임 이름은 '도박사'였다. 도박사는 '도스토옙스키를 읽는 박식한 사람들의 모임'이라는 뜻이며, 우리는 모여서 도박을 하지는 않았다.

　　저자는 '도스토옙스키를 읽는다는 것은 곧 인간이란 무엇인가에 대한 답을 찾아가는 여정'이라고 썼다. 나 역시 그렇게 생각한다. 아마 문학이라는 활동 자체가 그 답을 찾아가는 과정일 텐데, 도스토옙스키는 특히 날것 그대로의 인간 모습을 드러내서 읽는 이가 스스로 관찰하고 성찰하게 만들며 통찰을 준다. 그래서 때로 도스토옙스키 소설을 읽다 보면 불쾌한 기분에 사로잡히곤 한다. 지독하다는 느낌이 든다. '도스토옙스키와 저녁 식사를'에 참여했던 대전의 독자들도, '도박사'의 회원들도 그런 불쾌감을 토로했다. 그런데 이상하게도 그런 불쾌한 캐릭터, 불쾌한 에피소드들이 우리를 사로잡았다. 도박사의 한 회원은 그해 읽은 최고의 책을 꼽는 연말 모임에서 "도스토옙스키 소설들을 읽고 났더니 다른 책들이 너무 시시해 보이더라."라고 말했다.

도스토옙스키가 180년 전에 묘사한 인간 군상은 21세기 한국에서도 바로 어제 본 사람처럼 생생하고 인상적이었다. 『죄와 벌』에서 라스꼴리니꼬프가 내뱉는 어떤 대사는 지금 한국의 은둔형 외톨이가 하는 말이라고 해도 위화감이 없다. '도박사'의 한 회원은 『악령』을 읽으며 과거 한국 대학의 운동권 문화를 떠올렸다. '도스토옙스키와 저녁 식사를'에서는 『노름꾼』의 등장인물들이 요즘 Z세대와 심리가 비슷해 보인다는 얘기가 오갔다.

이 책은 고전의 힘이 이 시대에도 유효하며, 그 힘을 믿는 사람들이 존재한다는 것을 보여 주는 희망의 증언록이다. 평소 도스토옙스키나 여타 고전 독서에 대한 갈망이 있었던 분들에게 이 책을 권한다. '마음만 먹으면 읽을 수 있다. 그리 어렵지 않다. 여럿이 같이 읽으면 더 그렇다'라는 게 이 책의 중요한 메시지라고 생각한다. 또한 이 책은 함께 읽기에 관심 있는 분들에게는 훌륭한 가이드가 될 실용서다. 독서 모임을 직접 운영하고자 한다면 '먹을거리와 장소 선정이 매우 중요하다'와 같은 현실적이고 유용한 조언들을 귀담아들을 수 있다. 작은 지역공동체의 18개월에 걸친 실험과 도전의 기록에 관심 있는 분들에게도 당연히 추천한다.

김희숙(소설가, 라디오 DJ, 유튜브 러시아 문학 채널 '북클럽비바' 운영자)

읽는 내내 흐뭇한 웃음이 났다. 도스토옙스키가 이 책을 보면 뭐라고 할까. 2023년부터 1년 반 동안 한반도 남쪽에서 10명 안팎의 사람들이 모여 그의 작품을 시간 순서대로 차곡차곡 읽었다는 걸 안다면, 문학과 상관없는 직업을 가진 사람들이 각자의 삶을 비추어 보며 『가난한 사람들』부터 『까라마조프 씨네 형제들』까지 모든 등장인물의 마음을 헤아려 보려고 노력한 걸 알면 뭐라고 했을까. 틀림없이 기뻐했겠지. 모일 때마다 비가 와서 작가 탓인 줄 알았다더라, 초기작 4편에서 주인공이 2명이나 정신병원에 가는 결말이라 놀랐다더라고 전하면 아마 흥분하며 만나서 직접 해명하겠다고 나섰을지도 모른다. 그는 항상 독자와 동등한 위치에서 대화하는 작가였으니까. 그러니 식사와 대화로 도스토옙스키를 만나려 한 이분들의 시도는 얼마나 현명한가.

이현우(서평가, 『로쟈의 러시아 문학 강의』 저자)

도스토옙스키 전작을 끝까지 읽어 내는 것은, 좀처럼 엄두를 내기 어려운 일이다. 『도스토옙스키와 저녁 식사를』은 한 독서 모임이 시도한 바로 그 '어려운 일'의 즐겁고 보람찬 결과물이다. 놀랍게도 모임 참가

자들 가운데 러시아 문학 전공자는 1명도 없었고, 심지어 도스토옙스키가 누군지도 몰랐던 분까지 있었다. 하지만 이들은 1년 반 동안 그의 모든 작품을 열성적으로 읽고 토론하며 그 모든 과정을 기록으로 정리해 냈다. 이를 통해 우리는 새삼 알게 된다. 그 '어려운 일'이 사실은 얼마나 즐겁고 기쁜 일인가를!

도스토옙스키를 포함한 러시아 작가들을 강의에서 자주 다루는 전문 강사로서, 『도스토옙스키와 저녁 식사를』과의 만남은 반갑고도 유쾌한 경험이 아닐 수 없다. 공통의 독서 경험이 우리를 하나의 공동체로 만들어 준다는 사실에 기대어 말하자면, 이제 우리는 함께 '도스토옙스키 공동체'에 속하게 되었다. 그의 창작 여정을 음미한 우리는 도스토옙스키가 누군지 말할 수 있고, 다른 이들에게 그의 대표작들을 추천하면서 어느 대목이 읽기 어려운 부분이고 어느 부분이 감동의 절정인가를 알려 줄 수 있다.

혹 당신의 주변에서 "요즘 누가 고전을 읽겠어?" "하물며 도스토옙스키?"라고 냉소하는 이가 있다면, 이 책을 슬며시 꺼내 놓자. "누구든지 도스토옙스키를 읽을 수 있다."라는 말을 덧붙여도 좋을 것이다. 진정으로 우리는 세계 문학의 한 정점이라 할 만한 도스토옙스키를 함께 읽을 수 있다. 도스토옙스키와 함께 웃고 함께 눈물지으며 그와 우정을 나눌 수 있다. 어찌 도스토옙스키에서 그칠까. 함께 읽기를 통해 얻은 자신감을 바탕으로 우리는 또 다른 독서 여정의 닻을 올릴 수도 있을 것이다. 이렇게 덧붙이고 싶다. "저녁 식사는 힘이 세다!"

이 시대에 도스토옙스키를 읽는 이유

인터넷, 스마트폰, 동영상 시대입니다. 텍스트와 영상이 넘쳐납니다. 삶은 점점 편리해지고 있습니다. 이런 시대에 고전문학 독서는 무슨 의미가 있을까요? 더욱이 난해하다고 소문난 러시아 작가 도스토옙스키를 읽는다는 건 무모하진 않을까요? 저도 처음엔 회의적이었습니다. 그런데 놀랍게도 도스토옙스키 작품을 읽는 오프라인 독서 모임을 광고하니 신청자가 12명이나 되었습니다.

시대와 문화의 조류에 휩쓸리지 않는 소수의 사람들은 언제나 존재했다는 사실을 우린 역사로 알고 있습니다. 우리 모임에 신청한 분들도 바로 이런 분들이 아닐까 싶었습니다. 실제로 첫 모임에서 자기소개를 할 때 절반 이상이 빠르고 편리한 시대에 저항하고자, 약간의 강제적인 방법을 동원해서라도 책을 손에 들고 싶어서 참석을 결정했다고 고백했습니다. 그때 느꼈습니다. 아, 이 모임은 지속될 수밖에 없겠구나, 하고요. 그렇습니다. '도스토옙스키와 저녁 식사를' 독서 모임은 이 시대와 문화에 저항하는 속성을 띠며 태동했던 것입니다.

그런데 문제가 있었습니다. '저항은 좋은데, 군이 도스토옙스키여야 하는가?'라는 질문이 남아 있었거든요. 그래서 각자의 신청 동기를 더 들어 봤습니다. 신청자들이 두 부류로 나뉜다는 사실을 알 수 있었습니다. 첫 번째는 도스토옙스키가 누군지 모르는 분들이었습니다. 주로 젊은 연령대에 속한 분들이었고, 그분들은 독서를 경험한 적도 거의 없어 보였습니다. 도스토옙스키를 모른다는 사실에 저는 긍정적인 느낌을 받았습니다. 도스토옙스키를 정직하게 마주할 수 있는 기회라고 생각했기 때문입니다. 두 번째는 이미 도스토옙스키를 읽으려고 수차례 시도했으나 성공하지 못했던 분들이었습니다. 도스토옙스키 독서를 늘 마음 한편에 짐으로 두고 있었는데, 이 독서 모임과 함께라면 정복할 수 있을 거라는 희망으로 오신 분들이었습니다. 저는 이들에게도 긍정적인 느낌을 받았습니다. 도스토옙스키를 반드시 읽어 내고 싶다는 강한 열정이 느껴졌기 때문입니다.

　모두를 만족시킬 모임 과정을 정해야 했습니다. 첫 번째 부류를 위해서는 읽기 쉬운 작품을 선정해야 할 것 같았고, 두 번째 부류를 위해서는 어려운 작품을 골라 함께 읽어 나가는 성취감을 느낄 수 있도록 도와야 할 것 같았습니다. 저는 고심 끝에 도스토옙스키 작품들을 출간순으로 읽어 나가기로 했습니다. 도스토옙스키의 작품은 초·중·후기작으로 넘어가면서 난이도가 상승하고 분량이 점점 증가하는 경향을 보이는데 이렇게 도스토옙스키의 성장 과정이랄까 변천 과정을 함께 따라간다면 모두가 만족할 수 있을 것 같았습니다.

　놀랍게도 1년 6개월의 대장정을 마치고 우리 모임은 총 12편의 중장편과 4편 이상의 단편을 함께 읽어 낸 끈끈한 전우가 되었습니다. 평생 잊을 수 없는 소중한 추억이 되었으리라 확신합니다. 이 책 뒤에 독서 모임 가족들의 소감을 모아 두었으니 꼭 읽어 보시기 바랍니다.

　이 책을 손에 집어 든 독자 여러분은 도스토옙스키가 누군지 이미 풍문으로 알고 계시지 않을까 싶습니다. 아마도 도스토옙스키를 어려운 작품만 잔뜩 쓴 작가로 알고 계시리라 짐작합니다. 그러나 이 책은 바로 여러분과 같은 분들을 위해 썼습니다. '도스토옙스키와 저녁 식사를' 독서 모임 가족들과 1년 6개월을 함께한 역사의 흔적을 여러분에게 공유합니다. 한 작품을 처음 읽고 쓴 감상문(처음 읽기), 다시 읽고 쓴 감상문(다시 읽기), 그리고 함께 읽고 나눈 이야기들이 담긴 감상문(함께 읽기), 이렇게 세 단계를 거쳐 정리된 글입니다. 이뿐만 아니라 독서 모임을 지속하여 얻은 유용한 팁들을 정리하였고, 매 모임에서 나눈 이야기들도 정리했습니다.

　독서 모임 가족 구성원 중 러시아 문학을 전공한 사람은 아무도 없었습니다. 모두가 문학과는 별 상관이 없는 직업을 가진 분들이었습니다. 저 역시도 생물학자이고요. 그러므로 "누구든지 도스토옙스키를 읽을 수 있습니다."라고 저는 모임을 대표해서 자신 있게 말할 수 있습니다. 여러분과 같은 아마추어 문학도가 쓰고 준비한 이 책은 도스토옙스키를 읽고 싶은 여러분에게 하나의 좋은 길잡이가 될 줄 믿습니다. 이 책을 읽고 용기를 내어 도스토옙스키라는 거대한 산맥을 정복하는 과업을 달성해 보시기 바랍니다.

독서 모임을 시작하며

안녕하세요. 김영웅입니다. 여러분들을 만나게 되어 영광입니다. 이렇게 각박한 세상에 200년이란 시간과 러시아라는 공간을 뛰어넘어 고전문학을 읽고 나누는 모임이라니요. 생각해 보면 불가능할 것만 같은 모임이 아닐 수 없습니다. 그러나 이 자리엔 이렇게 저를 포함하여 9명이나 모였습니다. 모두가 다른 이유로 이 모임을 찾은 줄 압니다. 그것이 무엇이든 우리의 만남이 지속되는 가운데 모두가 기대 이상의 열매를 맺길 기원합니다.

이 모임은 기본적으로 한 달에 한 번 도스토옙스키의 작품을 함께 읽고 나누며 저녁 식사를 하는 모임입니다. 6시 정각에 시작해서 8시 정각에 마치는 게 목표입니다. 모임을 잘 이어 나가려면 시간을 잘 지켜야 한다는 게 제가 이런 독서 모임을 다년간 해 오면서 얻은 지론입니다.

그러기 위해 한 가지 요구 사항이 있습니다. 책 한 권 읽고 모임에 나와 "좋았어요." "울림이 있었어요." 같은 두루뭉술한 느낌만 내어놓기보다는 저는 각자가 읽어 온 고유한 감상을 조금은 구체적이고 밀도 있게 나누는 게 이 쉽지 않은 모임의 가치를 높이는 방법이라 생각합니다. 그래서 모임마다 감상문을 A4 반 페이지 이상 자기만의 문장으로 써 오도록 요청할 생각입니다. 말로만 나누는 것보단 글이 함께할 때 그 나눔이 훨씬 더 깊어지고 풍성해진다는 저의 믿음 때문입니다.

감상문이라고 해서 부담 가질 필요는 전혀 없습니다. 자신만의 고유한 감상을 적어 흔적을 남기는 게 목적입니다. 책을 요약할 필요 없습니다. 책을 읽다 보면 읽는 이의 생각과 삶이 공명하는 부분이 반드시 있습니다. 그것들을 머릿속에 가두어 두지 말고 글로 표현해 보는 것입니다. 지금까지 글을 많이 안 써 보신 분들께 아주 소중한 경험이 되리라 믿습니다. 흩어진 생각들이 정리되는 기분은 꽤 느껴 볼 만한 가치가 있습니다.

하지만 이 모임은 글쓰기 수업이 아닙니다. 그러므로 글을 잘 쓰지 못해도 아무 상관없습니다. 자기만의 흔적이 담기기만 하면 됩니다. 물론 원하시는 분이 있다면 제가 글쓰기에 도움을 드릴 수 있습니다만, 이건 어디까지나 선택 사항입니다.

제가 도스토옙스키의 작품들을 읽어 냈던 짧지 않은 시간이 다 이때를 위해서였나 싶은 생각도 듭니다. 책을 통해 얻은 지식과 통찰이 나 자신만을 앞서가게 하거나 높게 만드는 거라면 그건 책의 존재 이유와 가치를 절반만 알고 누리는 행위라 생각합니다. 풍성함이 결핍된 깊이는 뾰족한 창이 되기 쉽고, 깊이가 부재한 풍성함은 뿌리내리지 못한 씨와 같아서 작은 비에도 씻겨 떠내려가기 마련이니까요. 우리 모임은 깊이와 풍성함을 함께 지향합니다.

2023년 9월 예비 모임에서는 고려대학교 석영중 교수가 러시아를 직접 탐방하며 쓴 『매핑 도스토옙스키』를 나누겠습니다. 이 책을 깊이 이해하기 위해선 도스토옙스키 작품들을 많이 읽어야 하겠지만, 매핑이라는 단어에서 눈치챌 수 있듯이 도스토옙스키라는 거대한 숲을 대략적으로 살펴보는 데 아주 좋은 가이드 역할을 해 줄 것입니다. 이 책은 앞으로도 다른 작품들을 읽어 나가면서 지속적으로 들춰 가며 참고해도 좋을 만큼 훌륭한 책입니다. 2년 뒤에 우리의 마지막 모임에도 이 책을 나눌 것입니다. 예비 모임의 목적은 도스토옙스키와 그의 작품들에 대한 소개 정도입니다. 제가 슬라이드를 준비해서 발표하면서 대화를 나누겠습니다. 감상문은 따로 필요 없습니다. 다만, 각자가 어떤 마음가짐으로 모임에 참석하게 되었는지, 앞으로 도스토옙스키를 어떻게 읽어 나갈 생각인지 진솔하게 글로 써 오시길 부탁드립니다. 쓴 글은 단톡방에 모임 하루 전까지 공유해 주세요. 제가 한데 모아 기록으로 남기겠습니다. 마지막 모임 때 다시 읽어 보면 감회가 새로울 거라 확신합니다.

차례

1부 ✦ 초기작
떡잎부터 달랐던 소름 돋는 시선

3부 ✦ 후기작

미완성으로 완성한 5대 장편

『가난한 사람들』

현장 스케치

◈ **날짜:** 2023년 10월 19일 목요일 저녁 6시

◈ **장소:** 어,울림 도서관

◈ **참석자:** 김관장, 수홍쌤, 웅이, 써니, 크리스(발제), 갱이, 별셋맘, 제니, 낙동강, 범이(게스트), 히어로. 이상 총 11명

◈ **특이사항:** 매달 만 원씩 회비로 걷어 모임 시 간단한 저녁 식사와 다과를 함께하기로 함. 도스토옙스키라는 거대한 산을 등반하는 첫 모임으로 그의 데뷔작을 읽고 나눔. 참석자 연령대는 20대 중반부터 50대 후반, 성비는 여성 6명, 남성 5명으로 편중되지 않음. 도스토옙스키라는 이름의 힘인지, 모인 장소가 대전이고 평일 저녁이었음에도 일산, 익산, 부산에서 각각 크리스, 별셋맘, 낙동강 님이 예상치 못하게 참석하셔서 모두 깜짝 놀람. 서울에서 범이 님이 게스트로 참석하심. 참석하기로 했던 홍이 님은 날카로운 칼날에 손가락을 베어 응급실로 가는 바람에 아쉽게도 참석 못 하시게 됨. 시작부터 범상치 않은 모임으로 각인됨. 예비 모임을 가졌던 9월에 이어 또 비가 내림.

★★☆☆☆

들어가며

도스토옙스키를 화려하게 등단시킨 소설 제목이 『가난한 사람들』입니다. 왜 도스토옙스키는 제목을 이렇게 지었을까요? 작품 속엔 두 주인공이 등장합니다. '마까르 제부쉬낀'이라는 중년의 남성 하급 관리와 '바르바라 알렉세예브나'라는 고아가 된 젊은 여성입니다. 둘 다 가난합니다. 무척이나 가난합니다. 물질적으로는 말이지요. 그러나 정신적으로는 두 사람의 가난 사이에 차이가 있어 보입니다. 작품 속에서 그것은 읽고 쓰는 일에 관련된, 즉 문학에 대한 이해도라고 표현할 수 있습니다. 물질적인 가난과 정신적인 가난이 항상 비례하지는 않는다는 것을 우리에게 알려 주고 싶었던 걸까요? 여러분은 두 가난 사이에 어떤 상관관계가 있다고 생각하시나요?

책보다 동영상이 더 흔한 21세기 현재, 책 읽는 사람이 급속도로 줄어듦과 동시에 물질적 가난을 겪는 사람들의 절대적 비율 역시 현저히 줄었습니다. 문명의 발달이 가져온 생활의 편리함이 과연 우리의 마음과 생각을 더 풍요롭게 만들어 주고 있을까요? 저는 부정적인 대답을 하게 됩니다. 물질적 가난이 오히려 정신적 풍요를 가져오는 경우를 저는 수도 없이 목도하고 있기 때문입니다. 이 작품을 읽을 때 드리고 싶은 제안이 있습니다. 물질적인 측면만이 아니라 정신적인 측면에서 가난한 삶을 살아가는 사람의 모습을 함께 생각해 보는 것입니다. 훨씬 더 풍성한 독서를 할 수 있지 않을까 싶습니다.

✦처음 읽기
가난의 조용한 침투력

도스토옙스키의 모든 작품에는 가난한 사람들이 빠짐없이 등장합니다. 그것도 그런대로 먹고살 만한, 이를테면 남들보다 적은 월급을 받고 투덜댄다거나, 으리으리한 저택에 살지 못해 불평을 한다거나, 명품 옷이나 신발을 사지 못해 상대적 박탈감을 느끼며 사는 정도의 가난이 아니라, 아주 찌들 대로 찌든 가난이 자주 묘사됩니다. 그 가난은 가끔 가지지 못한 자들이 가진 자들보다 풍족하게 가지곤 하는 연민, 사랑, 따뜻함 같은 심리까지도 마침내 야금야금 갉아먹고야 마는 강력한 파괴력을 지닌 가난입니다. 옳고 그름과 선악의 경계마저도 어느새 무너뜨려 버리고 마는 그런 가난 말입니다. 적나라할 정도로 사실적인 묘사는 독자에게 혹시라도 남아 있을 조금의 낭만까지도 바짝 말려 버리기 마련이고, 그제야 비로소 소설은 지독한 현실성을 갖게 됩니다. 소설인지 르포르타주인지 착각을 불러일으키는 이 마력은 아마도 도스토옙스키를 읽는, 아니 읽을 수밖에 없는 치명적인 매력일 것입니다.

이 작품은 제목 그대로 가난한 사람들에 대한 이야기이며, 그들의 특별할 것 없는 비참한 일상이 읽기 힘들 정도로 사실적으로 그려져 있습니다. 도스토옙스키는 가난한 사람들을 단순히 부자에게 억눌린 동정의 대상으로 제한하지 않습니다. 가진 자는 가해자, 가지지 못한 자는 피해자, 이런 식의 평면적인 구도는 도스토옙스키에겐 그야말로 '소설'일 뿐입니다. 도스토옙스키의 작품은 너무나 사실적이어서 너무나 입체적이고, 너무나 날것 그대로여서 너무나 깊숙이 폐부를 찌르기 때문입니다. 그는 가난한 사람들도 피라미드의 승자 독식 체제 위에 군림하는 자들과 마찬가지로 죄를 저지르고 음탕하며 탐욕적임을 아주 당연하다는 듯이 묘사하기도 합니다. 특별히 이 작품에서는 가난한 사람들이 어떤 커다란 사건을 포함하는 서사의 배경으로 그치고 마는 게 아니라 전면에 등장합니다. 그렇기 때문에 그의 다른 작품에서보다도 가난한 사람들의 일상과 그들의 심리가 더욱 상세히 묘사되어 있습니다.

더군다나 이 작품은 가난한 중년 남자와 고아 신세의 젊은 여자 사이에서 오가는 애틋한 서간체 소설이기 때문에, 전지적 작가 혹은 1인칭 관찰자 시점에서보다 가난한 사람들의 목소리가 훨씬 더 직접적이고 크게 울립니다. 편지 형식이 확성기 역할을 톡톡히 해내고 있는 셈이지요. 이 작품을 읽다 보면, 어찌 이렇게까지 비참할 수 있을까 하는, 연민과 동정을 훌쩍 뛰어넘어서 어느새 감히 말로는 잘 표현할 수 없는 어떤 처절함에 숨을 고르게 됩니다. 제발 해피엔드로 끝나거나, 차라리 주인공이 죽음을 맞이해서 구구절절한 편지 왕래가 끝나 버리고 어서 빨리 마지막 페이지로 직진했으면 좋겠다는 생각까지 들 정도로 말입니다. 이 작품은 약 200페이지 정도로 짧은 편이라 그나마 다행이었습니다.

또 한 가지 독특한 부분은 두 주인공 사이에서 현저히 드러나는 문학에 대한 관점 차이입니다. 추운 겨울에도 얇은 외투만을 걸치고 다녀야 할 만큼, 심지어 신발이나 단추 하나도 마련하지 못할 정도로 가난에 처한 마당에 무슨 문학 타령이냐고 의아해할 수도 있겠지만, 도스토옙스키는 이 '가난과 문학'이라는 어색한 조합을 자연스럽게 작품 속에서 녹여 내고 있습니다. 석영중 교수가 역자 후기에도 썼지만, 이 작품을 쓸 당시 도스토옙스키의 처지와 문학을 향한 시선이 반영된 결과가 아닐까 합니다.

구멍 난 신발을 신고, 갈아입을 옷 하나 없을 정도의 극도로 가난한 삶을 살아가는 주인공 남자 마까르는 저 위대한 푸시킨의 작품을 폄하하는 반면, 오히려 같은 하숙집 다른 방에 거주하는 삼류 소설가 라따자예프의 작품을 위대하다고 합니다. 그런가 하면, 병약한 여주인공 바르바라는 비록 어릴 적부터 기구한 운명에 처해 본인의 의지와는 상관없이 가난한 처지에 내몰린 고아이지만, 한때 마음을 주었던 한 남자와의 슬픈 인연 덕분에 책에 대한 흥미를 느끼고 어느 정도 교육도 받아 본 사람으로서 문학작품을 분별할 줄 아는 눈을 가지고 있습니다. 두 가난한 사람 사이에도 이렇듯 문학에 대한 관점이 다를 수 있다는 것은 아마도 도스토옙스키가 보여 주려고 했던 가난한 사람들의 일상을, 가진 자들과 정신적으로는 그리 다르지 않은 그들의 일상을 낭만과 과장 없이 표현한 게 아니었을까 싶습니다.

결말에 이르기까지 이 소설에서는 반전은커녕 사건 하나 터지지 않습니다. 다만, 가난 때문에 바르바라는 원하지 않는, 심지어 과거에는 원망하기도 했던 남자와의 결혼을 선뜻 선택해 버리고 말며, 가난 때문에 마까르는 친딸처럼 사랑해 마지않던 바르바라를 그저 보낼 수밖에 없는 안타까운 상황에 처하게 됩니다.

마까르를 통해 가난한 사람들의 모습, 이를테면 어쩌다 돈이 생겼을 땐 기뻐하고 감사하다가도, 돈이 탕진되고 익숙한 가난에 처하면 다시 운명 같은 비굴함과 처참함의 진흙탕 속으로 들어가 조용히 자리 잡고 길들고 마는 모습, 나아가 물리적인 궁핍이 정신적인 궁핍까지 자연스레 이어지는 모습이 그려집니다. 이에 저는 돈이라는 것의 힘과 의미에 대해 생각하며 그저 아무런 답도 없이 먹먹한 감정에 한동안 빠져 있을 수밖에 없었습니다. 특히, 이런 가난의 권세는 너무나도 조용히 사람을 무너뜨리기에 저는 두려움까지 느꼈습니다. 차라리 이 작품 속에서 어떤 사건이라도 터졌으면 더 좋았을 뻔했다고 생각할 만큼 말이지요. 그러면 적어도 가난의 조용한 침투력에 대해 두려워하지 않아도 되었을 테니까요.

그럼에도 읽고 쓰는, 그래서 살아 있는 사람들

초독 때 '가난'에 집중했다면, 재독 땐 '문학'에 주목했습니다. 두 사람 사이의 편지만이 아니라 책이라는 매개체에 저의 관심이 집중되었습니다. 돈이 아닌 책, 경제적 위기가 아닌 문학적 빈곤(역자 석영중 교수가 사용한 단어)으로 저는 이 작품을 다시 읽게 된 것입니다. 제가 주목한 책에 관련된 부분은 세 군데입니다.

첫 번째, 바르바라가 자신의 과거 이야기를 하면서 뽀끄로프스끼의 방을 몰래 찾아가 그가 사들인 책들을 보며 느낀 충동을 묘사하는 장면입니다. 이 장면에서 도스토옙스키는 '광기'라는 단어를 사용합니다. 어떤 한 사람을 마음에 품는 충동적인 순간을 매개하는 것이 책이라니! 그 사람이 읽은 것을 모두 읽고 싶고, 그 사람이 아는 것을 모두 알고 싶은 그 마음. 그래야 비로소 그 사람을 사랑할 수 있을 것만 같은, 이성적으로 설명할 수 없는 그 마음. 아, 이를 광기가 아니면 무엇이라 표현할 수 있을까요? 저는 왜 이런 마음에 공감이 가는 걸까요. 이성 혹은 지성을 대표하는 책이라는 것이 광기 어린 감정의 폭발 장면에 고스란히 쓰이다니요! 책을 사랑하는 저 같은 사람의 마음도, 도스토옙스키의 작품을 모두 읽어 내고야 말겠다는 저의 다짐도 어쩌면 이 '광기'라는 단어를 사용해야 제대로 표현할 수 있는 그 무엇 아닐까 하는 생각이 듭니다.

두 번째, 바르바라가 어머니 옆에서 병간호를 하던 중 뽀끄로프스끼가 빌려준 책을 읽던 소회를 언급하는 장면입니다. 책이란 존재가 영혼 깊숙한 곳까지 침투하여 영향력을 발휘하는 순간을 경험해 본 사람은 공감할 것입니다. 저 역시 한때는 바르바라였습니다. 이전에 알지 못했던 것들을 알게 되며 눈이 떠지는 과정, 그리고 바로 그 눈앞에 펼쳐지는 새로운 세상. 그 순간의 감흥을 저는 감히 기적이라 표현해도 무리가 없다고 생각합니다. 사람은 잘 바뀌지 않는다는 사실을 경험으로 알기 때문이며, 동시에 타의에 강요되지 않은 자발적인 깨달음만이 그나마 약간의 기대를 걸어 볼 만한 가치가 있는 변화의 유일한 길이라고 믿기 때문입니다.

　세 번째, 뽀끄로프스끼의 죽음 직후 그의 아버지가 아들이 소장했던 책들을 마구잡이로 챙기는 장면, 그리고 그렇게 주머니에 넣은 책들이 아들의 관을 싣고 가는 마차를 따라가는 동안 주머니에서 떨어지는 장면입니다.

　"책을 빼앗아 옷에 달린 주머니란 주머니에 모두 쑤셔 넣고, 모자 안에도 넣고, 그 밖에 넣을 수 있는 곳에는 다 넣었다. 그리고 사흘 내내 그렇게 가지고 다녔다. 심지어는 교회에 갈 때조차 책을 손에서 놓지 않았다. 그 며칠 동안 그는 제정신이 아닌 사람 같았다. 바보라도 된 것처럼 비정상적인 분주함을 보이며 관 주위를 줄곧 왔다 갔다 했다. … 옷에 달린 주머니에서는 온통 책들이 비어져 나왔다. 그가 내내 꼭 쥐고 있던 커다란 책은 여전히 손에 들려 있었다. 길 가던 사람들은 모자를 벗고 성호를 그었다. 어떤 사람들은 가던 길을 멈추고 가여운 노인을 놀란 눈으로 바라보았다. 그의 주머니에선 계속 책들이 빠져나와 진흙탕 속으로 떨어졌다. 사람들이 그를 멈춰 세우고 떨어뜨린 물건을 가리켜 보였다. 그는 그것을 주워 들고 다시 관을 쫓아 달렸다.”

이 장면을 읽다가 저는 눈을 감을 수밖에 없었습니다. 머릿속에 그려지는 아버지의 그 처절한 모습이 제 마음 깊숙한 곳을 찌르는 듯한 기분이 들었기 때문입니다. 갑자기 아들을 먼저 보낸 아버지에게 아들이 남긴 책은 과연 어떤 의미였을까요? 책을 사수한다는 건 곧 아들의 명예를 지키는 것과 다름없지 않았을까요? 그런 책들이 진흙탕 속으로 떨어지는 와중에도 그것을 주워 들고 다시 아들의 관을 쫓아 달리는 아버지의 마음을 가득 채우고 있던 건 무엇이었을까요? 모든 걸 잃는다는 건 바로 이런 상황을 가리키는 게 아닐까요? 나중에 아들을 묻고 아버지가 그 책들을 어떻게 다뤘을지 짐작하기란 어렵지 않습니다. 진흙이 묻어 더러워져도, 찢기고 구겨져도 상관이 없었을 것 같습니다. 아버지에게 책은 이미 책을 넘어 아들의 흔적, 아니 아들 그 자체였기 때문입니다.

책은 바르바라의 경우처럼 사람의 마음을 송두리째 사로잡기도 하고, 뽀끄로프스끼의 경우처럼 그 사람 자체를 대신하기도 합니다. 비록 사물이지만 하나의 힘을 가진 존재자로서의 의미까지 가지는 책. 도스토옙스키는 이러한 책의 의미를 그 누구보다도 깊이 파악하고 있었던 듯합니다. 단돈 몇 루블에 인생이 지옥과 천국을 오갈 정도의 궁핍한 삶을 살아가는 사람들에게도 책은 그 삶에 의미를 부여하고 추억이 되기도 하며 그것을 살아 내는 사람의 성장과 성숙을 이끌어 내는 원동력이 되기도 한다는 점을 이 작품이 여실히 보여 주고 있다고 생각합니다.

저는 극빈층에 속한 바르바라와 마까르, 그리고 뽀끄로프스끼의 가난이 아닌 책에 주목함으로써 그들의 '살아 있음'을 볼 수 있다고 믿습니다. 이에 반해, 책 말미에 바르바라와 결혼을 하게 되는 비꼬프는 비록 수중에 있는 돈으로 여유로운 삶을 살 수 있지만 책이 없는 삶을 살며 책을 무시하고 악마화하는 존재로 묘사됩니다. 이는 곧 책이 인간의 삶을 인간다운 삶으로 만들어 주는 힘을 가진다는 점을 보여 주는 도스토옙스키의 장치이지 않았을까요? 가난하지만 살아 있는 삶, 그리고 경제적 여유가 있지만 이미 죽어 버린 삶. 저는 과연 어떤 삶을 살아 내고 싶은 걸까요? 이 질문 앞에서 쉽게 답하지 못하는 이유는 아마도 도스토옙스키가 보여 준 두 가지 유형이 너무나도 극단적이기 때문이기도 하겠지만, 책도 원하고 돈도 원하는 욕심 많은 내가 내 안에 너무 많기 때문이기도 합니다.

함께 ● 읽기
가난의 현실성

저와 함께 이 작품을 읽은 독서 모임 가족들은 한결같이 도스토옙스키의 가난한 사람들에 대한 구구절절한 묘사를 보며 감탄을 연발했습니다. 안타까운 감정을 넘어 처절하다는 표현까지 심심찮게 등장했습니다. 실제로 가난했던 경험이 없으면 절대 쓸 수 없을 듯한 묘사들이 작품을 가득 메우고 있었기 때문입니다. 그뿐만 아닙니다. 겉으로 보이는 가난한 사람들의 생활만이 아니라 그들의 내면에서 진행되는 생각의 흐름, 그리고 자기 자신과 타자와 세상을 바라보는 관점에 이르기까지 도스토옙스키의 적나라한 표현에 우린 입을 다물지 못했습니다. 모임 가족 중 한 분은 실제로 러시아에서 살아 본 경험을 나눠 주었습니다. 덕분에 이 작품 속에서 우리가 상상만으로 떠올린 가난을 사실적으로 느낄 수 있었습니다. 상상력이 현실 경험과 만날 때 생겨나는 입체감은 작품의 이해도를 증진하는 소중한 길잡이가 됩니다.

도스토옙스키가 그린 작품 속 가난한 현실의 배경은 19세기 중반이었고, 아직 농노해방이 이뤄지지 않아 여전히 중세 시대에 걸쳐 있던 러시아제국이었습니다. 그런데 21세기 한국에 거주하는 우리들이 이 작품을 읽고, 함부로 밝히기 꺼려지는 깊숙한 개인사까지 나눌 수밖에 없었던 이유는 무엇이었을까요? 200년이라는 시간의 차이, 러시아와 한국이라는 공간의 차이에도 불구하고 어떻게 작품 속 두 주인공이 주고받은 편지가 이토록 강력한 힘을 가질 수 있었던 걸까요? 아무래도 가난은 시대와 문화를 초월하는 것 같습니다. 그리고 의식주라는 생존에 직결되는 문제를 건드리는 주제는 언제나 힘이 있는 것 같습니다. 특히 이 작품은 가난한 사회 현실을 고발하기보다 그 현실로 인해 희생당한 가난한 사람들의 심리에 좀 더 초점을 맞추고 있기 때문에 사람이라면 누구나 공감할 수 있는 책이라 생각합니다.

모임에서 나눈 대화 가운데 재미있었던 건 두 주인공 관계가 과연 사랑이라고 할 수 있는지에 대한 질문이었습니다. 실제로 갑을논박

이 꽤 치열하게 진행되었습니다. **바르바라는 마까르의 딸뻘입니다. 둘은 먼 친척 관계이기도 합니다. 법적인 문제를 떠나 두 주인공을 과연 연인 사이라고 할 수 있을까요?** 이러한 질문은 핵심을 비껴가는 듯합니다. 하지만 우리는 이 질문을 통해 가난의 힘에 대해서 좀 더 알 수 있었습니다.

바르바라를 향한 마까르의 감정은 사랑이었을까요? 바르바라가 딸뻘이기 때문에 부성애라고 할 수 있을지도 모르겠습니다. 하지만 자녀를 키워 본 적도, 결혼한 적도, 심지어 연애한 적도 없는 마까르의 감정을 부성애라고 할 수 있을까요? 부성애는 상황과 상관없이 남자라면 누구에게나 있는 본능일까요? 혹시 부성애를 가장한 채 한 남자로서 바르바라를 사랑했던 건 아니었을까요? 우리는 연이은 질문들 앞에서 가난의 원인론적인 힘을 다시 발견할 수밖에 없었습니다. 다가서고 싶지만, 사랑을 고백하고 싶지만, 가난 때문에 이미 낮아질 대로 낮아진 자존감과 자신감, 잇따른 자기 비하와 자기 파괴의 악순환을 겪는 마까르를 만든 원인은 아무래도 가난이라고 해야 할 듯합니다.

그렇다면 바르바라는 어땠을까요? 부담스러운 마까르의 사랑을 받는 그녀는 마까르를 그저 먼 친척 어르신으로만 여겼을까요? 작품을 읽어 보면 바르바라는 마까르와는 달리 마까르를 연인으로 대하는 것 같진 않아 보입니다. 연인이라기보다는 은인으로 여기는 것 같습니다. 그녀는 건강이 좋지 않은 데다 마까르보다 훨씬 현실적이고 이성적이어서 가난한 현실로부터 벗어나려고 부단히 애를 씁니다. 마까르를 향한 태도도 소극적입니다. 주는 입장이기보다는 받는 입장이고,

받는 입장에서 예의 바르게 마까르를 대하는 것 같습니다. 연인 간 사랑이라고 하기에는 아무래도 무리가 있어 보입니다. 동병상련 혹은 동정심이라고 표현하는 게 더 적절해 보입니다.

　하지만 이런 바르바라의 모습을 만든 원인 역시 가난이라는 해석은 여기서도 힘을 얻습니다. 바르바라는 가난이라는 원인을 마까르보다 현실적으로 받아들이고 거기서 벗어나는 데 모든 삶의 방향을 맞춘 듯합니다. 그래서 결국 나중엔 자신을 사랑하지도 않고 자기도 사랑하지 않지만 돈이 많다는 이유만으로 다른 남자에게, 마치 이 방법만이 유일한 살길이라는 결론을 낸 것처럼, 결혼을 하게 됩니다. 가난이 바르바라를 현실적인 막다른 골목으로 몰아넣었던 것이지요. 이런 면에서 마까르는 상대적으로 꽤나 낭만적으로 보입니다. 도스토옙스키는 마까르와 바르바라를 통해 어쩌면 가난에 영향을 받는 남녀 간의 차이와 가난을 응대하고 해결하려는 남녀 간의 태도 차이를 보여준 것일지도 모르겠습니다. 어쨌거나 가난은 개인과 개인 사이의 관계 모두에 큰 영향을 미칩니다. **가난에 대한 관찰과 통찰도 놀랍지만, 역시 이 작품의 꽃은 가난 자체가 아닌 가난한 사람들의 심리에 대한 도스토옙스키의 통찰입니다.**

말, 말, 말

가난을 바라보는 시각이 연령대에 따라, 가정환경에 따라, 성별에 따라, 자라 온 여러 경험에 따라 다양하고 다채롭다는 사실을 실감함. 두 주인공의 관계가 사랑인지 연민일 뿐인지, 나아가 사랑과 연민의 관계는 어떻게 되는지에 대한 의외로 진지한 토론이 오고 감. 이 역시 연령대에 따라, 성별에 따라 다르다는 사실이 흥미로웠음.

김관장 고구마를 100개 정도 먹은 것 같은 답답함을 느낀 대목이 있었다. 몸이 아파 자기를 보러 와 달라는 바르바라의 간곡한 부탁을 고집스럽게 거절하는 마까르의 모습이었다. 사람들이 그들 관계를 어떻게 생각할지가 그 이유였다. 이게 말인가, 방귀인가? 사랑하는 여인이 아프다. 그녀는 남자의 따뜻한 방문을 원한다. 마까르의 방문이야말로 바르바라에게는 치료제고 영양제가 된다. 그런데 마까르는 사람들의 평가와 시선을 두려워하고 있다. 타인의 고통보다 자신의 사회적 체면이 중요한 사람인 것 같다. 하지만 마까르와는 반대로 타인의 시선과 평가로부터 자유로운, 사랑 그 자체에 진심인 바르바라에서 참인간의 모습을 본다.

수홍쌤 소설 속 마까르와 바르바라 두 사람의 궁상이 왜 그렇게 짜증이 났을까? …. 둘 사이에 오가는 편지 속 이야기를 보면서 '차라리 둘이 같이 살면 안 될까요? 마까르 씨, 청혼을 하면 어때요?', '바르바라 씨, 당신이 먼저 마까르에게 당신에게 시집 가서 바느질이라도 하면서 살겠다고 하면 안 될까요?'라며 그 두 사람에게 들리지도 않는 말을 얼마나 외쳤는지 모른다. …. 책을 다 읽고 나서 며칠 후부터 두 사람에게 조금 미안한 생각이 들었다. 지금처럼 직장이 있지만 돈이 좀 부족하면 대리운전, 택배, 편의점 아르바이트 등 다른 방법을 찾을 수 있는 시대를 사는 내가 그들에게 1840년대의 러시아 상황도 잘 모르면서 '다른 일이라도 찾아보며 그만 좀 가난하시면 안 될까요?' 내내 속으로 말했던 것, 다시 한번 미안합니다 두 분.

웅이　책을 읽고 봉준호 감독의 영화 「기생충」을 처음 봤을 때와 비슷한 기분이 들었다. 인상 깊게 봤던 장면 중 하나가 반지하 냄새를 언급하는 장면이었다. 오랫동안 반지하에서 지내며 몸에 밴 특유의 냄새는 반지하를 떠나지 않는 이상 해결할 수 없었다. 반지하 냄새는 뭘 해도 벗어날 수 없는 가난의 냄새인 것이다. …. 피해의식 가득하고 하숙비조차 내지 못하는 마까르는 어떻게 바르바라에게 꽃이나 사탕을 사 줄 수 있었을까? 마까르는 자기보다 더 가난한 고르쉬꼬프가 10 코페이카를 빌려달라고 했을 때 20 코페이카를 빌려주기도 했다. 베풂이 가난을 잊게 해 주는 걸까? 나도 베풀며 살아야 할까? 베풀면 이 불쾌함에서 좀 자유로워질 수 있을까?

별셋맘　1996년 2월, 태어난 지 6개월밖에 안 된 아들을 품에 안고 남편을 따라 러시아행 비행기에 몸을 실었다. 밤중에 칠흑같이 어두운 길을 가다 맨홀 뚜껑을 훔쳐 간 '가난한 사람들' 때문에 아기를 안은 채 그 맨홀로 빠져 버린 아빠가 자기 몸을 방패 삼아 아기를 구한 일이 있었다. 공중화장실 좌변기 시트는 죄다 없어져서 어설프게 앉아 볼일을 봐야 했다. 돈이 되는 건 모조리 훔쳐 가는 사람들, 그들이 바로 '가난한 사람들'이었다. 수많은 바르바라와 마까르를 보며 그 동토에서 그들과 함께 먹고 마시던 때가 아직도 눈에 선하다.

제니　편지 형식의 책을 별로 좋아하지 않고 너무 고전적인 문체 때문에 읽기가 좀 힘들었다. 그런데 가난한 남자 주인공의 가난하지 않은 삶의 모습엔 매우 매료되었다. 사람은 물질이 없어서 가난한 게 아니라 가난에 함몰되어서 가난하다는 생각을 평소에 하고 있었기 때문이다. 바르바라에게 선물을 주는가 하면 돈을 빌려달라는 자에게 기꺼이 그 이상을 주는 그의 모습을 보고 그가 과연 가난한 사람일까 생각했다. 그만큼 부요한 이가 없다는 생각이다.

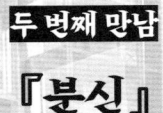

두 번째 만남

『분신』

현장 스케치

◇ **날짜:** 2023년 11월 16일 목요일 저녁 6시

◇ **장소:** 어,울림 도서관

◇ **참석자:** 홍이, 다희, 김관장, 써니, 크리스, 갱이(발제), 제니, 미선(게스트), 히어로. 이상 총 9명

◇ **특이사항:** 전주에서 미선 님이 게스트로 참석하심. 지난달 손가락 부상으로 참석 못 했던 홍이 님이 참석하심. 오프라인으로 참석 못 하셨지만 단톡방에 낙동강 님과 별셋맘 님이 감상문 제출로 함께하심. 크리스 님의 제안으로 저녁 식사 대신 분식 파티로 대체함. 또 비가 내림. 삼세번이라 우연이 아닐지도 모른다는 의견이 등장함. 혹시 도스토옙스키를 읽기 때문인가 싶은 느낌적 느낌이 지배적이었음.

★★☆☆☆

들어가며

먼저 작품 제목을 정확히 짚어야겠습니다. 실제로 제목을 전혀 다른 뜻으로 해석해서 책을 안 읽겠다고 작정한 분들이 있었기 때문입니다. 혹시 이 글을 읽는 독자 중에서도 똑같은 실수를 하는 분이 있지 않을까 싶습니다. 제목 '분신'은 분신(焚身), 즉 '스스로의 몸을 불사르는 자해 행위'가 아닙니다. 분신(分身), 즉 '또 다른 나'를 의미합니다. '도플갱어'라는 단어가 익숙하다면 같은 뜻으로 이해해도 되겠습니다.

　　그렇다면 이 작품 속에는 '또 다른 나'가 등장할까요? 네, 등장합니다. 하지만 이 작품은 호러도 SF도 아닙니다. 물론 저의 해석입니다만, 굳이 장르를 정하자면, 이 작품은 '도스토옙스키' 장르라고 할 수 있습니다. 그만의 문체와 스토리 텔링 방법이 있다고 생각하기 때문입니다. 이 새로운 장르의 가장 중요한 키워드는 '인간'입니다. 그 어떤 도스토옙스키 작품을 펼쳐 보아도 우린 거기서 인간을 발견할 수 있습니다. 우리가 쉬이 지나치거나 묵인하고 넘어가는, 그러나 인간이라면 누구나 가지고 있는 모습을 도스토옙스키는 놓치지 않고 등장인물을 앞세워 담아냅니다. 이 작품에서도 분신의 등장 여부는 그리 중요하지 않습니다. 그 분신이 주인공과 도플갱어인지 아닌지, 독립된 인격체인지 주인공의 환각 혹은 환상인지도 중요하지 않습니다. 만약 그 분신의 실체가 정신 질환에 의한 환각이라고 해도 그렇게 된 원인이 무엇인지 정신분석학적으로 혹은 과학적으로 접근하는 것도 중요하지 않습니다. 우리는 도스토옙스키를 읽고 있지, 프로이트를 읽는 게 아니니까요. 중요한 건 '인간'입니다. 원인론적인 분석은 잠시 접어 두고, 있는 그대로의 모습을 주의 깊게 살펴보기 바랍니다.

✦처음 읽기
분열된, 그리고 이율배반적인

도스토옙스키의 소설을 읽다 보면 등장인물들이 내뿜는 장광설에 휘말려 수백 페이지를 거뜬히 넘기는 활자들의 바닷속에서 길을 잃기 십상입니다. 말로만 듣던 도스토옙스키를 어디 한번 읽어 보겠노라고 굳게 다짐까지 했던 많은 독자가 여러 번의 시도 끝에 또다시 책을 덮는 이유 중 하나도 바로 이 장광설 때문일 것입니다. 마치 전혀 뜻하지 않은 시공간에서 엉뚱한 적을 만나 제대로 싸워 보지도 못한 채 처참하게 패배하고 만 것 같은 당혹감이랄까요? 여기가 어딘지, 이건 누가 말하고 있는 것인지, 나는 도대체 무엇을 읽고 있는 것인지…. 이해할 수 없는 판소리의 향연은 끝도 보이지 않는 파도가 되어 어느새 독자들을 덮쳐 옵니다. 어쩌면 도스토옙스키를 읽는다는 것은 여태껏 그 어느 작가도 데려가지 않았던 당혹감의 세계에 끌려가 살아남는 것일지도 모르겠습니다.

불행하게도, 도스토옙스키가 선사하는 당혹감의 근원은 장광설 말고도 하나 더 있습니다. 인간의 이율배반성, 그것을 날것 그대로, 때론 기괴하게까지 느껴질 정도로 적나라하게 드러내는 등장인물들의 독백, 대화, 행동이 바로 그것입니다. 저 위대한 망치의 철학자 니체도 무언가를 배울 수 있었던 단 한 사람의 심리학자로 도스토옙스키를 꼽을 만큼, 도스토옙스키의 심리 묘사는 탁월하다는 말조차 무색하게 만들 정도인데, 이는 인간 심리의 입체성을 소설이라는 장치를 통해 현실보다 더 사실적으로 보여 주기 때문입니다. 그리고 그 입체성이란 곧 인간의 분열된 의식과 이율배반성에 기반을 둡니다. 동화 속에나 나오는 착한 놈, 나쁜 놈의 평면적인 구분, 혹은 선과 악의 이분법적인 대립 따윈 도스토옙스키의 세계에서는 찾아보기 힘듭니다. 인간은 사실 선하기도 하면서 악하기도 하고, 열등감과 자기 비하에 빠져 있다가도 어느새 오만하고 이기적인 자기애에 심취하기도 하며, 소심하고 우유부단한 사람이었다가도 갑자기 호연한 대장부가 되어 스스로 자기 안의 심리적 붕괴를 극복해 내곤 하는 유일한 존재이지 않나요? 도스토옙스키를 한 번도 읽지 않은 사람은 많아도, 한 번만 읽은 사람은 없다는 말은 아마도 도스토옙스키만의 세계에서 두드러지는 의식의 분열과 이율배반적인 독특한 인간의 심리에 독자들이 깊게 공감할 수밖에 없기 때문이라고 생각합니다.

이 작품은 도스토옙스키의 두 번째 소설입니다. 그의 첫 작품 『가난한 사람들』에 대해 찬사를 아끼지 않았던 벨린스키는 『분신』에 대해서는 혹평을 남겼기로 유명합니다. 안타깝게도 도스토옙스키는 이 작품이야말로 자기를 유명한 작가의 반열에 들게 해 줄 거라고 확신하기도 했지만 말입니다. 과연 어떻길래 두 세기가 지난 오늘날까지도 어쩌면 불명예라 여겨질 수도 있는 이 이야기가 전설처럼 전해지고 있는 것이며, 어째서 그런 오점에도 불구하고 이 작품은 사람들에게 계속 읽히고 있는 것일까요? 이 질문에 대한 답은 앞서 언급한 두 번째 당혹감에 있습니다. 이율배반성과 의식의 분열. 이 작품은 도스토옙스키의 소설 가운데 처음으로 이 두 가지가 본격적으로 등장인물을 통해 발현되는 작품이기 때문입니다. 물론 『가난한 사람들』에서도 남자 주인공을 통해 그런 모습을 간간이 보여 주기도 했지만, 작품의 중심축을 이룰 만큼 무게를 두지는 않았습니다. 그러나 이 작품에서는 제목에서부터 알 수 있듯, 분열된 자아와 이율배반적인 인간의 심리가, 환상이 환상인지도 모를 만큼 심각한 정신병에 걸린 주인공에게서 리얼하게 드러납니다.

　이 작품 속에서 나타나는 분열의 방향은 결국 정신병원을 향합니다. '합일'을 위한 수단 혹은 과정으로 사용될 수 있는 '분열'이 심화되어 '자기 파괴'로 나타나게 됩니다. 주요 등장인물은 단 한 사람이라고 볼 수 있는데, 그는 9등 문관, 즉 하급 관리 신분으로 살아가는 뻬뜨로비치 골랴드낀이라는 한 중년 남자입니다. 저자는 느닷없이 책의 앞부분에서 골랴드낀이 아침에 일어나 정신 산만하게 생각하고 행동하는 모습, 그리고 의사를 만나 그 앞에서 쭈뼛쭈뼛하며 한 문장도 제대로 속 시원하게 내뱉지 못하는 답답한 모습을 보여 주는데, 책을 다 읽고 난 이후 다시 돌아가 보면 그 장면의 의미를 비로소 이해할 수 있습니다. 작품의 초반부터 주인공이 뭔가 이상한 증상을 보여 주다가, 작품이 진행되면서 그 증상이 점점 심해지고, 작품의 끝에선 주위 사람들에 의해 정신병원으로 강제 수송되는 장면으로 마무리되는 것으로 보아 우리의 주인공 골랴드낀에게 정신 질환이 있었음을 비로소 알게 되는 것이지요. 그와 모든 면에서 너무도 똑같은 인물, 즉 그의 '분신'이 등장하는 시점은 그의 정신병 증세가 급격히 심각해지는 계기로 이용됩니다. 끝내 골랴드낀은 환상까지 보게 된 것이지요.

작품 중간에서는 골랴드낀이 정신병을 앓고 있다고 추측만 할 수 있을 뿐인데 작품의 마지막 페이지에 가면 확실해집니다. 아마도 도스토옙스키는 이 점을 일부러 치밀하게 계획하지 않았을까 짐작해 봅니다. 벨린스키를 비롯한 비평가들의 혹평에도 불구하고 이 작품을 공개하기 전 도스토옙스키는 소위 '예상치 못한 반전'으로 사람들을 놀라게 해 줄 수 있다는 생각에 혹시 들떠 있지는 않았을까요? 이런 생각을 하노라면 마음 한편에선 조금 안쓰러운 기분마저 듭니다. 물론 결국 나중엔 누구도 흉내 낼 수 없는 대작가로 자리매김을 했지만 말입니다. 이 작품은 혹평에도 불구하고 중요한 가치를 지닙니다. 골랴드낀으로 보여 준 인간의 분열된 의식과 이율배반성은 그의 후기작들에서 얼마나 탁월하게 묘사되어 있던가요!

골랴드낀, 인간의 다른 이름

서사의 부재는 종종 묘사의 풍요로 발현됩니다. 하지만 그런 작품을 읽어 내기란 버거울 때가 많습니다. 특히 소설만의 고유한 매력, 즉 흥미진진한 스토리 텔링을 기대한 독자에겐 커다란 실망을 안겨 줄지도 모릅니다. 책장을 넘겨도 넘겨도 여전히 제자리인 것 같은 기분이랄까요? 이 작품의 경우 차라리 풍성한 묘사로 외부 환경, 이를테면 아름다운 자연이나 여행지의 풍경, 혹은 다양한 사람들의 일상을 풀어냈다면 완독하기가 좀 더 수월했을 것입니다. 그러나 이 작품은 무참히 그런 기대를 저버립니다. 시종일관 '골랴드낀'이라는 한 사람의 내면을 조명하기 때문입니다.

　설상가상으로 골랴드낀은 결코 만만한 상대가 아닙니다. 특히 도스토옙스키의 문체에 익숙하지 않은 독자라면 책을 절반도 넘기지 못한 채 덮어 버릴지도 모릅니다. 정신분열증 환자 내면의 속삭임과 좀처럼 이해할 수 없는 그의 행동으로 가득 찬 250페이지짜리 중편소설이라니요! 게다가 골랴드낀은 처음부터 끝까지 정신분열증 환자라는 딱지를 명확하게 달고 나오지 않습니다. 그렇기 때문에 독자는 그의 분신(작은 골랴드낀)이 현실에서 실제로 존재했는가, 하는 질문에서 완전히 자유롭지 못한 상태로 마지막 장까지 전진해야 합니다. 실로 지난한 여정이지요. 더군다나 무엇 하나 똑바로 얘기하지 못하는 주인공의 우유부단하고 답답한 말투와 더불어, 자기 자랑과 자기 비하,

오만함과 열등감 사이를 시시때때로 오가는 주인공의 심리 상태를 따라가고 있노라면 섬뜩하다가도 울화통이 터질 것 같기도 하고 또 한편으론 너무 불쌍해서 동정심으로 마음이 가득 차기도 하기 때문에 큰 서사가 없는 이 중편소설을 끝까지 읽어 내기란 결코 쉬운 일이 아닙니다.

요컨대 '분신'은 독자를 좀처럼 헤어 나올 수 없는 늪에 빠뜨리는 마력을 가진다고 할 수 있겠습니다. 제목에서도 알 수 있듯, 이 작품 속에는 주인공 골랴드낀의 분신이 등장합니다. 그와 이름도 생김새도 똑같습니다. 그는 작은 골랴드낀이라고 표현됩니다. 작품을 읽어 나가는 중이나 다 읽고 나서도 여전히 이 작은 골랴드낀이 실제로 독립된 인격체인지 아닌지 확신할 수 없도록 도스토옙스키는 이 작품을 열어 놓습니다. 독자들이 개입하여 마음껏 해석할 수 있는 여지를 이런 식으로 마련해 두었다고 어설프게나마 짐작해 봅니다. 그러나 분신이 실재했는지 아닌지에 초점을 맞출 필요는 없습니다. 분신이 환각에 의한 환상이었다면 의심할 나위 없이 골랴드낀을 정신분열증 환자라고 진단 내릴 수 있겠으나, 작은 골랴드낀이 실재하는 독립된 다른 인격체인데 자기의 분신이라고 혼자서 착각했다 하더라도 큰 골랴드낀을 환자라고 진단하기엔 마찬가지로 부족함이 없어 보입니다.

작은 골랴드낀은 큰 골랴드낀과 단둘이 대화할 뿐 아니라 큰 골랴드낀의 지인들과도 관계를 맺으며 큰 골랴드낀의 일상 곳곳에 침투하여 현존할 뿐 아니라 사사건건 좋은 것을 가로채고 큰 골랴드낀을 난처하게 만든다는 점에서 독립된 인격체로 충분히 생각할 수 있습니다. 그러나 어찌 세상에 모든 것이 나와 똑같은 사람이 존재할 수 있을까요? 그리고 어찌 그런 인격체가 느닷없이 나타나 내가 가는 모든 곳에, 마치 무소부재한 신처럼 존재하고 모든 일에 관여할 수 있을까요? 무엇보다 어찌 그렇게 갑자기 나타난 독립된 다른 인격체가 나를 훤히 들여다볼 수 있으며, 어찌 그는 내가 가지지 못한 것 혹은 내가 되고 싶은 모습, 즉 나의 여집합으로 이뤄진 존재일 수 있을까요? 이런 면에서 작은 골랴드낀은 큰 골랴드낀이 만들어 낸 환상 속 분신으로 해석할 수 있습니다. 둘 중 어느 쪽이든, 마지막 페이지에서 정신병원에 끌려가는 상황에서조차 큰 골랴드낀은 작은 골랴드낀을 보고 인지한다는 점에서 우리의 주인공이 겪은 정신적인 문제가 심각했음을 인정할 수밖에 없습니다.

재독하면서 한 가지 새롭게 해석하게 된 부분이 있습니다. 정신병원으로 호송되는 마차 안에서 끝까지 큰 골랴드낀은 작은 골랴드낀을 보지만, 작은 골랴드낀은 결국 사라져 버린다는 점입니다. 이를 정신분열증이 호전되리라는 희망의 신호로 굳이 확대해석할 필요까지는 없겠지만, 저는 연민의 마음으로 그저 바라게 됩니다. 그의 앞날에는 분신 따위는 보지 않는 상태가 지속되길 말입니다. 하지만, 하필 분신이 사라지는 순간이 정신병원으로 끌려가는 중이었다니요! 하루만 더 빨랐다면 정신병원에 끌려가지 않아도 되었을 텐데 말입니다.

초독 때와는 달리 재독 땐 골랴드낀을 타자로만 보지 않았다는 점도 제겐 흥미로운 점이었습니다. 섬뜩하지만 저는 골랴드낀의 모습에 제 모습을 투영시켜 보았던 것입니다. 그러면서 다음과 같은 사고 실험도 해 보았습니다. 하루 종일 저를 주인공으로 삼아 촬영하는데, 저의 말을 녹음하지 않고 대신 제 마음에 스피커를 달아 녹화를 하면 어떤 모습일까, 하고 말입니다. 어렵지 않게 저는 그 모습이 골랴드낀의 모습과 그리 다르지 않을 거라고 생각했습니다. '나 역시 합리화라는 도구를 사용하여 나 자신을 정상 인간 범위 내에 유지하려고 애쓸 뿐, 정반대되는 두 입장을 물 흐르듯 오가며 살아가지 않는가!', '나 역시 이 정도면 괜찮지 않냐고 자족하다가도 한순간에 이것밖에 안 되는 놈이라고 여기지 않는가!', '그렇다면 정도만 다를 뿐 나도 '골랴드낀'이라고 불러도 마땅하지 않겠는가!' 하고 말입니다.

　이 정신분열증 환자의 이야기가, 겉으로는 읽기 어려워 보이지만, 의외로 술술 읽혔던 이유도 어쩌면 저와 여러분 모두 또 다른 골랴드낀이기 때문이 아닐까 생각해 봅니다. 초독 때보다 재독 때 골랴드낀이 더 친근하게 느껴지는 이유 역시 이 연장선에 있을지 모르겠습니다. 그리고 이런 이유로 골랴드낀은 인간의 보편성을 대변하는 하나의 이미지로 해석할 수 있고, 분신은 우리 모두의 내면에 있는 분열된 자아로 해석할 수 있습니다. 골랴드낀은 인간의 다른 이름일 수 있습니다.

모임에서 가장 많이 회자되고 모두가 공감했던 화제는 크게 두 가지였습니다. 하나는 작품이 정말 읽기 힘들었다는 것. 다른 하나는 나도 골랴드낀이라는 것. 알고 보니 우린 모두 골랴드낀이었습니다. 누구는 골랴드낌, 또 누구는 골랴드갱, 또 다른 누구는 골랴드강…. 골랴드낀의 다른 이름은 '인간'이었던 것이지요.

골랴드낀의 의미를 '타인의 시선에 맞춰 살아가는 인간'으로 해석하는 의견이 모임에서 꽤 지배적이었습니다. 따라서 골랴드낀에 대한 동정 어린 마음이 들 수밖에 없었습니다. 우리 모두가 어느 정도는 그렇게 살아가고 있기 때문입니다. 골랴드낀의 머저리같이 불쌍한 모습을 목도하고 피식 웃으며 측은함을 느끼는 동시에 우린 자신의 모습을 들킨 것만 같아 가슴이 뜨끔하기도 했습니다. 모임 가족 중 한 분은 골랴드낀에게 짧은 편지까지 쓰며 깊은 연민을 전하기도 했습니다. 어찌 이리도 도스토옙스키는 인간의 심리를 깊이 이해할 수 있었던 것일까요. 200년 전의 러시아 작가가 이리도 나를 잘 해부하고 있다니요!

우리는 여기에서 그치지 않았습니다. **골랴드낀을 만든 배경에 대해서 묻고 답을 해 보는 시간도 가졌습니다. 골랴드낀의 정신분열적인 성향을 골랴드낀의 개인 문제로만 축소하는 건 바람직하지 못하다고 입을 모았습니다.** 그렇게 하면 아무런 문제도 해결하지 못한다고 생각했습니다. 있는 그대로의 자기 모습이 아닌 타인의 시선에 맞춰야만 생존할 수 있는 사회에 대해서 우린 깊은 한숨까지 쉬며 이런저런 대화를 나누었습니다.

정신분열증의 다른 이름은 조현병입니다. 조현(調絃)이란 현악기의 줄을 고른다는 뜻으로, 조현병은 뇌의 신경 구조 이상으로 마치 현악기가 제대로 조율되지 않은 것처럼 혼란을 겪는 상태, 즉 제대로 조율되지 못한 정신 상태를 의미합니다. 우리는 이 작품을 다음과 같이 읽을 수 있었습니다. 조현병은 마음을 제대로 조율하고 싶어도 그렇게 놓아두지 않는 사회적 압박으로 인해 조율이 망가진 상태라고요. 나아가 우리 주위에 실재하는 조현병 환자들을 이전과 다르게 바라보는 눈을 뜬 것 같았습니다. 개인의 문제만이 아닌 그렇게 만든 사회적 문제까지 고려해야 한다는 사실을 우리는 뉴스나 강의나 인문학 서적이 아니라 놀랍게도 소설 덕분에 알게 되었습니다.

그뿐만 아닙니다. 우리 모두가 골랴드낀이라는 고백은 우리 모두 병원에서 진단을 받지 않았을 뿐 증세가 미약한 조현병 환자일지도 모른다는 말과 같았습니다. 하지만 이 말을 거꾸로 해석하면, 모든 사람이 분열적인 성향을 조금씩은 띠고 있다는 말이 됩니다. 그리고 그런 상태를 우리는 정상이라는 단어로 표현하고 있지요. 우리 안엔 여러 자아가 있습니다. 자아가 성장 및 성숙을 거치는 과정에서 자연스레 일어나는 현상입니다. 우리는 이런 상황에서 페르소나라는 단어도 사용하게 됩니다. 여러 다른 상황에서 조금씩 다른 모습을 보이는 것은 이상한 게 아닙니다. 그 여러 자아 혹은 페르소나의 간극이 얼마나 큰지가 사람마다 다를 뿐이지요. 독서 모임 가족 중 한 분은 이러한 점을 통찰하며 다음과 같은 짧은 글을 남겼습니다. 이 장은 이 글로 마무리 짓겠습니다. 다시 읽어도 참 건강하고 아름다운 글이라고 생각합니다.

"그러므로 나는 이렇게 답해 볼 수 있을 것 같다. 가장 나답게 사는 삶이란, 날마다 만나는 낯선 나를 끌어안는 삶이라고. 그런 낯선 나를 조금은 너그러이 대하는 삶이라고. 오늘 처음 만나는 내 안의 낯선 나도, 바로 나 자신이다. 그러니 그 낯선 나를 가장 먼저 사랑해 줘야 할 존재도 바로 나 자신이다. 그래, 우리 앞으로 잘 지내 보자, 나의 분신아!"

말, 말, 말

토론 하이라이트

처음엔 정신분열증 환자로 등장하는 주인공 골랴드낀을 향한 두려움과 연민이 혼재된 나눔이 지속되었으나, 시간이 갈수록 골랴드낀에게서 자기 자신의 모습을 발견하게 되었고 자연스러운 일반화 과정을 거쳐 인간의 본성까지 생각해 보는 기회가 되었음. 정신분열증 환자와 정상인의 경계가 얼마나 선명한 것인지 진지하게 생각해 봄.

갱이　나는 사실 작품 속 주인공이 '또라이'라는 이야기를 듣고 '진짜 얼마나 미쳤길래?' 하는 마음으로 책을 펼쳤다. 그런데 실망이었다. 이렇게 친근할 수가. 인정하고 싶지 않지만 골랴드낀 속에는 다름 아닌 나, '골랴드갱'이 있었다. … 나도 타인의 시선에서 자유롭지 못한 편에 속하는 사람이다. 결국 스스로가 만든 '분신'이라는 환상 속에서 '진정한 나'를 잃어버리고 마는 것이다. 아, 이 세상에 얼마나 많은 '골랴드낀'이 존재할까?

크리스　자신은 보잘것없는 사람이라는 것을 안타까워하지도 않고, 오히려 보잘것없는 자신을 자랑스러워한다고 당당하게 말하는 골랴드낀. 하지만 현실의 나, 남에게 보이는 나, 내가 원하는 나 사이에서 불안해하다가 분열하고, 파괴된다. … 후진 나를 인정하는 것, 자신이 처한 상황을 그대로 안고 살아가는 것도 진정한 성숙과 용기이다.

홍이　이해하려 애쓰지 않았음에도 그에게서 알 수 없는 동질감 같은 것이 느껴졌다. 교묘하고 치사한 방식으로 성공을 이룬 친구들을 향해 나는 저들과 다르다며 누구보다 정직한 사람이라 스스로를 자랑스러워하다가도 그들을 부러워하며 질투심에 배 아파하지 않았던가. 때로는 스스로를 속이고 반박하지 못할 여러 가지 이유를 대서 나의 행동을 정당화하지 않았던가. 사실은 지독히도 그런 사람이면서, 나는 그런 사람이 아니라고 스스로 믿고 남들도 그렇게 믿도록 만들기 위해, 얼마나 많은 위선을 행했는가. 인간이 원래 이 모양이라는 것을, 통제

불능이라는 것을 인정할 수밖에 없는 현실이 쓰다. 골랴드낀을 통해
이번에도 인간을 알아 간다.

김관장 골랴드낀을 닮은 나는, 그리고 무수한 골랴드낀 같은 사람들 틈바구니에서
살아가야 하는 나는 앞으로 어떻게 살아야 할까? 거울을 보는 골랴드낀의
모습에서 힌트를 얻는다. 내가 혹시 괴물로 변해 가고 있지는 않은지
나를 끊임없이 성찰하는 일, 또 다른 골랴드낀들을 만나면서 내 속에
저 모습은 없는지 나를 꾸준히 돌아보는 일을 게을리하지 말아야겠다.
그리고 삶 자체가 모순덩어리이고 하루에도 수없이 이랬다저랬다 갈피를
잡지 못하는 가련한 나 자신과 주위의 골랴드낀들의 모순을 끌어안고
살기. 그래서 이전보다 조금은 더 나와 타인의 모순에 대해 너그러워지기.
이것이 골랴드낀이 다른 골랴드낀들과 더불어 사는 삶이 아닐까 생각해
본다.

「백야」, 「약한 마음」

현장 스케치

◇**날짜:** 2023년 12월 14일 목요일 저녁 6시

◇**장소:** 어.울림 도서관

◇**참석자:** 홍이, 다희, 김관장, 수홍쌤, 써니, 크리스, 갱이, 제니, 선영(게스트), 히어로. 이상 총 10명

◇**특이사항:** 광명에서 선영 님이 게스트로 참석하심. 써니 님이 거금을 찬조해 주셔서 연말 파티를 겸해서 모임. 「백야」만이 아닌 같은 책에 담긴 다른 단편들도 함께 나눔. 총 7편의 작품 중 각자 마음에 드는 3편을 골라 읽고 나눔. 또 비가 내림. 그래서 도스토옙스키 모임 땐 비가 내린다는 공식이 생김.

★☆☆☆☆

「백야」로 들어가며

『가난한 사람들』, 『분신』을 뒤로하고 도스토옙스키는 시베리아 유형 (流刑)을 가기 전 여러 단편소설을 남깁니다. 지면이 무한을 허락하지 않으므로 이번 장에선 「백야」와 「약한 마음」이라는 두 작품만 소개할까 합니다. 「백야」의 남자 주인공은 『가난한 사람들』의 남자 주인공 마까르와 어딘지 모르게 닮은 구석이 많은 반면, 「약한 마음」에 등장하는 남자 주인공 바샤 슘꼬프는 『분신』의 주인공 골랴드낀과 겹치는 부분이 많습니다. 후자의 경우, 두 주인공 모두 작품 마지막에 정신병원으로 호송된다는 점만 봐도 대충 어떤 의미인지 감을 잡을 수 있으리라 생각합니다.

✦처음 읽기
가장 순정적인, 도스토옙스키의 초기작

「백야」는 지금까지 읽어 왔던 도스토옙스키의 작품 중 가장 순정적이고, 가장 신파조에 가까울 정도로 통속적이며 평이한 소설이 아닌가 싶습니다. 1845년, 도스토옙스키가 24세가 되던 해에 대대적으로 성공을 거두며 자신의 이름을 러시아 전역에 알리게 되는 작품 『가난한 사람들』이 발표되었고, 이 작품 「백야」는 1848년에 발표되었으니, 첫 소설 이후 3년 만에 쓰인 소설인 셈입니다.

1인칭 주인공 시점으로 쓰인 이 단편소설에는 『가난한 사람들』의 흔적이 짙게 남아 있습니다. 눈에 띄는 공통점은 둘 다 가난, 사랑, 문학을 다루었다는 것, 숨은 공통점은 도스토옙스키 특유의 장광설 속에 숨어 있는 인간 본성과 심리에 대한 통찰이라고 할 수 있습니다. 특히 '나'라고 소개되는 이 작품의 주인공은 『가난한 사람들』의 마까르와 유사한 데가 많습니다. 나이 어린 한 여자를 순정적으로 사랑하는 모습이 그렇고, 그 사랑이 끝내 이루어지지 않는다는 점도 닮았습니다. 나아가, 사랑은 이루어지지 않았지만 주인공이 비뚤어지지도 않고 끝까지 순정을 간직한다는 점도 닮았습니다. 이 정도면 한 가난한 남자의 순애보라는 생각도 듭니다.

단순히 가난한 남녀의 이루어지지 않는 사랑을 그린 이야기라면 3류 소설로 치부할 수도 있습니다. 이 작품은 그런 소설들과 질적으로 다릅니다. 단순히 감성 팔이나 섹슈얼리티에 초점을 둔 하룻밤의 불꽃놀이 같은 이야기와는 하등 관계가 없기 때문입니다. 오히려 이 작품을 읽을 때는 두 사람의 순애가 아니라 그 이면에 흐르는, 적나라함과 통속이라는 탈을 쓴 인간의 본성 및 심리의 탁월한 묘사와 통찰에 초점을 맞춰야 한다고 생각합니다. 비록 가난하지만 무식하지도 무지하지도 않고, 자기 나름대로 주관도 가지고 있으며, 퇴폐적인 냄새가 스멀스멀 올라올 정도로 자기만의 우물 안에 갇히지도 않아 자신의 현재 좌표를 객관적으로 인지하고 있는 주인공을 그의 말과 행동을 통해 잘 그려 낸 작품이기 때문입니다. 그는 몽상가라고 자신을 소개하지만, 석영중 교수가 '작품 해설'에서 지적하듯이 그는 몽상가가 아닙니다. 자신이 약하다는 사실을 아는 사람은 약하지 않지요. 마찬가지로 자신이 몽상가라는 사실을 아는 사람은 결코 몽상가로 머무르지 않습니다.

이 짧은 소설은 도스토옙스키의 초기 작품이 궁금하다면 꼭 읽어 봐야 하는 작품이라 생각합니다. 도스토옙스키의 고유한 문체와 매력이 살아 숨 쉬고 있기 때문에 가볍게나마 그 맛을 보고 싶은 사람은 한두 시간 정도 시간을 내어 이 작품을 읽어 봐도 좋겠다는 생각입니다.

함께 ● 읽기
환상과 현실의 간극

『가난한 사람들』의 남자 주인공 마까르 제부쉬낀과 「백야」의 화자가 비슷하게 느껴지는 이유를 한 단어로 압축하라고 하면 '낭만'이라고 할 수 있습니다. 물론 정도는 다르겠지만, 외형적인 면에서 두 주인공은 모두 가난하고, 한 여자를 마음에 두고 있습니다. 그 여자 주인공 역시 가난합니다. 가난한 처지의 두 남녀 간 관계가 작품의 기본적인 이야기를 이루고 있습니다. 또한 여자보다는 남자가 좀 더 관계에 목을 매고 있는 것 같아 보인다는 점, 그리고 결국 여자는 다른 남자를 선택해 버리고 만다는 점이 공통점입니다. 이런 면에서 보면 두 작품은 모두 선택받지 못한 남자의 이야기라고 볼 수 있습니다. 그래서 조금은 측은한 마음이랄까, 연민이랄까 하는 감정이 생겨나는 건 당연할지도 모릅니다.

독서 모임에서 진행된 나눔도 남녀 관계에 초점이 맞춰졌습니다. 특히 나스쩬카가 만약 결혼하게 된다면 그 상대가 그녀가 오랜 시간 기다리던 하숙집 남자이면 좋을지, 아니면 백야 가운데 운명처럼 만난 작중 화자이면 좋을지에 대해 의견이 분분했습니다. 재미있게도 기혼자와 미혼자의 의견이 갈렸습니다. 미혼자들은 하숙집 남자를 선택한 반면, 기혼자들은 작중 화자를 선택했습니다. 나스쩬카는 하숙집 남자를 선택합니다. 기혼자의 입에서 "에효, 그러면 안 되는데….''라는 걱정의 말들이 쏟아져 나왔습니다. 미혼자의 입에서는 "당연하지. 나도 그랬을 거야.''라는 공감 어린 말들이 나왔습니다.

실제로 나스쩬카는 이렇게 말합니다. "저는 당신이 저를 사랑하지 않아서 좋아요.'' 그리고 다음과 같은 말도 서슴없이 합니다. "당신과 그 사람을 비교해 봤어요. 어째서 그 사람은 당신이 아닐까요? 어째서 그 사람은 당신 같지 않을까요? 비록 그 사람을 더 사랑하지만, 그 사람은 당신만 못해요.'' 아… 이럴 수가…. 독서 모임 중 한 20대 청년은 이 문장을 '망언'이라고 표현하더군요. 저는 전적으로 공감이 되었습니다. 망언과도 같은 이 말을 여러분이 직접 들었다면 기분이 어땠을까요? 저 같았으면 정말 가슴이 찢어지고 무너지고 조각조각 파괴되었을 것 같습니다. 이 대사만 봐도 나스쩬카의 남자 주인공을 향한 태도를 어렵지 않게 짐작할 수 있으리라 생각합니다.

연애와 결혼의 간극이랄까요? 환상과 현실 사이에 난 경계라고나 할까요? 갑자기 떠나 버리고 여자를 애타게 기다리게 만들다가 결국 약속 시간에 나타나지도 않은 '나쁜 남자'를 선택하고야 마는 건 결혼을 경험해 보지 못한 청년들의 한계인 걸까요? 반대로, 그리 불꽃이 튈 정도로 끌리진 않지만 여자에 대한 깊은 연민과 자상함으로 무장한 작중 화자를 선택하는 건 결혼 생활 유경험자들의 연륜인 걸까요? 환상은 현실이 될 수 없는 걸까요? 환상인 줄 알면서도 그걸 선택할 수밖에 없다는 입장도 있었습니다. 참으로 이상하지요? 어쨌거나 인간은 이 두 상반된 입장을 모두 거쳐야만 하는 걸까요? 이 모순, 인간의 숙명인 걸까요?

진지한 대화도 오갔습니다. 연민과 사랑에 대한 비교는 작품 속 남녀 관계의 이면을 관찰하게 도와주었습니다. 그들의 관계는 연민일까요, 사랑일까요? 한 걸음 더 나아가, 연민은 사랑일까요? 아니면, 사랑은 연민일까요? 둘 중 하나가 더 큰 범주라면 어느 것이 어느 것을 포함할까요? 우리는 사랑하지 않아도 연민을 품을 수 있습니다. 그렇게 연민을 품는 대상을 사랑한다고 할 수 있을지는 잘 모르겠습니다. 다툰 후 사랑하는 연인의 축 처진 뒷모습을 볼 때 가슴이 무너지는 건 아마도 연민이라는 감정 때문일 것입니다. 그걸 사랑이 다시 싹튼다고 표현하기도 하지요. 이분법으로 딱 잘라서 말하기엔 어려운 일 같습니

1부 초기작 + 떡잎부터 달랐던 소름 돋는 시선

다. 여러분은 어떻게 생각하시나요? 작품을 읽고 나스쩬카의 입장을 함께 이야기해 보면서 평소에 진지하게 생각해 본 적 없던 연민이나 사랑 같은 개념을 찬찬히 짚어 봐도 좋겠단 생각입니다.

말, 말, 말

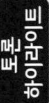

『가난한 사람들』과 비교하며 각자 의견을 개진함. 다시 연민과 사랑에 대한 다양한 의견 표출. 주인공과 하숙집 남자 사이에서 갈등하는 나스쩬카에 초점이 맞춰짐.

크리스 사랑하는 사람을 존경하고 그에게 연민의 마음을 품을 수는 있다. 그러나 존경한다고, 불쌍하고 애틋하다고 해서 결코 로맨틱한 사랑의 감정이 형성되지는 않는다. 남녀 관계는 이루어질 수 있어도 사랑은 아니라는 것이다. 『가난한 사람들』의 바르바라가 마까르를 선택하지 않은 이유도, 「백야」에서 나스쩬까 또한 자신이 사랑했던 청년보다 주인공이 더 좋은 사람이라고 하면서도, 다시 나타난 청년을 향해 쏜살같이 달려가는 것도 인격적으로 좋은 사람과 사랑하는 사람은 다르기 때문이다.

홍이 "저는 당신이 저를 사랑하지 않아서 좋아요." 어찌 이런 망언을 할 수 있을까. 나는 이렇게 들린다. "당신이 나를 사랑하고 있다는 거 다 알아요. 그런데 날 사랑하지 마세요. 당신도 알다시피 나는 다른 사람을 사랑하고 있어요. 당신이 첫 만남에서 했던 그 멋진 말, '형제의 애'로만 날 사랑해 주세요. 제발 부탁이에요." 이보다 더 지독한 대사가 있다. "당신과 그 사람을 비교해 봤어요. 어째서 그 사람은 당신이 아닐까요? 어째서 그 사람은 당신 같지 않을까요? 비록 그 사람을 더 사랑하지만, 그 사람은 당신만 못해요." 짝사랑하는 상대에게 듣는 말 중에 이보다 흉악한 말이 또 있을까. 평생 혼자 외롭게 살았던 우리 주인공은 그 어느 때보다 외로웠을 것 같다.

선영 작품 속 화자와 나스쩬까의 과거 연인을 비교해 보는 건 자연스러운 일이 아닐까? 내 사랑이 어느 쪽에도 기울지 못할 때, 각각의 남자가 어떤 사람일지 비교해 보고, 이를 따라 미래를 상상해 보는 것은 인지상정이다. 결론부터 말하자면 나라면 현재 나와 함께 있는 그 몽상가를 선택할 것 같다. … 그러나 작품 속 화자의 사랑은 이해하기에 벅차다. 다른 남자를

사랑하면서 아파하고 애달파하는 여인을 보며 자신마저 그 아픔에 동참하고 공감하는 사랑, 이런 사랑이 있을까? 도대체 그의 사랑의 색깔은 어떤 것이기에 심지어 그녀의 사랑이 실패하지 않고 이루어지도록 조력하는가? 그녀의 사랑이 성공하면 자신의 사랑은 실패하고 말 뿐인 것을! 그의 사랑은 과연 몽상적이다. 현실적이지 않다는 말이다.

세 번째 만남 「백야」, 「약한 마음」

「약한 마음」으로 들어가며

자존감이 약한 사람은 보통 자존심이 셉니다. 열등감은 자주 과장된 언행으로 표출되곤 하지요. 가지지 못한 사람이 다른 사람의 시선을 의식하여 가진 척하고 싶을 때 자존심을 부리게 됩니다. 진짜 가진 사람은 가진 척할 필요가 없지요. 자존감 없는 텅 빈 마음에서 샘솟는 허기를 자존심으로 달래기는 역부족일 것입니다. 언제나 눈치 보고 언제나 불안하며 언제나 모자랄 것입니다. 사랑에 대해서도 그렇습니다. 자신을 사랑하지 못하는 사람은 타자를 사랑하지 못하기 마련이지요. 이런 사람의 마음을 어떻게 표현하면 좋을까요?

도스토옙스키는 '약한'이라는 단어를 사용합니다. 「약한 마음」, 이번에 소개할 짧은 소설의 제목이기도 합니다. 과연 도스토옙스키는 어떤 인물을 등장시켜 어떤 이야기를 들려줄까요? 조금 충격적일 수 있으니 마음 단단히 먹고 책장을 넘기길 바랍니다. 제2의 골랴드낀이라고 할 만한, 그러나 골랴드낀과는 다른 유형의 인물이 등장하는데, 그는 결국 골랴드낀처럼 작품의 마지막에 가서는 정신병원으로 호송되기 때문입니다.

✦처음 읽기
약함의 진화

도스토옙스키를 읽어 나갈 때 꼭 필요한 단어 하나를 뒤늦게 수확한 기분입니다. '악한(evil)' 마음이 아닌 '약한(weak)' 마음. 지금까지 읽어 온 많은 작품 속 등장인물들의 기이하리만큼 이해할 수 없는 생각과 말과 행동들을 바로 이 단어, '약한' 마음으로 재해석할 수 있다는 생각이 듭니다. 여기서 한 걸음 더, 약함과 악함 사이의 상관관계. 때론 나의 '약함'이 타자에겐 '악함'으로 비칠 수 있다는 것. 그렇게 타자의 눈에 비친 '악함'을 인지하게 된 나의 '약함'은 비로소 '악함'으로 변모할 기회를 맞이하고 종종 발현하기도 한다는 것. 약함과 악함 사이의 상관관계는 약함의 변질로 진화할 수 있다는 것입니다.

이 작품 속 '약한 마음'은 관청에서 정서(正書)를 담당하는 가난한 하급 관리 바샤 슘꼬프입니다. 소설은 바샤가 같은 아파트에 동거하는 아르까지 이바노비치에게 자신이 결혼 약속을 받아 낸 사실을 기쁘고 들뜬 마음으로 전하는 장면으로 시작합니다. 그리고 그 결혼은 파혼으로 치닫고, 바샤는 정신병원에 실려 가며 소설은 허무하게 끝을 맺습니다. 그러므로 이 소설은 약혼과 파혼 사이, 바샤의 붕괴 과정을 보여 준다고 해석할 수 있습니다. 약한 마음을 지닌 바샤는 그 누구에게도 악한 행동을 하지 않습니다. 그리고 그 누구도 바샤에게 악한 일을 행하지 않습니다. 그러나 바샤에게는 그런 열매가 맺히게 됩니다. 약함은 수동태 형식을 띨 뿐 악함과 같은 결과를 초래하기도 하며, 그 결과의 방향은 자기 자신을 향하는 것이지요. 게으름, 태만, 우유부단함, 착한 사람 콤플렉스 등의 겉모습을 띠는 약함은 자기 파괴를 불러옵니다. 파괴를 위한 파괴. 이를 악하다고 하지 않으면 무어라 하겠습니까?

이 이야기를 바샤만의 문제로 읽으면 곤란합니다. 개별적인 사건에서 보편적인 깨달음을 이끌어 내는 독법은 이런 소설을 읽을 때 특히 유용합니다. 관찰에서 성찰로, 성찰에서 통찰로 나아가는 정석이라고 할 수 있습니다. 내 안에도 바샤가 있습니다. 바샤는 곧 약한 마음입니다. 나태한 마음, 쉽게 흥분하고 들뜨고, 나아가 몽상에 사로잡힌 채 현실을 저버리고 싶은 마음. 이런 마음은 이상적이며 선한 양상을 띠기도 하지만 아무것도 해내지 못하는 무능력의 상징이 되기 쉽습니다. 스스로 이상과 현실 사이에서 극심한 괴리를 느끼며, 심하게는 작품 속 바샤처럼 착란과 분열, 불안 등의 표현형을 나타내며 붕괴되기도 합니다. 약함의 발전 양상은 꽤나 파괴적이고 때론 치명적입니다. 도스토옙스키의 인간 내면에 대한 관찰과 분석을 따라가며 이해하기 위해 빠질 수 없는 개념이야말로 인간의 '약함', 약한 마음이 아닐까 싶습니다.

흥미로운 점은 바샤의 붕괴처럼 인생의 커다란 불행도 아주 작은 일에서 시작된다는 것입니다. 바샤에게 있어 그 일은 정서를 하는 일이었습니다. 그는 정서를 하는 일이 직업이었고, 그가 기한 내에 써야 했던 서류가 남들 못보다 더 많았던 것도 더 급했던 것도 아니었습니다. 게으르지만 않았다면, 미루지만 않았다면 누구나 할 수 있는 일이었습니다. 저는 바로 이 지점에 도스토옙스키의 의도가 숨어 있다고 생각합니다. 약함의 최대치를 보여 주기 위한 효과적인 방법이었다고 생각합니다. 그래야 자기 파괴의 충격이 커질 수 있기 때문입니다. 그리고 약함이 약함으로 끝나지 않고 악함을 초래하는 결과를 낼 수 있다는 걸 명징하게 보여 주기 때문입니다.

바샤의 붕괴 과정을 찬찬히 살펴보길 추천합니다. 아르까지의 추임새와 바샤 스스로 만들어 내는 허상과 그것으로 인한 공포와 불안을 주의 깊게 관찰해 보길 추천합니다. 언제나 그렇듯, 낯설기만 한 제삼자였던 바샤가 나의 분신으로 느껴지게 될지 모르니까요.

함께 ● 읽기
착한 마음 vs. 약한 마음

이 작품을 읽고 모인 자리에서 한 분이 명언을 남겼습니다. **"네 번째 도선생 작품인데 벌써 정신병원 입원자가 2명이나 되다니….."** 우리 모두는 실소를 금할 수 없었습니다. 농담이 아니라 사실이기 때문이었습니다. 『분신』의 골랴드낀도, 「약한 마음」의 바샤도 작품 마지막에 가서 정신병원으로 끌려갑니다.

이 말을 거꾸로 뒤집어 생각해 보니, 도스토옙스키가 '가난'과 함께 초기작에서 천착한 개념 중 하나가 '정신분열'이지 않을까 싶었습니다. 작품 마지막에 가서 두 주인공을 정신병원에 입원시키는 걸로 보아 도스토옙스키는 마치 정신분열의 해결책이 정신병원 입원이라는 생각을 조금은 하지 않았나 싶습니다. 궁극적인 해결책은 될 수 없을지언정 현실적인 최선의 방책일 수는 있었을 테니까요.

그러나 후기작으로 갈수록 도스토옙스키는 현실적인 해결책보다는 궁극적인 해결책을 제시하는 방향으로 전환합니다. 초기작에서는 가난과 정신분열로 인한 암울한 현실을 차갑게 해부하고 손을 빼는 식이라면, 후기작에서는 해부로 끝내지 않고 그 현실로부터의 초월과 구원의 빛을 비추기 때문입니다.

『죄와 벌』의 라스꼴리니꼬프나 『까라마조프 씨네 형제들』의 드미뜨리는 모두 시베리아 유형을 떠나게 됩니다. 여기까지는 『분신』의 골랴드낀이나 「약한 마음」의 바샤가 정신병원에 끌려가는 상황과 비슷하다고 볼 수 있습니다. 그러나 라스꼴리니꼬프에게는 소냐가 있었고, 드미뜨리에게는 그루셴까와 알료샤가 있었습니다. 똑같이 어두운 절망의 구렁텅이 같은 상황에 처했지만, 그들에겐 회심과 구원의 손길이 주어졌던 것입니다. 이러한 변화는 도스토옙스키의 사상과 철학과 신학의 변화를 반영하는 것이리라 생각합니다. 초기작과 후기작 사이에는 10년이라는 시베리아 유형 기간이 놓여 있으니까요.

'혼자 읽기'와 달리 '함께 읽기'는 언제나 더 '깊고 풍성한 읽기'가 됩니다. 약한 마음을 상징하는 바샤에 대한 고찰 역시 그랬습니다. 바샤가 현재 처한 상황은 객관적으로 봐도 나무랄 데 없이 행복한 상황입니다. 바샤 역시 그 행복을 잘 알고 있습니다. 문제는 그 행복을 과분하게, 아니 지나칠 정도로 과분하게 받아들인다는 점입니다. 모임 중 한 분은 이런 바샤를 '행복에 과몰입했다'고 표현하기도 했습니다. **작품을 읽어 보면 바샤는 우리가 흔히 떠올리는 행복한 사람과는 상당히 다르게 행동합니다. 마치 우울증에 걸린 것처럼 불안하게 보이기도 합니다. 모임에선 이를 '행복감 속의 우울감'이라고 표현하기도 했습니다.** 행복을 행복으로 받아들이지 못하는 바샤. 그를 우린 어떻게 이해해야 할까요? 모임 중 한 분은 자신이 바냐와 비슷한 면이 많다면서 다음과 같은 글을 썼습니다.

> **"'타인에 대한 배려'라는 이름으로 내 안에 존재하는 여러 가지 생각 때문에, 정작 나는 나를 헤아리지 못한다. 내가 좋아하는 것을 선택하고 결정하기보다 타인에게 불편하지 않은 존재로 남기를 선택함으로써 내가 진정으로 바라는 그것은 '없는 것'이 되고 만다. 그래서 그것은 '착한 마음'이 아닌 '약한 마음'으로 귀결되기 쉽다."**

여러분은 '착한 마음'과 '약한 마음'의 구분을 어떻게 하시나요? 여러분의 착한 행동이 과연 착한 마음에서 비롯되었을까요? 혹시 약한 마음에서 비롯된 건 아닐까요? 항상 그런 건 아니겠지만, 우린 종종 겉으론 남을 위하는 것처럼, 마치 배려심에서 하는 것처럼 착하게 행동하지만, 실제로는 그것이 남의 시선을 의식하여 착한 사람으로 보이고 싶어서 나 자신을 잃어버린 상태로 하는 영혼 없는 행동일 때가 의외로 많지 않나요? 스스로 생각하기에는 남을 위해 착한 행동을 했다고 여기지만 그렇게 행동한 후 마음에 기쁨이 아닌 허망함이 가득 찬다면 아마도 그 행동의 시작은 착한 마음이 아니라 약한 마음일지도 모르겠습니다.

도스토옙스키가 만들어 낸 두 정신병원 입원자 덕분에 그동안 한 번도 진지하게 생각해 본 적 없는 인간의 본성과 심리를 깊고 풍성하게 고찰할 수 있었습니다. 골랴드낀과 바샤의 생각과 행동이 이해할 수 없고 가끔은 공포스럽게 느껴지기도 하지만, 사실 우리 스스로를 진지하게 성찰하면 부분적으로는 우리 안에도 분명 골랴드낀과 바샤가 살아 숨 쉬고 있으리라 생각합니다. 하지만 그 잔재들을 무시하거나 혐오하는 자세만 취하지 말고 '나에게도 이런 면이 있구나' 같은 생각으로 좀 더 깊이 나의 내면을 관찰하고 성찰한다면, 인간이라는 존재에 대한 좀 더 풍성한 이해와 함께 나와 타자와 세상을 바라보는 통찰력까지 얻지 않을까 싶습니다.

말, 말, 말

『분신』의 골랴드낀에 이어 또다시 등장한 정신분열증 환자 바샤를 통해 열등감, 자존감 결여에 대한 논의가 진지하게 진행됨.

제니 네 번째 도선생 작품인데 벌써 정신병원 입원자가 2명이나 되다니…. 바샤의 모습을 통해 행복함 속의 우울감을 보았다. 모든 것이 안정적이고 행복하고 완벽한데, 역설적이게도 그 순간 가장 우울해지는 모습이 보이는 건 나만의 생각일지 모른다. 어쩌면 우리가 살아가는 원동력은 행복감이 아니라 긴장감이 아닐까 싶다. 바샤를 정신병원에 보내고 난 후 아르까지의 마음을 읽고 나니 더 그런 생각이 든다. 그래서 우리 모두는 어찌 보면 경계에 살고 있지 않나, 하는 생각도 든다. 행복감과 긴장감을 균형 있게 살아 내다가 어느 한 감정에 몰입되는 순간 찾아오는 인생의 낭패. 바샤는 착하고 약한 마음에 그 경계를 허물고 행복함에 과몰입되진 않았을까.

갱이 자신의 행복을 견뎌 내지 못한 바샤. 이야기 마지막 부분에 있는 아르까지의 독백처럼, 나도 그의 마음을 조금은 알 것 같다. 자신이 만들어 낸 '자격'이라는 틀 속에서 열등감과 자기 연민으로 스스로를 '약하게' 만들어 갈 수밖에 없었던 바샤의 마음이 애달프게 느껴진다. 조금만 더 나에게 너그러워지자. '이렇게 해야지!'라고 너무 몰아붙이지 말고, 조금만 더 나를 쓰다듬어 주자. 타인을 향한 고마움과 미안함만 챙기지 말고.

성공적인 독서 모임 꿀팁 1: 모임 전

모임 시간

처음부터 모임 시간은 저녁 6시부터 8시까지 2시간을 지키기로 했습니다. 이
2시간은 모두가 참여하여 먹고 마시고 나누는 시간이지요. 평일 저녁 6시라 직장에
출근하는 분들에게는 조금 빠듯한 시간이기도 했지만, 한 달에 한 번 모이기 때문에
다들 미리 스케줄을 조정해 6시에 모여 모임을 시작할 수 있었습니다. 그런데 정해진
8시까지 발제와 함께 공식적인 나눔을 모두 끝내고도 대다수가 남아서 9시 혹은
10시가 다 될 때까지 대화를 이어 갔답니다. 집이 먼 분들은 아쉬워하면서 먼저
자리에서 일어났지만요. 책 이야기를 하다가 삶 이야기를 하게 되어서인지 평소에
주위 사람에게도 말하지 않던 이야기들도 봇물 터지듯 쏟아져 나오는 분위기가
자주 연출되었습니다. 문학이 서로의 삶에 침투하여 서로를 연결해 주기라도 했기
때문일까요? 돌이켜 보면 8시 이후에 나누었던 대화들이 이 모임을 지속하는 데
큰 역할을 했을지도 모르겠습니다. 하지만 모두가 늦게까지 대화에 참여하는 건
불가능하므로 공식적인 모임 시간은 언제나 지키려고 애쓸 필요가 있습니다.

장소 선정

매번 모임을 어디에서 할 것인지 고심하는 독서 모임이 있다는 말을 들은 적이
있습니다. 어떤 장소를 매달 대여하는 독서 모임도 있다고 알고 있고요. 다행히 우리
독서 모임은 대전 동구에 위치한 작은 도서관인 '어,울림 도서관'에서 흔쾌히 자리를
무상으로 제공해 주셔서 모임 장소 때문에 스트레스를 받은 적이 한 번도 없었습니다.
모임 가족 중 한 분인 김관장 님이 바로 어,울림 도서관의 관장이기 때문이었지요.
덕분에 주위가 책으로 둘러싸인 작은 동네 도서관에서 매번 모임을 할 수 있었습니다.
어쩌면 도스토옙스키 독서 모임을 1년 반 동안 지속할 수 있었던 가장 중요한 요소가
장소였을지도 모르겠습니다. 만약 이런 고정된 장소가 확보되지 않은 상태에서 독서
모임을 계획하고 있다면 가장 먼저 장소를 알아보기를 강권합니다. 안정적인 장소가
주는 유익은 이루 말할 수 없으니까요.

자리 배치

학교 교실처럼 발제자가 앞에 나서고 나머지는 뒷사람이 앞사람의 뒤통수를 보면서 앉는 자리 배치보다는 원탁에 둘러앉아 서로 얼굴을 보는 배치가 두말할 나위 없이 좋습니다. 다시 한번 강조하지만 독서 모임에서 가장 중요한 부분은 발제자의 발제도 아니고 함께 먹는 간식도 아닙니다. 모임 가족들의 나눔입니다. 사람의 표정은 말로 표현하지 못하는 다양한 것들을 드러내 보이죠. 책을 읽으며 들었던 생각과 느낌을 나누는 자리에서 서로의 얼굴을 바라보는 건 독서 모임 진행에 가장 중요한 요소라는 생각도 드네요.

저녁 식사 혹은 간식

모임 초창기에는 도시락 위주로 밥과 국과 반찬이 차려진 식사를 했습니다. 그런데 지속하기가 쉽지 않더군요. 무엇보다 잔반 처리가 문제였습니다. 다 먹지 못하는 경우도 다반사였고 남은 음식을 다른 사람이 먹을 수도 없기 때문에 버려지는 음식이 많았습니다. 모임이 지속되면서 도시락 식사는 김밥이나 치킨, 피자, 떡볶이, 튀김, 빵, 과일 등 간단하게 먹을 수 있는 분식이나 다과로 점점 바뀌었습니다. 이런 시스템에서는 남은 음식을 누군가가 가져갈 수도 있기 때문에 잔반 문제가 없었습니다. 그리고 식사를 하는 동안에는 모임을 진행하기가 어려워서 식사를 가급적 빨리 하고 모임을 시작해야 했는데, 분식이나 다과로 바뀐 이후에는 먹으면서 모임을 진행할 수 있어서 시간 관리 차원에서도 효율적이었습니다. 우리의 모임 이름은 '도스토옙스키와 저녁 식사를'이었지만, 실제로는 '도스토옙스키와 간식을'이 되어 버린 셈이지요. 아무것도 먹지 않고 모임을 진행하는 방식도 고려해 보았습니다. 그러나 아무래도 뭔가 함께 먹고 마시는 분위기 속에서 사람들은 마음을 터놓고 이야기할 수 있다는 결론에 쉽게 이르렀고, 우리 모임은 끝까지 간편하게 먹고 나누는 시스템으로 유지를 했습니다.

시베리아에서
돌아온 남자

✦✦✦

『스쩨빤치꼬보 마을 사람들』

● 현장 스케치

◇**날짜:** 2024년 1월 25일 목요일 저녁 6시

◇**장소:** 어,울림 도서관

◇**참석자:** 홍이, 다희, 웅이, 갱이, 써니, 제니, 수홍쌤, 크리스, 별셋맘(발제), 김관장, 히어로. 이상 총 11명

◇**특이사항:** 발목 부상 후 회복하신 별셋맘 님의 찬조로 저녁 식사 후 맛있는 간식 파티함.

★★☆☆☆

들어가며

도스토옙스키는 어처구니없는 이유로 시베리아 유형 생활을 떠났던 독특한 이력을 가지고 있습니다. 그의 인생을 송두리째 바꾸어 놓았던 사건이었습니다. 도스토옙스키 작품은 크게 초기, 중기, 후기 세 부분으로 나뉘는데, 초기는 시베리아 유형 가기 전을 말합니다. 중기는 4년간의 감옥 생활과 그 직후 시베리아에서 군인 신분으로 강제 복무했던 4년, 그리고 모든 유형 생활을 마치고 돌아와 재기를 준비하던 수년간의 짧은 기간을 말합니다. 후기는 그러한 준비를 마치고 본격적인 작품 활동을 시작한 이후를 말합니다.

세 번째 만남까지 초기작을 다뤘다면, 여기서부터는 중기작을 다룹니다. 후기작에 비할 수는 없겠지만, 중기작은 초기작에 비해 분량이 많습니다. 장편소설이 처음으로 등장합니다. 등장인물도 늘어나고 이야기도 복잡해집니다. 독서의 맥이 끊기지 않도록 책 앞부분에 수록된 등장인물 소개 페이지를 복사해서 책 옆에 두고 차근차근 읽어 나가길 추천합니다. 도스토옙스키를 읽다가 자주 뒷덜미를 잡게 되는 불상사로부터 여러분을 구원해 주리라 믿습니다.

읽기 만만한, 그러나 충분히 도스토옙스키적인 작품

『스쩨빤치꼬보 마을 사람들』은 지금까지 읽었던 도스토옙스키의 작품 중 가장 빠른 속도로 읽었습니다. 도스토옙스키 스타일에 익숙해진 까닭도 있겠지만, 이 작품은 그리 길지도 않거니와, 이틀이라는 짧은 시간, 주요 공간이 아저씨네 저택뿐이라는 점, 그리고 작품의 핵심으로 보이는 두 인물 간의 비교 대조가 뚜렷하기 때문에 도스토옙스키 특유의 장광설이나 자칫 3류 코미디 정도로 느껴질 수 있는 여러 당황스러운 장면들이 나와도, 혹은 러시아 문학 특유의 길고 복잡한 이름들이 등장해도 당황하지 않고 즐기며 읽어 낼 수 있었습니다. 도스토옙스키 작품을 처음 읽어 보려고 하는 독자가 있다면 저는 이 작품을 주저 없이 추천하고 싶을 정도입니다. 그만큼 다른 작품에 비하면 가독성도 좋고 재미도 있으며 이해하기도 쉽고 무엇보다 짧은 시간에 완독할 수 있습니다.

그럼에도 불구하고 이 작품은 철저하게 '도스토옙스키적'이라고 할 수 있습니다. 물론 도스토옙스키 작품을 읽어 본 자만이 느낄 수 있는 감상입니다. 다른 작가의 작품보다 더 독특하고 색다른, 어쩌면 불편한 느낌을 '도스토옙스키적'인 것으로 간주해도 무방하리라 봅니다. 장광설을 포함하여 제정신이 맞나 싶은 등장인물들의 대사와 행동들, 어처구니없을 정도로 당황스러운 장면들의 연속, 그러면서도 기가 막히게 저 마음 깊은 곳에 있는 심리를 꿰뚫어 본 듯 그것을 날것 그대로

끄집어내는 장면들을 보고 있노라면, 아마 그 어디서도 경험할 수 없었던 특별한 맛을 보게 될 것입니다.

이야기는 화자인 세료쟈가 그의 아저씨이자 퇴역 대령인 예고르 일리치 로스따네프의 편지를 받고 그의 저택을 찾아가면서 시작됩니다. 편지에 따르면 그 집에 포마 포미치라는 한 인물이 문제를 일으키고 있는 게 분명했습니다. 세료쟈는 자연스레 예고르 일리치 아저씨가 걱정되었고, 자신이 직접 그 집을 방문하여 문제를 확인하고자 했으며, 확인이 되면 그 문제 해결에 도움이 될 수 있으리라 생각했습니다. 아저씨인 예고르 일리치는 지주이자 그 집의 주인이었고, 포마 포미치라는 인물은 그저 식객에 불과했습니다. 그런데 그 집에서는 갑을 관계가 역전된 기이한 상황이 연출되고 있었습니다.

예고르 일리치는 순진하고 착하고 남에게 해를 입힐 줄 모르며 언제나 문제가 생기면 자기 탓을 하며 쩔쩔매는 고결한 캐릭터로 설정되어 있습니다. 반면, 포마 포미치는 그와 정반대의 이미지, 즉 위선적이고 허세를 떨기 좋아하며 그 허세로 사람들을 자기 맘대로 부리는 동시에 언제나 자신이 모욕당했다는 열등감에 사로잡혀 주위를 불편하게 만드는 인물로 그려집니다. 식객 같은 주인, 주인 같은 식객, 이러한 두 사람의 관계가 바로 이 작품의 화두라고 할 수 있습니다. 화자인 세료쟈는 전체 이야기의 전개에서 그리 중요하게 그려지진 않지만, 세밀한 관찰자로서 예고르와 포마, 이 두 인물 간의 차이를 조명하는 역할을 담당합니다. 재미있게도, 혹은 기발하게도 작품에서 제기되는 근본적인 문제는 포마라는 인물이 일으키지만, 그 문제의 해결자 역시 포마입니다.

이런 역설적이고 예측 불가능한, 그러나 한편으론 사람의 심리를 깊게 통찰한 사람만이 만들 수 있는 플롯은 그야말로 도스토옙스키를 읽는 가장 큰 이유입니다. 자세한 내용은 스포일러를 방지하기 위해 여기에 적진 않겠지만 한 가지 힌트를 드린다면, 도스토옙스키 작품에 절대 빠지지 않고 등장하는 연애 혹은 치정이라는 지극히 통속적인 소재를 다룬 작품입니다. 그러니 가벼운 마음으로 충분히 재미를 느끼면서 이 작품을 쉽게 읽어 나갈 수 있습니다.

✦다시 읽기✦
기형적 자만심의 실체

재독이 주는 유익은 깊이와 풍성함에 있습니다. 초독과 재독 사이에 바뀌는 건 오로지 나 자신일 뿐 책은 그대로입니다. 재독할 때마다 처음에 보지 못했던 것들이 풍성하게 보이고, 이미 보았던 것들은 재해석되어 깊이 새롭게 다가옵니다. 같은 책을 다시 읽는 데에서 경험하는 익숙함과 반가움, 그리고 이전에 알지 못했던 것들을 새로이 알게 되는 낯섦과의 뜻밖의 조우. 이 모든 것들을 동시에 맛볼 수 있는 놀이가 바로 재독, 곧 깊이와 풍성함의 향연입니다. 이 작품을 재독하면서 발견한 두 가지에 대해 이야기해 보려 합니다.

하나는 이 작품이 대중적이고 기본적인 코드를 많이 활용했다는 점입니다. 그래서인지 『가난한 사람들』이나 『분신』에서보다 서사가 돋보입니다. '놀랍게도' 이 소설에는 뚜렷한 줄거리가 존재합니다. 초기작들이 그렇지 않았다는 점에서 이것은 놀라운 일이고 어쩌면 진보라고 할 수 있을지도 모릅니다. 무엇보다 '발단-전개-위기-절정-결말'로 이어지는 소설의 기본적인 구성이 보입니다. 문제가 주어지고 갈등과 위기가 닥치지만 마침내 해소가 되고 결국 문제도 해결되고 마는 소설의 전형을 선보입니다. 저는 여기서 그 당시 재기를 노리고 있던 도스토옙스키의 마음가짐을 짐작해 봅니다. 그는 아마 '타협'이라는 결단을 내린 것이 아니었을까요? 그의 초상화를 보니 얼굴에서 왠지 초조함이 느껴지는 듯합니다.

다른 하나는 앞서 언급한 특징 때문에 부득이하게 맞이한 열매라고 할 수 있습니다. 대중성을 고려한 작품은 예술성 측면에서는 긴장이 풀어질 수밖에 없습니다. 도스토옙스키 작품의 대표적인 특징 중 하나는 인간의 본성과 심리를 당황스러울 정도로 날것 그대로 해부하여 독자들의 눈앞에 펼쳐 놓는 것입니다. 『가난한 사람들』의 제부쉬낀이나 『분신』의 골랴드낀의 경우가 이에 해당하지요. 그러나 이 작품에서는 그 당황스러움의 정도가 약합니다. 인간 본성과 심리에 대한 도스토옙스키의 치밀한 분석과 통찰이 직접적으로 드러나지 않고 자주 코믹한 상황이나 돌발적인 상황으로 가려지는 듯한 느낌도 듭니다. 이것은 아마도 『분신』의 골랴드낀이 도스토옙스키에게 남긴 상처였을지 모르겠다는 추측도 충분히 가능할 듯합니다.

이 소설에서 도스토옙스키의 특징이 가장 도드라지는 부분은 포마 포미치라는 인물의 캐릭터 설정이라고 봅니다. 포마는 작품 속에서 눈에 보이는 문제의 핵심으로 소개됩니다. 1인칭 관찰자 시점의 이 소설 화자인 '나(세료자)'는 성인이 되어 어릴 적 자랐던, 스쩨빤치꼬보 마을에 위치한 예고르 일리치 아저씨의 집을 갑작스레 방문하게 됩니다. 그 이유는 포마라는 식객으로 인해 아저씨와 아저씨의 집이 곤란한 상황을 겪고 있었고, 난데없이 아저씨가 '나'에게 자기 가정교사와 결혼을 하라고 제안했기 때문입니다. 무언가 심상치 않은 일들이 벌어지고 있는 게 확실했고 '나'는 직접 그곳으로 가서 문제를 확인하고 포마의 실체를 알아낸 후 쫓아 버리는 방식을 써서라도 아저씨를 구하려고 합니다. 아저씨가 말한 가정교사라는 여자가 어떤지도 확인하고 싶었고, 갑작스러운 결혼 제안의 배경을 이해하고 싶었습니다. 이렇게 '나'가 아저씨 집을 다시 방문하게 되면서 본격적으로 이야기가 시작됩니다.

도스토옙스키가 표현한 대로, '기형적인 자만심으로 똘똘 뭉친 사람'이라는 말이 아마도 포마를 가장 정확하게 설명하지 않을까 싶습니다. 초독 땐 이 작품의 두 주인공이라 할 수 있는 아저씨와 포마 사이의 대립 구도를 중심으로 책을 읽었습니다. 재독 땐 포마의 캐릭터에 좀 더 집중하게 되었습니다. 포마에게서 『분신』의 골랴드낀의 냄새를 맡았기 때문입니다. 건강하지 못한 자존심, 심각한 자존감의 결여, 지나친 열등감, 무기력한 패배감, 극단적인 자기중심성 등의 캐릭터를 가지고 있는 도스토옙스키 작품 속 모든 인물들의 원형이 골랴드낀이라 할 수 있는데, 저는 포마에게서도 이러한 모습들을 볼 수 있었습니다. 물론 골랴드낀과 포마는 다른 인물입니다. 특히 주위 사람들과의 관계는 거의 정반대라고 할 수 있습니다. 골랴드낀은 어느 곳을 가나 무시당하고 비웃음을 사는 인물이지만, 포마는 오히려 사람들로부터 칭송과 환대를 받는 인물로 그려집니다. 그러나 지나친 자기애와 지나친 자기 비하가 모두 자기중심적인 교만에서 기인한다는 통찰에 입각한다면, 골랴드낀과 포마는 겉으로 드러난 표현형은 반대일지 모르나 그 뿌리는 같다고 볼 수 있습니다. 그 핵심은 자기 객관화에 실패한 자기중심적인 옹졸하고 편협한 세계관이라 할 수 있습니다.

그렇다면 같은 뿌리를 가진 두 사람이 어떻게 서로 반대의 모습으로 진화할 수 있는가 하는 질문에 대한 숙고가 필요합니다. 저는 이에 대한 답을 '기생하려는 욕망'에서 찾습니다. 포마와는 달리 골랴드낀은 비록 하급 관리직이었지만 어엿한 직장을 가지고 있었습니다. 거주하는 아파트도 있었고 거기에 딸린 하인도 있었습니다. 경제적으로 넉넉하진 않더라도 독립적인 삶을 영위하고 있었던 것입니다. 이에 반하여 포마는 식객일 뿐이었습니다. 직장은 물론 거주할 집조차 없어 남의 집에 빌붙어 사는 기생충 같은 존재였습니다. 기생할 필요가 없던 골랴드낀과 그래야만 했던 포마의 근본적인 차이는 경제적 독립의 유무라고 봐도 무방한 것이지요.

자존감이 결여되어 시종일관 모욕받는 순간을 살아가는 듯한 포마 포미치. 경제적으로 누군가에게 의지해야만 삶을 유지할 수 있는 무능력한 존재. 그는 기생할 숙주를 찾아야 했고, 장군 부인이라고 소개되는, 아저씨의 어머니에게 자신의 발판을 들이대며 첫 번째 제물로 삼았습니다. 마침 이 장군 부인은 스쩨빤치꼬보 마을 지주인 아저씨를 근거 없이 미워하고 있었고, 마침 그렇게 미움받는 아저씨는 미련할 정도로 착했습니다. 아, 이 오묘한 조합이라니요! 교활하고 영악한 포마에게는 최고의 먹잇감이 아닐 수 없습니다. 이미 포마는 광대 짓을 시작으로 조금씩 자기 세력을 구축했고, 이젠 기어코 숙주보다 더 비대해지기에 이르렀습니다. 그 집의 모든 하인들까지 그의 세력 아래 무릎 꿇었고 그를 찬양하게 되었습니다. 그는 마치 신적 지위에 오른 것 같은 느낌마저 들 정도였습니다.

사람들 사이에서는 객관적인 판단이 가능할 수도 있었을 것입니다. 작품 속 화자인 '나'를 포함하여 실제로 포마의 거짓된 실체를 파악하고 있는 사람들도 있었습니다. 하지만 장군 부인의 무조건적이고 맹목적인 지지는 포마에겐 천군만마였기에 그 집의 주인인 아저씨를 포함하여 그 누구도 포마의 기만적인 횡포에 반기를 들 수 없었습니다. 포마는 이런 기형적인 힘의 위계질서를 십분 활용하여 점점 더 기형적인 군주의 모습으로 성장해 나갔습니다.

이런 기생충의 박멸은 전적으로 숙주의 의지에 달렸습니다. 포마는 식객일 뿐 그 어떤 법적인 권리를 갖지 못했기 때문입니다. 포마라는 기생충이 거대해진 이유는 오로지 아저씨가 용인했기 때문입니다. 이 작품의 위기와 절정은 아저씨의 청혼과 맞물린 채 벌어지는 해프닝인데, 놀랍게도 아저씨의 분노와 무력으로 인해 쫓겨났던 포마가 돌아오면서 상황은 극적으로 전환됩니다. 모든 문제의 근원이었던 포마가 절체절명의 위기의 순간에 문제를 해결해 버린 것입니다. 도스토옙스키의 이 놀라운 발상을 보며 저는 이번에도 혀를 내두를 수밖에 없었습니다. 포마가 기만으로 구축했던 그 모든 힘이 모든 문제를 야기했지만 그 힘이 그대로 역이용되어 문제를 말끔히 해결해 버렸습니다. 물론 포마에겐 이 문제의 해결도 자기 자신을 위한 행동의 연장선에 있었을 것입니다. 그는 실제로 이 사건 해결을 두고 자신의 복수라고 말합니다. 어쨌거나 문제는 해결되어 이 작품은 해피엔드를 맞이합니다. 황당하고 엽기적인 상황의 전개 속에 빛나는 인간 내면의 변화를 쫓고 있노라면 다시금 도스토옙스키의 통찰력에 감복하지 않을 수 없습니다. 비록 흥미 위주의 소설과는 여전히 거리가 있고, 대중적인 시도를 했다 하더라도 여전히 도스토옙스키라는 진한 향이 배어 있지만, 저는 도스토옙스키 중기작의 문을 연 이 작품을 사랑하지 않을 수 없습니다.

함께 ● 읽기
나스쩬까 공동체

모임에서 함께 이 책을 나누면서 비로소 선명하게 보이는 것이 있었습니다. 그것은 바로 아저씨 예고르의 의미였습니다. 초독 땐 예고르와 포마의 대립 구도에, 재독 땐 포마의 의미에 집중했습니다. 예고르의 의미는 놓치고 말았던 것이지요. 미처 잡지 못했던 소중한 것을 뒤늦게나마 발견하고 작품을 재조명하는 기쁨을 저는 함께 읽기에서 누릴 수 있었습니다.

저는 포마를 골랴드낀의 변주라고 보았습니다. 골랴드낀은 도스토옙스키가 시베리아 유형 가기 전에 이미 창조한 캐릭터였습니다. 그 원형이 10년이란 공백 기간을 뛰어넘어 변주된 모습으로 나타난 인물이 바로 포마였던 것이지요. 참고로 이 변주는 도스토옙스키의 마지막 작품 『까라마조프 씨네 형제들』까지 계속 이어집니다. 그 절정에 놓인 인물은 표도르 까라마조프를 죽인 진범 스메르쟈꼬프라고 보는 게 적절하지 않을까 싶습니다. 비뚤어지고 상처받은 영혼이 악의 화신으로 거듭나게 되는 것이지요.

반면, 예고르는 비로소 이 첫 번째 중기작에서 처음 등장하는 캐릭터라는 게 저의 해석입니다. 또 다른 원형이 탄생한 것이지요. 선악의 이분법에서 골랴드낀으로부터 출발하여 포마로 이어지는 하나의 축을 악의 축으로 본다면, 예고르는 그 정반대 축의 시작점에 놓여 있다는 생각입니다. 이 선의 캐릭터는 후기 작품 『백치』의 주인공 미쉬낀 공작에서 절정을 맞이합니다. 이 캐릭터는 '바보 성자'라는 뜻의 '유로지비'라는 러시아 용어로 대변되는데, 유로지비란 러시아 정교회에서 세상에선 바보처럼 보이지만 하느님 앞에서는 가장 지혜로운 사람을 의미한다고 합니다. 요컨대, 제가 해석한 바에 따르면, 이 작품 『스쩨빤치꼬보 마을 사람들』에 등장하는 아저씨 예고르가 도스토옙스키 작품 세계에서 처음 등장하는 유로지비입니다.

악인의 원형은 도스토옙스키의 초기작에서부터 등장하는 반면, 선인 혹은 의인의 원형은 그가 시베리아 유형 생활을 마친 후 중기작부터 등장한다는 점이 저에게는 의미심장하게 다가왔습니다. 공상적 사회주의에 심취했던 도스토옙스키가 시베리아 유형 생활 동안 기독교적 이상주의에 안착했다는 증거로 보이기 때문입니다.

4년의 옴스크 감옥에서 유일하게 허락되었던 책이 성경이었고, 그 성경을 도스토옙스키가 죽는 순간까지 간직하고 있었다는 사실은 이미 널리 알려진 바입니다. 그래서인지 초기작들에서는 거의 보이지 않던 '구원의 순간'이 중기작부터 조금씩 나오기 시작하다가 후기작에서는 그 선이 굵어집니다. 『죄와 벌』에서 라스꼴리니꼬프는 소냐를 통해 구원을 맛보게 되고, 『까라마조프 씨네 형제들』에서 드미뜨리는 그루셴까를 통해서 구원의 길을 걷게 되지요. 이런 이유로 어떤 비평가들은 도스토옙스키 작품을 기독교적 세계관에 천착한 작품이라고 평가하기도 한답니다. 그러나 도스토옙스키 작품 모두를 어떤 하나의 관점으로 평가하고 일반화하는 건 위험하고 무례한 일입니다. 초기작부터 후기작까지 일련의 스펙트럼이 형성되어 있다고 보는 게 적절하겠습니다.

모든 걸 다 남에게 양보하는 사람. 심지어 자기 자신을 모욕하고 혐오하는 어머니와 포마를 포함한 측근들을 충분히 내칠 수 있는 명분과 권리가 있었음에도 그들을 결코 내치지 않고, 비록 객관성을 잃었다고 말할 수 있겠으나, 상대방 입장에서 재고하고 또 재고해서 결국엔 그들을 이해하고 용서하고 용납하는 사람. 바로 이 작품 속 아저씨 예고르입니다. 작품을 읽다 보면 '어찌 이럴 수 있을까?', '정말 바보 아닌가?', '착해도 너무 착한 거 아닌가?' 하는 의문이 듭니다. 비정상이라는 점에서는 예고르와 포마가 똑같은 것 아니냐고 충분히 주장할 수 있을 정도로 예고르는, 포마와 다른 각도에서, 현실 세계에서 정말 보기 힘든 인물로 그려집니다. 예고르가 유일하게 분노를 폭발시키며 폭력까지 동원했던 순간이 딱 한 번 있었는데, 포마가 예고르가 아닌 나스쩬까를 모욕할 때였습니다. 자기 자신이 모욕받는 건 참을 수 있어도 자기가 사랑하고 아끼는 사람이 모욕받는 건 도저히 참을 수가 없었던 것입니다. 예고르가 어떤 사람인지 단적으로 간파할 수 있는 사건이지요. 그는 자기보다 남을 더 아끼고 존중하는 이상적인 인물로 그려집니다. 도스토옙스키는 그리스도의 일면을 예고르로 형상화한 게 아닐까요?

한 걸음 더 나아가 보겠습니다. 포마가 예상 밖으로 문제를 해결해 버리는 바람에 예고르는 나스쩬까와 결혼합니다. 나스쩬까는 예고르의 딸뻘 되는 나이였고, 한때 예고르가 이 작품의 화자와 결혼시키려고 했던 가정교사입니다. 그녀는 예고르의 보호 아래 자라면서 예고르의 백치미, 아니 순수하고 정직하고 착한 마음을 일찍이 알아보았고 그것으로 인해 그를 사랑하고 있었습니다. 그러나 그녀는 자신의 형편을 잘 알았고, 예고르의 주변 상황을 고려했을 때 그가 자기와 결혼하면 안 된다는, 냉철하고 자기 나름대로 객관적인 판단을 할 만큼 현명했습니다. 그녀는 객관적이었고 정의로웠으며 무엇보다 지혜로웠습니다. 이런 속성들이 그녀의 신분 때문에, 그리고 포마의 악한 영향력 때문에 숨겨져 있다가 예고르와 한 몸이 된 이후 수면 위로 올라와 비로소 빛을 발합니다.

그 빛은 나스쩬까 혼자만의 빛으로 끝나지 않았습니다. 그 빛은 예고르의 선한 마음을 증폭시키고 지혜를 더하여 안정적으로 만들었습니다. 그 결과 언제나 살얼음 위를 걷던 포마와의 관계까지 아무런 잡음 없이 넉넉하게 수용하게 되었고, 포마는 그저 다양성의 한 조각으로 자리 잡았습니다. **말하자면 나스쩬까 공동체가 힘을 발휘한 것이었습니다. '나스쩬까 공동체'라는 말은 독서 모임 가족 한 분이 생각해 낸 용어입니다. 한 공동체를 파멸시킬 수 있을 만큼 위험한 인물까지도 넉넉하게 품을 수 있는 공동체를 지칭하는 말입니다.** 저는 공동체라는 단어가 참 마음에 들었습니다. 예고르 혼자만으로는 불가능했기 때문입니다. 공동체의 이름 앞에 예고르가 아닌 나스쩬까가 들어간 것도 바로 그 이유입니다. 저 역시 그런 공동체를 꿈꾸게 됩니다. '나스쩬까 공동체'라는 말을 처음 사용한 분의 글을 발췌하며 이 글을 마무리할까 합니다.

"책을 덮으며 나스쩬까 공동체가 그리워졌다. 포마 포미치를 수용하고 품은 공동체 말이다. 우리 모두는 나를 내 모습 그대로 수용하고 받아 줄 품이 필요하다. 그것이 어떤 이에게는 가족이 될 수도 있고, 우연을 가장한 필연적 만남으로 이어진 우정 공동체일 수도 있고, 교회일 수도 있겠다. 거칠고 모나고 삐뚤삐뚤해도 그 자체로 안아 주고 품어 줄 수 있는 바로 그 품. 나는 우리 독서 모임이 그런 공동체가 되면 좋겠다."

말, 말, 말

예고르가 드라마 「나의 아저씨」의 박동훈과 비슷하다는 의견이 다수 나옴. 예고르와 포마의 대립적인 인물 설정에 대한 다양한 의견 개진됨. 둘 다 현실적인 캐릭터는 아니지만 우리 모두와 교집합을 가지고 있다는 데에 의견이 모임. 포마를 가스라이팅의 귀재로 보는 의견도 있었음. 예고르에게 답답하다는 인상을 받았으나 결국 권선징악으로 결론이 나서 다행이었다는 의견도 있었음.

갱이   나스쩬까 역시 과거에 포마와 같은 학대의 경험이 있었다. 그러나 그녀는 자신의 아픔을 다른 사람에게 상처를 주는 도구로 사용하지 않는다. 오히려 자신이 원하는 것을 얻기로 결정하고, 용감하고도 지혜롭게 자신의 인생을 개척해 간다. 나에게 상처 주었다고 여기는 누군가를 이해하고 용서한다는 것, 사실 그것은 그 사람이 아닌 '나'를 자유롭게 하는 일이다. 나스쩬까는 포마를 완전히 용서함으로 자유를 누렸고, 자신을 사랑하는 길을 선택했기에 자신만의 행복한 삶을 가꾸어 갈 수 있었다.

홍이   나는 포마가 왜 안쓰럽게 느껴지는지 모르겠다. 소설 내내 포마는 예고르에게 관심받지 못하고, 존중받지 못했다는 생각이 들면 자신이 모욕받고 있다는 이야기를 시작으로 굉장히 긴 웅변을 펼친다. 그는 극심한 열등의식과 낮은 자존감을 가진 인간이다. 그의 긴 웅변이 사실은 자신의 나약함을 감추기 위한 처절한 몸부림이었던 건 아닐까. 주목받지 못했던 자신의 과거에서 벗어나지 못해, 관심과 애정에 목말라 어리광 부리고 있었던 것은 아닐까. 소설의 내용을 되짚어 볼수록 자꾸만 왜 포마가 안쓰럽게 느껴지고 애정이 가는 것인지, 마치 내가 소설 내내 그를 감싸고 돌던 예고르가 된 것만 같다.

김관장   소설의 마지막에 행복과 불안이 묘하게 뒤섞이며 해피엔드로 치달은 점이 인상적이었다. 모든 문제가 해결된 뒤에도 이전보다 더 심통과 고집을 부렸다는 포마 포미치의 모습이 우리 현실을 가장 잘 묘사한 장면이라는

생각이 들었다. 누군가와 화해한다는 것은 그 사람과 내가 아무런 문제도 없는 사이가 되는 게 아니라 오히려 "그 사람 도대체 왜 그래?"에서 "아, 그 사람은 그런 사람이지"로 변화하는 것 아닐까? 내가 상대를 변화시키려는 '오만함'도 아니고, 쉽사리 관계를 단절해 버리는 '냉정함'도 아닌, 오히려 내게는 버겁지만 그 사람의 날것 그대로를 수용할 때, 화해가 일어날 뿐 아니라, 나의 성장도 도모할 수 있으리라 생각한다.

『상처받은 사람들』

● ─────────→ 현장 스케치

◇**날짜:** 2024년 2월 15일 목요일 저녁 6시

◇**장소:** 어,울림 도서관

◇**참석자:** 홍이, 다희(발제), 웅이, 갱이, 써니, 수홍쌤, 별셋맘, 김관장, 히어로. 이
   상 총 9명

◇**특이사항:** 지난 몇 달간 장모님과 아버님을 여읜 김관장 님이 저녁 식사를 대접
   하심. 외국에서 방문한 친구와의 만남 때문에 크리스 님 불참하심.

★ ★ ★ ☆ ☆

들어가며

제가 고른 중기작 두 번째 작품 속으로 들어가 보겠습니다. 여전히 인간 내면에 대한 깊은 통찰이 돋보이는 작품이자 본격적인 장편의 시작을 맛볼 수 있습니다.

✦처음 읽기
상처받은, 그러나 사람다운 사람들

이 작품은 도스토옙스키가 제대하여 페테르부르크에 돌아오고 2년 뒤에 출간된 작품입니다. 그래서 그런 걸까요? 이 작품에서는 약 10년간의 뜻하지 않은 삶을 살게 된 이후, 작가로서의 재기를 꿈꾸며 이런저런 시도를 하면서 다작을 하던 그의 조급하고 절박한 마음이 느껴집니다. 그러나 도스토옙스키의 깊고 예리한 시선은 마치 주머니를 뚫고 나온 송곳처럼 이 작품에서도 여기저기서 날카로운 빛을 발합니다. 통속적인 상황 속에서 그 누구도 범접하지 못하는 심오한 통찰을 이끌어 내는 그의 탁월함은 그의 모든 작품에 스며들어 있으며, 그것은 발견하는 자의, 아니 그를 사랑하는 독자의 몫입니다.

특히 이 작품은 1인칭 시점으로 썼는데 화자이자 '나'는 도스토옙스키의 분신인 듯 가난한 작가로 그려집니다. 비록 일부분이겠지만, 자전소설의 뉘앙스가 물씬 풍기기도 합니다.

한 가지 안타까운 부분이 있어 마지막 책장을 덮고도 한동안 마음이 무거웠습니다. 제목에서도 알 수 있듯, 이 작품 속 이야기가 펼쳐지는 주무대는 '상처받은 사람들'입니다. 작품 속 여러 인물은 저마다 다른 상처를 품고 있습니다. 가난한 사람과 돈이 많은 사람의 대비, 악하고 이기적인 사람과 선하고 도덕적이며 고결하기까지 한 사람의 대비는 이 작품만이 아닌 도스토옙스키 작품 전반의 갈등 요소이며, 이것들은 약한 자들의 마음에 상처를, 때론 영혼 깊숙이 각인되어 버려 지울 수 없는 상처를 평생 남기는 상황을 유발합니다. 누군가는 가난 때문에, 누군가는 버림받은 사실 때문에, 또 누군가는 가난과 여러 복합적인 절망적 요소들이 층층이 쌓여 고된 삶을 살아가게 됩니다.

이 작품 속에서도 권선징악의 패턴이 도덕적인 측면에서는 나타나지만, 현실에서 보면 여전히 악인은 승승장구합니다. 돈과 명예를 가진 공작과 같은 신분에 속한 갑들이 악한 마음까지 품을 때는 그들이 아무리 도덕적인 결점으로 인해 수치를 당하게 된다 하더라도 본인이 그것을 진지하게 받아들이고 반성하지 않는 한 그들은 변함없이 승자 독식, 약육강식의 논리에서 우위를 차지하며 죽을 때까지 살아갑니다. 이게 바로 현실입니다. 도덕적이고 고결하고 선하다고 해서 가난했던 삶이 나아지지도 않고, 그런 사람들이 그들을 억압하는 자들에게 보기 좋게 한 방을 먹여도 대세는 바뀌지 않는 것이지요. 이 끊이지 않는 순환이 바로 상처받은 사람들의 숙명이 아닐까 싶습니다. 어쩌면 이러한 현실의 단면을 도스토옙스키는 이 작품을 통해서 보여 주려 했던 걸지도 모르겠습니다.

그럼에도 불구하고 저는 상처받은 사람들 곁에 서서 비록 경제적인 어려움을 겪는다 해도 그들과 연대하고 그 삶 속에서 고결한 인간다움을 간직한 채 꿋꿋이 살아 내다가 죽고 싶다는 생각을 하게 됩니다. 편리한 삶을 영위하다가 스쳐 지나가는 바람 같은 인생을 살기보다는, 불편하고 힘들더라도 짧은 인생 중 가능한 한 많은 시간을 인간다운 인간으로 살다가 죽고 싶다는 생각을 합니다.

✦다시 읽기✦
장편의 시작

『상처받은 사람들』은 도스토옙스키 초중기 작품 중 가장 깁니다. 저는 재독하면서 이 작품을 사랑하게 되었습니다. 도스토옙스키의 중기 작품을 읽고자 하는 독자가 있다면, 저는 이 작품을 절대 놓치지 말라고 권하고 싶습니다. 중기의 대표작이며 장편의 시작이라고 생각하기 때문입니다. 그 이유를 적어 보겠습니다.

첫 번째는 분량이 늘어남에 따라 자연스럽게 따라오는 결과일지도 모르겠습니다. 출간순으로 볼 때 이 작품에서 처음으로 주인공이 아닌 다른 인물들의 설정 및 묘사가 섬세하고 구체적으로 나타납니다. 그들은 그들만의 캐릭터와 서사를 가집니다. 그 결과 서사의 축이 주인공을 중심으로 한 축만 있지 않고, 비록 규모는 작더라도, 주변 인물들을 중심으로 하는 두세 개의 축이 한 작품 안에 공존합니다. 그리고 그것들은 독립적으로 존재하지 않고 서로 얽히고설키면서 조금 더 복잡하고 조금 더 방대한 이야기 숲을 이루게 되고, 도스토옙스키의 타고난 통찰력 덕분에 한층 더 깊어지기도 합니다. 바로 이것이 분량을 차치하고 제가 이 작품을 도스토옙스키의 공식적인 첫 장편소설이라고 분류하는 중요한 이유 중 하나입니다.

초독 때에도 느꼈지만, 도스토옙스키의 마지막 작품 『까라마조프 씨네 형제들』의 아버지 표도르의 파렴치함과 거침없는 부도덕함, 그리고 탐욕스러움과 방탕함은 약 20년 앞서 쓰인 이 작품 『상처받은 사람들』 속 발꼬프스끼 공작의 모습으로 이미 형상화되고 있었습니다. 요컨대 발꼬프스끼는 표도르 까라마조프의 전신인 셈이지요. 그런데 비록 추잡한 캐릭터지만, 발꼬프스끼는 『까라마조프 씨네 형제들』의 표도르와 달리, 이 작품에서 살해되지 않습니다. 살해는커녕 그 어떤 위협도 받지 않는, 압도적으로 우월한 위치를 처음부터 끝까지 유지합니다. 흥미롭게도, 남을 해치는 악인과 그 악인이 저지르는 살인은 도스토옙스키의 후기작에 나오는 단골 소재 중 하나입니다. 도스토옙스키는 초기작에서는 정신병원에 보내는 정도로 문제적인 인물들을 처리했다면, 후기작에서는 그들에게 죽음을 부여하거나(자살) 남을 죽이는(살인) 역할을 부여합니다.

중기 대표작이라고 평가하는 이 작품은 이러한 도스토옙스키 변화의 중간 단계를 볼 수 있다는 의의도 지닙니다. 자살도 살인도 직접적으로 등장하지 않지만, 죽음이라는 소재가 본격적으로 사용되기 시작하고, 그 죽음은 마치 발꼬프스끼 공작을 간접적인 살인자라고 비난이라도 하려는 듯한 형태로 넬리와 넬리 엄마와 넬리 할아버지에게 나타나기 때문입니다. 강자는 끝까지 강자로 남고, 약자도 끝까지 약자로 남는다는 메시지로도 이 작품을 해석할 수 있습니다. 저 역시 작품을 읽는 내내 전세 역전을 기대했건만 그런 일은 일어나지 않았습니다. 작품에 등장하는 모든 인물이 '상처받은 사람들'에 해당될진대 유독 죽음은 약자에게만 불어닥칩니다. 이런 면에서 이 작품은 지극히 현실적이라고 할 수 있겠습니다.

이 작품을 중기 대표작이자 장편의 시작이라고 보는 첫 번째 이유가 양적인 측면에서였다면 두 번째 이유는 질적인 측면에 있습니다. 도스토옙스키는 알료샤와 나따샤의 관계를 선악의 대립 혹은 단순한 연인 관계로 설정하지 않습니다. 대신 두 사람을 도스토옙스키의 이전 작품 어디에도 등장하지 않았던 새로운 인물로 만들어 선보입니다. 『스쩨빤치꼬보 마을 사람들』에서 예고르와 포마의 대립 구도는 선악의 이분법으로 어느 정도 해석할 수 있었습니다. 그러나 알료샤와 나따샤의 관계는 독특하다고 말할 수 있는데, 재독하면서 제 눈에 띈 구도는 선악이나 남녀의 이분법이 아닌 각각 천진난만함과 성숙함으로 표현할 수 있는 그 무엇이었습니다.

현실에서는 존재하지 않을 것 같은 알료샤는 아이 같은 천진난만함 혹은 순수함을 대변하는 인물로, 나따샤는 아이와 반대되는 어른의 성숙함 혹은 어른스러움을 대변하는 인물로 등장한다고 해석할 수 있다는 말입니다. 그리고 두 사람 사이에는 서로를 배우자로 믿고 함께 할 만한 교집합이 없는 것처럼 보였습니다. 둘은 서로를 위해 죽을 수도 있을 것처럼 사랑한다고 고백하지만, 그들이 고백하는 사랑은 동경에 가깝습니다. 서로에게서 자신에게 없는 여집합을 발견하고 추앙하는 마음이 들 수는 있으나 그것만으로 부부가 되기에는 함께 지난한 일상을 헤쳐 나갈 동력이 터무니없이 부족하다는 생각입니다. 알료샤는 나따샤와 함께 있을 때면 지루함을 느끼며, 나따샤 역시 알료샤와 함께 있을 땐 알료샤의 그런 모습을 안타깝게 여기고 그 결핍을 자기가 채워 줄 수 없다는 사실로 인해 마음 아파합니다. 어쩌면 두 사람 사이의 사랑은 마지막 페이지에 나따샤가 언급하듯 "한바탕의 꿈"이었을지도 모릅니다. 이루어질 수 없는 사랑을 스스로 깨닫게 되는 과정이 이 작품의 중심 서사라고 해도 무방합니다.

작품에서 아쉬운 부분도 있었습니다. 무엇보다 도스토옙스키가 발꼬프스끼 공작의 고삐를 좀 더 풀었으면 좋았겠다는 점입니다. 빌런이 빌런다워야 영화나 이야기가 더 재미있는 법이고, 어둠이 더 어두워야 한 줄기 빛의 존재와 의미가 더 소중하고 가치 있게 여겨지기 때문입니다. 그러나 이러한 미흡한 점마저도 저는 좋기만 합니다. 이런 불완전함이야말로 도스토옙스키의 중기작을 읽는 가장 중요한 이유일지도 모르겠네요.

그리스도교의 흔적들

10년간의 시베리아 유형 생활 이후 도스토옙스키의 인간 내면에 대한 통찰은 점점 더 깊어 갑니다. 그런데 유형 생활 기간은 도스토옙스키의 글에 본격적으로 그리스도교의 흔적을 남기기 시작합니다. 글은 글쓴이를 궁극적으로 반영하는 것일까요. 옴스크 감옥에서 유일하게 허용된 책이 성경이었다는 사실이 이러한 전환의 근원적인 배경이 되었을 거라는 추측은 충분히 개연성이 있어 보입니다.

그래서 저는 초기작과 중기작의 가장 큰 차이점이라고 한다면 바로 그의 작품에 그리스도교 사상이 본격적으로 가미되는 것이라 할 수 있습니다. 인간 중심적인 시선에 신적인 이미지와 그것을 추구하는 세계관이 복합적으로 나타나기 시작합니다. 철학적으로도 신학적으로도 그 색채가 진해지는 것이지요. 우리 모두가 사랑하는, 중독성 강한 도스토옙스키라는 색채가 무르익어 갑니다. 저는 그 맹아(萌芽)가 싹튼 작품이 바로 이 『상처받은 사람들』이라고 생각합니다.

도스토옙스키 작품에 스며든 그리스도교 사상을 단순하게 표현하기는 어렵지만, 한 단어로 그 일면을 설명한다면 바로 '고결함'이라는 단어입니다. 지난 작품 『스쩨빤치꼬보 마을 사람들』에서 저는 예고르를 유로지비 혹은 백치의 원형으로 보았습니다. 백치의 가장 큰 특징을 고결함이라고 표현할 수 있습니다. 겉으로는 사람들에게 무시, 비하, 조롱당할 수 있어도 그 사람 안에는 그 누구보다도 고상하고 순결한 영혼이 자리하고 있는 것이지요. 겉과 속의 극적인 대비로도 볼 수 있습니다.

이 작품 속에서 고결함을 대변하는 대표적인 인물은 천진난만함 혹은 순수함으로 상징되는 알료샤와 가장 상처받은 존재이자 가장 불쌍한 영혼으로 소개되는 넬리라고 할 수 있습니다. 알료샤가 인간 수준의 고결함을 지녔다면, 넬리는 신적인 수준으로 승화된 고결함, 즉 성스러움과 맞닿아 있다고 해석할 수도 있겠습니다. 도스토옙스키는 자신이 추구했던 아름다움의 본질인 성스러움을 가장 연약한 존재인 넬리에게 심어 놓은 것이지요. **독서 모임에서 함께 읽고 나누면서 제가 미처 구체화하지 못했던 넬리의 의미에 대해서 깊고 풍성한 깨달음을 얻을 수 있었습니다. 또한 고결함과 정반대되는 인물인 발꼬프스끼 공작을 악인의 원형으로 보는 시선에 대해서도 신선한 통찰을 얻을 수 있었습니다.** 먼저 넬리와 고결함, 나아가 도스토옙스키가 추구한 아름다움의 의미와 그리스도교 사상이 가미된 성스러움까지 나눠 보겠습니다.

알료샤의 고결함은 아이의 천진난만함 혹은 순수함을 떠올리게 만들며 그를 만나는 사람들은 때 묻지 않은 그의 눈과 표정과 몸짓으로부터 정화되는 듯한 느낌을 받는 듯해 보였습니다. 순수함은 그 자체만으로 힘을 가지니까요. 그러나 그의 그러한 특징은 사람들에게 관심과 주목을 받을 수는 있었을지 몰라도 그들을 변화시키는 힘은 없었던 것 같습니다. 그를 사랑하기까지 했던 나따샤에게도 알료샤는 결국 커다란 상처를 안겨 주었을지언정 아무런 도움을 주지 못했으니까요. 그의 고결함은 아이의 천진난만함과 이기적인 본성을 함께 머금고 있었습니다. 성숙하지 못한 순수함을 가진 어른, 그래서 타자를 헤아리지도 품지도 못하는 '어른 아이'가 바로 알료샤이지 않을까 싶습니다.

한편 넬리는 육신적인 모든 면에서 가장 약한 존재로 그려집니다. 참고로 알료샤는 이 작품에서 가장 부자인 공작의 아들로서 육신적인 면에서 아무런 어려움이 없는 인물입니다. 겉으로 봐도 넬리와 알료샤는 정반대의 캐릭터인 것이지요. 넬리는 생물학적인 아버지, 곧 발꼬쁘스끼 공작에게 버림받고 무참히 이용당한 뒤 몸과 마음에 지울 수 없는 커다란 상처를 입은 채 최근에 죽어 버린 한 불쌍한 여자의 딸로 태어나 궁핍함은 물론, 엄마가 아파서 죽은 뒤 갑절 이상의 모욕과 학대를 그 작은 몸으로 다 받아 내며 살아가고 있는 소녀입니다. 상처 속에서 태어나, 상처 속에서 자라고, 또 상처 속에서 하루하루를 간신히 견뎌 내며 살아가는 작은 영혼입니다. 그녀는 엄마가 죽기 직전에 엄마에게 생부가 누구인지 전해 들었지만 공작에게 보내는 편지를 부치지 못하고 꼬깃꼬깃하게 접어 유서처럼 목걸이에 넣고 다녔습니다. 공작이 생부라는 사실을 증명하고 그로부터의 법적인 지원을 받아 낼 수 있는 유일한 증거였습니다. 하지만 그녀는 죽을 때까지 그 편지를 공개하지 않기로 결심하고 침묵으로 실천에 옮깁니다. 공작을 벌하고 자신의 생계를 보장받을 수 있는 단 하나의 공식적인 기회를 스스로 버린 것이었지요.

왜 넬리는 그런 선택을 했던 것일까요? 독서 모임 중 한 분은 "넬리는 죽음으로 공작의 악과 폭력성을 고발한 것이다. 선으로 악을 이긴 넬리"라고 해석했습니다. 넬리의 모습에서 예수 그리스도를 떠올렸다는 이분은 더 나아가 다음과 같은 문장들로 감상문을 마무리했습니다. **"도스토옙스키의 『상처받은 사람들』을 읽으며 나는 하나의 초대장을 받은 듯하다. 넬리가 걸어간 그 길로의 부름이다. 이는 일꾼으로의 부름이 아니라 아들의 자리로의 부름이다. 새로운 가족으로의 초대다. 그리고 선으로 악을 이기는 새로운 질서를 따르는 자리다. 넬리를 통해 묘사된 예수의 길로 갈 때에야 비로소 상처 입은 세상을 구원하고 화해케 하는 평화의 사도가 될 수 있다고 부르는 초대장이 내 손에 쥐어져 있다. 이제 나와 우리의 선택만 남았다."** 이것은 그리스도교인이든 그렇지 않든 상관없이 묵직한 감동을 받는 문장입니다.

넬리 덕분에 이흐메네프는 집을 나가 부모를 버리고 알료샤에게 가 버린 딸 나따샤를 마침내 용서합니다. 넬리의 엄마 역시 넬리를 낳기 이전에 나따샤와 마찬가지로 부모를 떠나 해외에서 공작과 사랑에 빠진 후 철저하게 이용당한 채 넬리와 함께 고국으로 돌아와서 아버지인 스미트를 만나게 되는데, 스미트는 끝까지 딸을 용서하지 않았답니다. 결국 그녀는 아버지에게 용서받지 못한 상태로 화해에 이르지 못한 채 넬리만을 홀로 남겨 두고 세상을 떠나고 말지요. 이러한 가슴 아픈 이야기를 전해 들은 이흐메네프는 도저히 스미트가 되고 싶지 않았습니다. 기꺼이 사랑하는 딸을 용서하고 다시 함께하기로 결심하고 실천에 옮깁니다. 넬리가 이흐메네프 가족의 평화를 가져오게 한 중요한 문이자 가정의 구원자가 되었던 셈이지요.

이와 정반대로 고결함이 거세된 인물이 바로 발꼬프스끼 공작이라고 볼 수 있습니다. 이 작품을 읽는 모두가 그를 악인으로 받아들인 이유이기도 합니다. 그에게선 아름다움을 찾을 수 없습니다. 오직 추함만이 있을 뿐입니다. 영혼을 제거한 인간, 오로지 육신만 남아 숨 쉬는 인간, 인간다움은 눈을 씻고도 찾을 수 없는 인간, 오로지 돈과 쾌락만을 추구하는 인간이 바로 발꼬프스끼 공작입니다. 그는 후기작 『까라마조프 씨네 형제들』에서 표도르 까라마조프로 환생합니다. 『스쩨빤치꼬보 마을 사람들』에 등장한 포마의 모습도 겸비하여 더욱 입체적으로 말이지요. 독서 모임 가족 중 한 분은 이런 악인은 실존하기 때문에 우리들의 일상에서 분별해야 하고 피할 수 없다면 지혜롭게 상대해야 한다고 조언하기도 했답니다.

흥미로운 사실 한 가지가 더 있습니다. 앞서 언급한, 고결함을 대변하는 두 인물인 알료샤와 넬리가 모두 발꼬프스끼 공작의 아들과 딸이라는 사실입니다. 악은 유전되지 않는다는 메시지일까요? 고결함은 악인의 씨로부터도 나올 수 있다는 메시지일까요? 이렇게 설정한 도스토옙스키의 의도를 알 수는 없으나 저는 이렇게 추측해 봅니다. 이 작품을 겉으로 드러난 주인공 알료샤와 나따샤의 이야기로 읽지 않고 발꼬프스끼와 넬리의 이야기로 읽는다면, 악의 화신인 발꼬프스끼를 가장 효과적으로 벌할 방법으로 도스토옙스키는 넬리라는 카드를 선택하지 않았을까, 그럴 수밖에 없지 않았을까 싶습니다. 영혼이 거세된 채 오로지 육신으로 이루어진 자가 자신이 낳은 육신의 열매로 인해 무너지는 장면을 도스토옙스키는 머릿속에 그리고 있지 않앉을까 싶습니다. 비록 이 해결 방안은 발꼬프스끼의 육신에는 아무런 해를 입히지 못했지만, 영적이랄까, 인간의 능력을 초월하는 영역에서는 완전히 그를 파멸시켰다고 봅니다. 결국 용서받지 못한 자로 살아가게 되니까요.

독서 모임 가족 중 또 다른 분은 발꼬프스끼 공작이야말로 상처를 전혀 받지 않은 유일한 인물이라고 해석하기도 했는데, 마지막에 용서받지 못한 유일한 인물이 바로 발꼬프스끼 공작이라는 사실도 흥미롭습니다. 상처받고 상처 주고 용서받고 용서하는 삶. 어쩌면 이것이 우리네 인생이지 않을까 싶네요. 언제나 힘겹고 힘겨운 인간관계이지만, 바로 거기에 인간다움이 거할 수 있다는 것, 고결함과 성스러움을 추구할 수 있는 곳도 바로 우리들의 일상이라는 것. 아, 도스토옙스키는 정말 많은 것들을 가르쳐 주는 것 같습니다.

말, 말, 말

알료샤와 나따샤, 넬리와 발꼬프스끼 공작을 비교 대조하는 나눔이 무척이나 진지하고 왕성하게 오감. 다들 그리스도교의 예수 이미지를 넬리에게서 발견했다고 함. 성스럽고 고결하며 희생하는 이미지 때문이었음. 이에 반하여 악인 중 악인이라고 할 수 있는 발꼬프스끼 공작은 욕을 엄청나게 들었음. 실제로 발꼬프스끼 공작 같은 사람을 만나 힘들었던 과거 경험을 이야기하며 회상에 잠겼던 분도 있었음.

홍이   상처받은 이들에게는 이웃이 필요하다. 우물에서 나오려면 우물 밖에서 누군가 손잡아 이끌어 주어야 한다. 사실 우리 모두 상처받은 사람들이고, 우물에서 허우적대고 있는 것일 텐데, 인생에서 단 한 번이라도 손을 내밀어 본 적이 있었는가. 이웃과 함께 사랑하고 용서하며 살아가야겠다.

갱이   자존심을 포기하는 게 왜 그렇게 어려울까? 내가 '약해 보이기 싫기' 때문이다. 자존심을 굽히는 순간 내가 '틀린 사람'이 되는 거라 오해하기 때문이다. 누군가와 진정으로 친밀해지고 싶다면 자존심을 버려야 한다. 사람 사이에 어떻게 마찰이 없고 갈등이 없을 수 있겠는가? 그럼에도 서로를 '악하다' 비난하지 않고, 서로의 '약함'으로 인정해 주고 안아 주는 것, 내가 어떤 존재인지 알기에 타인에게도 마음의 공간을 내줄 줄 아는 것. 그것이 좋은 관계 아닐까.

웅이   작품 속에서도 그렇고 현실에서도 모두가 저마다 상처를 품고 외롭게 살아간다. 완벽한 사람은 없다. 인간은 불완전하고 상처투성이인 서로를 자신의 세계로 끌어들이며 살아간다. 서로의 상처를 있는 그대로 바라볼 때 비로소 인간다운 삶이 시작되는 건 아닐까? … 모순된 세상을 함께 살아가기 위해 우리는 서로에게 곁을 내줘야 한다. 대단한 선행을 베푸는 것이 아니다. 그저 지난 하루에 대해서 이야기를 나누고, 맛있는 밥을 함께 먹고, 버스나 지하철 자리를 양보하고, 밝게 인사하며 내일을 기대하는 것이다. 나는 그것이 사랑의 역할이고 목표라고 생각한다.

수홍쌤 도스토옙스키 님! 저는 아직도 당신의 길고 긴 표현과 연극적 대화 내용이 어색하고 이렇게까지 장황한 말 잔치를 수용하기에 제 용량이 작음을 인정합니다. 긴 소설을 짧은 시간에 읽어 내느라 방대한 분량과 어지러운 문맥 속에 당신이 내게 주려는 메시지를 이해하지 못했을 수 있음도 사과합니다. 그러나 600페이지를 넘는 당신의 소설을 읽어 낸 것은 칭찬받고 싶어요. 끝으로 상처받은 사람들 중 자기만 상처받았다 원망하지 않고 용서와 이해라는 연고를 발라 준 주인공들도 만나게 해 주어 고맙습니다.

김관장 도스토옙스키는 넬리를 통해 상처 입은 사람이 얼마나 자존심이 강하고 사랑받는 것을 힘들어하는지를 묘사한다. 바냐는 이런 넬리를 누구보다 깊이 이해한다. 그는 그녀의 자존심이 상하지 않도록 너무 급하지도 않고, 너무 과하지도 않게, 상대가 수용할 수 있는 만큼의 절제력 있는 사랑으로 그녀의 필요를 채워 준다. 정말 그 사람이 필요할 때까지 기다려 주는 것. 나는 상처 입은 자들을 향한 사랑이 어떠해야 하는지를 바냐의 어깨너머로 배운다.

여섯 번째 만남

『죽음의 집의 기록』

현장 스케치

◇**날짜:** 2024년 3월 21일 목요일 저녁 6시

◇**장소:** 어,울림 도서관

◇**참석자:** 홍이, 갱이(발제), 제니, 써니, 크리스, 별셋맘, 김관장, 선영(게스트), 히어로. 이상 총 9명

◇**특이사항:** 히어로 님 코로나 걸리고 회복 직후 참석하심. 다희 님 건강 상태 악화로 입원하셔 불참하심. 광명에서 선영 님이 게스트로 또 참석하심.

★★★☆☆

도스토옙스키는 어둠의 실체 혹은 그 이면을 의사가 해부하듯 섬세하고 적나라하게 드러내는 것만으로도 이미 충분히 천재적인 작가였습니다. 그러나 그는 시베리아 유형 생활 덕분에 그 단계에 머물지 않고 그 어둠에 구원의 서광을 비추는 작가로 진화했습니다.

도스토옙스키의 이러한 변화를 감옥에서 유일하게 허락된 성경을 수없이 읽었다는 사실만으로 설명할 수는 없을 것 같습니다. 그에게 유형 생활은 이해할 수 없지만 받아들여야만 하는 여러 인간 군상들을 세밀하게 관찰하고 분석하며 인간 본성에 대한 깊은 통찰을 얻는 예기치 못한 기회가 아니었나 싶습니다. 감옥이 아니면 결코 만날 수 없는 사람들을 강제적으로 만나게 되면서 도스토옙스키의 가치관과 세계관이 거부할 수 없는 변화를 거쳤을 거라는 예상도 충분히 해볼 수 있습니다.

여기 도스토옙스키가 옴스크 감옥에서 보낸 4년간의 유형 생활이 고스란히 담긴 작품, 『죽음의 집의 기록』을 소개합니다. 비록 허구가 가미된 소설 형식이지만, 독자들은 충분히 도스토옙스키가 겪은 감옥 안 생활을 직접적으로 또 현실적으로 느끼는 데 부족함이 없습니다.

✛처음 읽기
자유

알렉산드르 뻬뜨로비치 고란치꼬프. 귀족 출신인 그는 자기 부인을 살해한 죄로 서부 시베리아 옴스크 지방에 위치한 감옥에서 10년간 복역한 뒤, K시 이주민으로 정착하여 겸허하고 조용한 일생을 보내고 있었습니다. 그는 과묵함을 넘어 대인 기피증까지 있는 듯 사람들과의 접촉을 의도적으로 피하며 살고 있었습니다. 이른바 은둔형 외톨이 타입. 원래부터 그랬던 걸까요, 아니면 유형 생활이 혹시라도 남겼을지 모르는 어떤 트라우마 탓이었을까요? 그는 죽을 때조차 고독 속에서 홀로 죽었습니다. 그의 단절된 삶은 결국 죽음으로 끝을 맺었습니다. 10년간 빼앗겼던 자유를 마침내 되찾았건만, 그는 왜 여전히 자유가 없는 사람처럼 생의 마지막 순간까지 고립된 삶을 이어 갔을까요? 과연 그에게 자유란 무엇이었을까요? 도스토옙스키는 왜 이런 사람의 모순된 삶의 결말을 먼저 보여 주면서 작품을 시작했을까요?

'나'라는 사람이 서두를 여는 이 작품은 액자식 구성으로, 서두를 제외한 거의 모든 부분은 알렉산드르 뻬뜨로비치가 직접 쓴 생생한 유형 생활 기록입니다. 그가 남긴 유품 중 두툼한 공책이 하나 있었는데, 그 공책을 가득 메운 기록들이 '나'에 의해 세상에 알려지게 되었습니다. 그것이 바로 이 작품, 『죽음의 집의 기록』입니다.

이 작품은 주로 제한된 감옥 생활을 그리기 때문에 강력한 서사가 없습니다. 다만, 살아 있는 현실인 것처럼 감옥 안 세계를 유감없이 보여 줍니다. 사실적인 묘사에서 과장은 전혀 느껴지지 않습니다. 직접 경험 없는 공상만으론, 혹은 유경험자에게 귀동냥만 해서는 결코 쓸 수 없는 글이 분명합니다. 그렇습니다. 이 작품 역시 비록 소설이라는 형식을 따르고는 있지만, 사실은 저자 도스토옙스키의 실제 경험이 그대로 반영된 작품입니다. 그러므로 이 작품 속 주인공 알렉산드르 뻬뜨로비치는 도스토옙스키의 분신인 셈이고, 그의 유형 생활 기록은 도스토옙스키의 허구 섞인 수기로 볼 수 있습니다.

도스토옙스키는 1850년부터 1854년까지 4년간 감옥 생활을 했습니다. 당시는 니콜라이 1세 황제 집권기였고, 도스토옙스키는 공상적 사회주의자 푸리에를 따르는 페트라셉스키 독서 서클에 속해 있었습니다. 그는 1849년 4월 15일 모임에서 당시 금서였던 「고골에게 보내는 벨린스키의 편지」를 낭독했고, 그때 마침 그 서클 안에 잠입해 있던 경찰의 밀고로 인해 서클 회원 모두가 체포됩니다. 그들은 놀랍게도 모두 정치범으로 몰려 사형 선고를 받습니다. 단지 금서 하나 낭독했다고 사형이 언도되는 이 말도 안 되는 상황은, 나중에 밝혀지기로는, 정치범들에게 본때를 보여 주고자 상부에서 조작한 반인륜적인 연극에 불과했지만, 도스토옙스키는 실제 사형 집행장에서 두 손과 두 발이 묶인 채 총구 앞에 서서 그야말로 죽음 직전까지 가는 극적인 경험을 해야만 했습니다. 물론 각본대로 도스토옙스키는 총살 직전 사면을 받고 감형되어 시베리아 옴스크에서 4년간 유형 생활을 하게 되었지만 말이지요. 이 끔찍했던 경험은 그에게 트라우마가 되었고 그가 평생 앓은 간질병의 원인이 되었답니다.

그래서였을까요? 제게 있어 알렉산드르 뻬뜨로비치가 묘사하는 감옥 안 세계는 도스토옙스키의 오감을 통과한 생생한 삶의 현장으로 읽혔습니다. 제목에서도 알 수 있지만, 그곳은 살아 있으나 죽은 자들의 세계였습니다. 살아 있음과 죽어 있음의 차이는 곧 '자유'의 유무였습니다. 도스토옙스키는 이 작품을 통해 감옥 유형수들의 현장을 세상에 드러내 보임과 동시에 자유에 대해서 뭔가 말하고 싶었던 게 아니었을까요?

자유. 감옥 안 자유와 감옥 밖 자유. 둘은 과연 같을까요, 다를까요? 아니면, 같은 자유를 다른 측면에서 보는 것에 불과할까요? 한 걸음 더 나아가, 우린 이 책을 통해 감옥 생활을 거친 사람이 다시 맞이한 감옥 밖 자유 또한 고찰해 봐야 합니다. 많은 독자가 놓치고 있는 이 부분에 어쩌면 도스토옙스키의 메시지가 함축되어 있을지 모르기 때문입니다.

"돈은 주조된 자유다." 이미 유명해진 이 문장은 첫 번째 장에 나오는 명문입니다. 도스토옙스키 작품에서 언제나 빠지지 않고 등장하는 주재료인 돈과 자유의 관계를 아주 짧고 간결하게 표현한 문장입니다. 감옥 안에서의 재산 사유는 당연히 금지되어 있습니다. 발각되면 즉시 빼앗깁니다. 그럼에도 불구하고 대부분의 유형수는 돈을 벌기도 하고, 비록 적은 양이지만 마음껏 탕진하기도 합니다. 그곳 나름대로 경제 구조가 형성되어 있는 것이지요.

유형수들은 감옥이라는 건물 안에만 갇혀 있지 않습니다. 감옥은 유치장이 아닙니다. 새로운 삶의 터전이며 누군가에게는 죽기 전까지 살아야만 하는 모든 시공간의 베이스캠프입니다. 그들은 강제로 노동에 참여해야 합니다. 인근에 있는 건축 현장이라든지 농사 현장에 파견되어 철저한 감시하에 나름대로 성취감을 느낄 수 있는 노동을 부여받습니다. 외부 민간인들과의 접촉이 허락된 건 아니었지만, 감시라는 것 자체가 완벽할 수 없기 때문에 그 틈을 타 비밀리에 어떤 일을 청탁받아 해 주고 노동에 대한 대가를 지불받습니다. 심지어 유형수 중에 귀금속 세공사도 있었다고 합니다. 물론 간수에게 적발되면 모든 걸 압수당했지만, 유형수들은 그렇게 번 돈을 어딘가에 잘 숨겨 두어 그들만의 경제생활을 영위했습니다.

돈은 감옥 안에서도 힘이 있었습니다. 돈이 많고 적음에 따라, 비록 엉성하지만, 감옥 안에서도 그 나름대로 피라미드 체계가 형성되어 있었으며, 감옥 밖에서의 신분, 이를테면 귀족인지 평민인지에 따른 출신 성분 역시 감옥 안에서도 유효했습니다. 죄에 대한 대가로 자유를 빼앗긴, 그래서 그 누구보다도 자유를 갈망할 수밖에 없는 유형수들에게도 돈은 여전히 자유의 상징이었다는 점이 제겐 의미심장하게 다가왔습니다.

인간이 자유로움을 느낀다는 건 무엇을 의미하는 걸까요? 혹시 일을 해서 돈을 벌고, 그 돈을 마음대로 쓰는 권한이 곧 자유로움이 아닐까요? 돈이 없다면 진정한 자유를 누릴 수 있을까요? 자유란 무엇인지, 나의 자유를 위해서는 누군가의 자유가 희생되어야 하는 건 아닌지, 진지하게 한번 생각해 볼 문제입니다.

알렉산드르 뻬뜨로비치는 유형 생활에서 힘든 고통이 '자유의 박탈'과 '강제 노동'이라고 언급하고 있지만, 나중에 가서 깨닫게 된, 그 무엇보다 더욱 힘든 고통은 '강제적인 공동 생활'이었다고 서술하고 있습니다. 혼자 있을 수 없다는 것, 24시간 누군가와 함께해야 한다는 것, 그것은 어쩌면 파괴적인 구속이 아닐까 생각해 봅니다. 여기서 저는 일상에서 아무렇지도 않은 듯 '혼자 있을 수 있다는 것'에 대한 의미를 재발견합니다. 인간은 사회적 동물이기 때문에 고립되고 단절된 삶은 곧 죽음을 의미하지만, 혼자 있는 시간 없이는 결코 사회적 동물로서 제대로 기능할 수 없다는 점을 생각해 볼 때, 혼자 있을 수 있음은 곧 가장 기본적인 자유 중 하나라는 사실을 깨닫습니다.

지휘관들이 죄수들을 대하는 태도에서 알렉산드르 뻬뜨로비치는 인권을 말합니다. 사람들이 흔히들 오해하는 것 중 하나가 바로 '죄수들을 잘 먹여 주고, 잘 다루어서 모든 것을 법대로만 처리하면 만사가 끝이라고 믿는 것'이라고 일갈하면서 말입니다. 그리고 어떤 낙인으로도, 어떠한 족쇄로도 죄수가 인간이라는 사실을 잊게 만들 수 없다고 말합니다. 그렇습니다. 어떤 죄를 짓고 그 대가를 지불하기 위해 자유를 빼앗긴 채 감옥에서 살아야 한다고 해도 그 죄수는 여전히 인간입니다. 그러나 죄를 지었다는 이유만으로 그 사람의 존재 자체를 부인하거나 혐오하게 된다면, 그 행위야말로 더 큰 죄를 짓는 것일지도 모

2부 + 시베리아에서 돌아온 남자

릅니다. 그 죄수는 감옥 생활로써 이미 그 대가를 지불하고 있습니다. 이 점을 간과하면 안 됩니다. 모든 인간은 평등하다는 말에서의 '모든' 은 감옥에 갇힌 죄수도 포함합니다. 오늘날 우리 사회에서 우리와 함께 숨 쉬고 있는 여러 소수자도 마찬가지입니다. 자유를 빼앗긴 감옥에서 얻은 이 깊은 인간 존중에 대한 깨달음. 지은 죄와 상관없이 인간은 인간입니다. 이를 간과한다면 인간의 기본적 자유를 침해하는 것이며, 중죄를 범하는 것일지도 모릅니다.

유형수들은 비록 각자 지은 죄 때문에 감옥에 갇혔지만, 과연 이 감옥 생활이 그들에게 적절한 조치였을까요? 과연 그 조치로 인해 사회는 더 안전해지거나 나아졌을까요? 혹시 알렉산드르 뻬뜨로비치가 외친대로, 오히려 사회에 필요한 사람들을 잃게 된 면도 많지 않을까요? 그들을 감옥에 가둠으로써 얻은 것보다 잃은 게 혹시 더 많진 않았을까요? 감옥이란 도구를 이용하여 죄의 대가로 자유를 빼앗는 행위는 과연 누구를 위한 것일까요? 많은 질문이 쏟아지지만, 일괄적인 대답을 할 수는 없습니다.

다만, 저는 이 작품을 다 읽고 다시 서두를 들춰 보며, 절망적인 결론에 도달할 수밖에 없었습니다. 서두에서 '나'가 기록한 알렉산드르 뻬뜨로비치의 고립되고 단절된 삶, 그리고 그의 외로운 죽음은 이 숱한 질문들에 대한 도스토옙스키의 암묵적인 답이자 그 제도에 대한 고발이 아닐까요? 과연 자유의 박탈로 죄가 상쇄될 수 있을까요? 어쩌면 도스토옙스키는 자신의 유형 생활 후의 삶이 알렉산드르 뻬뜨로비치의 외롭고 단절된 삶으로 수렴할 것 같은 불길한 예감을 하고 있진 않았을까요? 비록 우리가 알고 있는 그의 미래는 전혀 그렇지 않지만 말입니다.

✦다시 읽기✦
자유와 돈, 그리고 인간

작품 초반부터 도스토옙스키는 자유와 돈을 직접적으로 연결합니다. 자본주의 사회에서 돈이 차지하는 비중을 단적으로 표현한다고 해석할 수 있겠습니다. 재독하는 제 눈에는 조금 다르게 읽혔습니다. 자유를 누린다는 것과 돈을 가진다는 것 사이의 틈이 더 크게 보였습니다. 요컨대 돈은 어떤 형태의 자유일 수 있지만, 자유는 결코 돈일 수 없다는 것, 자유를 돈으로 환산할 수 없다는 것, 그리고 돈과 연결된 자유를 이해하기 위해서는 타자와 나를 비교하는 인간의 본성을 들여다봐야 한다는 것입니다.

　돈이 많다는 말의 의미를 먼저 짚어 봅니다. 많다는 건 주관적인 인식입니다. 그러나 나보다 적은 돈을 가진 사람과 비교할 땐 객관적으로 바라보게 됩니다. 또한 많다는 건 상대적인 개념입니다. 그러나 나보다 못 가진 사람과 비교할 땐 절대적인 개념이 됩니다. 주관적이고 상대적인 개념을 객관적이고 절대적인 것으로 만들 때 인간은 희열을 느낍니다. 힘을 얻었다고 느낍니다. 을은 갑이 되고, 인간은 신이 됩니다. 그러나 그 신은 반쪽짜리입니다. 언제나 나보다 더 많이 가진 사람이 존재하기 때문입니다. 신은 다시 인간이 되고, 갑은 다시 을이 됩니다. 마침내 복잡한 피라미드 꼴의 위계질서 속으로 편입됩니다. 이런 무한 반복 속에서 대부분 인간은 자기 객관화에 이르기도 하고, 그 반복이 인생 자체이기도 하다는 사실을 받아들이며 체념하고 어느 정도는 초월합니다. 그러나 몇몇은 그 무한 반복을 끝내기 위해 극단으로 나아갑니다. 그 누구보다도 많이 가지면 된다고 여기게 됩니다. 주관적이고 상대적인 개념은 한낱 약한 인간의 합리화일 뿐이라고 단정하고 절대 강자의 자리를 향해 나아갑니다. 이것이 바로 돈의 논리이고 돈의 힘이며 돈의 세상입니다.

그렇습니다. 돈은 비교할 수 있는 물질입니다. '돈은 주조된 자유'라는 말은 사회 구성원 대다수의 일상에서 나온 게 아니라 시베리아 옴스크 감옥에서 나왔다는 사실을 되짚을 필요가 있습니다. 감옥 안에서 돈의 소유는 불법입니다. 그러나 그것은 어느덧 관습이 되어 버렸고 죄수들은 법이 아닌 그 관습에 따라 유형 생활을 해 나갑니다. 감옥에 갇혀 있다는 자체가 자유를 박탈당한 상태라는 점도 간과하면 안 됩니다. 다시 말해, 감옥 안에서 얻는 돈을 자유로 환산한다 해도 그것은 이미 자유가 억압당한 상황에서 유형수들이 불법적으로 간신히 누릴 수 있는 손바닥만 한 자유에 불과합니다. 그러므로 돈과 자유의 관계를 맥락과 상관없이 우리들의 평범한 일상에 곧바로 적용하면 뜻하지 않은 오해와 불필요한 사유라는 역효과를 내고 맙니다.

돈과 달리 자유는 물질이 아닐뿐더러 물질로 변환할 수도 없습니다. 즉 살 수도 팔 수도 없다는 말입니다. 그럼에도 불구하고 옴스크 감옥 안에서는 자유를 돈으로 측정할 수 있는 것처럼 보였습니다. 돈을 많이 가진 자는 남들보다 더 많은 자유를 누리는 것처럼 묘사됩니다. 그들은 목에 잔뜩 힘이 들어가 있습니다. 감옥 밖에서의 삶과 그리 다르지 않은 위계가 잡혀 있었습니다. 감옥 밖에서는 그렇게 목에 힘을 주는 자를 상대하지 않으면 되고 피할 수 있으면 피하면 되지만, 감옥 안에서는 불가능합니다. 다른 선택권이 박탈당한 상태에서 인간의 본성은 더욱 선명해지고 단순하게 보일 정도로 정직하게 드러납니다.

화자는 그런 유형수들에게서 허세를 읽어 냅니다. 강한 자존심도 읽어 냅니다. 실제로 그들은 가혹하고 무자비하게 덜 가진 자들, 힘없는 자들을 착취합니다. 손바닥만 한 자유를 가진 자들이 모였는데도 그들은 상석을 차지하고 더 많은 자유를 누리기 위해 상대적 약자를 더욱 짓밟습니다. 감옥 안이나 밖이나 인간이 모인 자리는 결국 똑같다는 사실을 실감할 수 있는 부분이었습니다. 인간의 한계를, 그리고 저도 결국 같은 인간이라는, 낯 뜨거운 민낯을 직시할 수밖에 없었습니다.

한편, 저를 더욱 넋이 나가게 만드는 사례도 보았습니다. 마치 자기는 당연히 강자의 억압을 받아야 하는 것처럼, 당연히 누군가를 위해 일을 해야 하는 것처럼, 당연히 자유라는 것은 자기에게 허락된 게 아닌 것처럼 여기는 사람들의 존재였습니다. 화자는 그들에게 지속적으로 도움을 받아 가며 상대적으로 대접받으며 생활했지만, 그 역시 그들의 심리를 다 이해하지는 못하는 것 같습니다. 그들을 움직이는 건 노예근성 같았고, 그들에게 필요한 건 친절과 돈이 아닌 듯했습니다. 인간이란 어떤 존재인지, 자유란 어떤 것인지 등의 기본적인 계몽이 필요한 것 같았습니다. 뼛속까지 스며든, 스스로 인식하지 못하고 있는 세계관에 함몰된 인간의 모습을 저는 보았던 것입니다.

화자는 책의 곳곳에서 과연 유형 생활이 죄수들의 교화를 얼마나 이뤄 낼지 의문스러워합니다. 작품의 많은 부분에 공감했지만, 특별히 우려 깊은 마음으로 공감할 수밖에 없었던 부분은 바로 이들의 존재였습니다. 이들은 과연 감옥 밖으로 다시 나간다고 해서 무엇이 달라질 수 있을지, 교화라는 단어가 이들 앞에서는 아무런 힘이 없는 껍데기의 말일 뿐이라는 생각이 강하게 들었습니다. 무기력함을 느꼈습니다. 자기 객관화를 이루지 못하는 사람들을 한곳에 가두어 두고 자유를 억압해 가며 중한 노역을 부과하고 의식주의 기본적인 생활에 제한을 주는 조치들이 과연 무엇을 이루어 낼 수 있는지조차 저는 알 수 없게 되었습니다.

화자는 벽돌을 나르는 일을 하며 이르띠쉬 강변에 머무는 것을 좋아했습니다. 그 강변에서만 신의 세계가, 순결하고 투명한 저 먼 곳이, 황량함으로 신비스러운 인상을 불러일으켰기 때문이라고 했습니다. 아마도 화자는 그곳에서 예기치 못한 자유와 구원의 순간을 예감하고 미리 경험하지 않았을까 싶습니다. 눈을 감으면 이르띠쉬 강변에 서서 비스듬한 오후 햇살을 맞으며 생각에 잠겨 있는 도스토옙스키가 보이는 것 같습니다. 그 틈새의 순간들이 그의 인간 본성에 대한 탁월한 통찰력을 다듬고 단단하게 만들었을 것입니다.

'인간스러움'과 '인간다움'

무언가에 대한 결핍을 느껴야 그것에 대한 갈망이 비로소 선명해지는 걸까요? 자유가 제한된 감옥 같은 특수한 공간에서 죄수들이 자유를 갈망하게 되는 건 당연한 일일지도 모르겠습니다. 그러나 이 작품의 화자에 따르면 꼭 그렇지만은 않은 것 같습니다. 자유라는 개념도 시대와 문화에 따라 상대적인 의미를 띤다는 사실을 알 수 있었으니까요.

누군가에겐 감옥이 더 편하기도 하다는 사실에 저는 경악할 수밖에 없었습니다. 그 사람의 일상은 도대체 어떠했길래 감옥이 더 편할 수 있었던 걸까요? 그렇다면 그들을 감옥에 가두는 건 무슨 의미가 있을까요? 기본적인 자유를 제한함으로써 지었던 죄를 반성하고 참회하고 앞으로 다시는 죄를 짓지 않기로 다짐하며 새로운 삶을 시작하라는 게 감옥의 설계 목적 아니던가요? 죄수를 교화하는 것이 감옥의 존재 이유 아니던가요?

이런 질문들을 던지고 나니 저마다 다른 문화와 환경의 맥락을 고려하지 않은 채 강요되는 일괄적인 감옥 생활이 과연 제 기능을 발휘할 수 있을지 의문스러워졌습니다. 그렇다고 저마다 다른 삶의 배경을 어떻게 차등적으로 구별하여 그에 알맞은 감옥 생활을 부과할지 결정하는 것 또한 막연하기만 합니다. 감옥은 분명한 목적으로 만들어졌지만, 동시에 분명한 한계를 지니고 있는 것이지요. 인간의 본성이 그만큼 오묘하기 때문이리라 생각합니다. **이 작품을 읽으며 저는 죄수들의 인권 문제를 포함하여 감옥의 본래 기능에 대해서 진지하게 물을 수밖에 없었습니다. 그리고 감옥은 죄인들의 공간이라기보다는 그저 또 다른 세상이라는 인식이 생기게 되었습니다.**

독서 모임에서 이 작품을 함께 읽고 나누면서 모두가 비슷한 생각을 했다는 사실을 알 수 있었습니다. 그중 한 분은 "나쁜 사람들은 어디에나 있게 마련이지만, 나쁜 사람들 가운데도 좋은 사람들은 있는 법이지. 누가 알겠나? 이 사람들이 감옥 바깥에 남아 있는 다른 사람들보다 결코 나쁜 사람들이 아닐지."라는 대사를 이 작품의 핵심으로 꼽기도 했답니다. 그분 역시 감옥의 존재 이유를 묻는 근원적인 질문 앞에 설 수밖에 없었던 것이지요.

또한 자유라는 가치를 그 어느 작품보다 깊게 사유하면서 독서 모임 가족의 절반 정도가 인간다움에 대해서 언급했습니다. 자유와 인간을 연결한 것이지요. 짐승이 아닌 인간만이 가진 고유한 가치는 자유가 기본적으로 허락될 때 추구하고 누릴 수 있는 게 아닌가 하는 생각을 자연스럽게 하게 되었습니다. 자유의 의미를 알고 소중히 여기며 감사해하고 또 그것을 추구하는 존재는 인간밖에 없을 것입니다. 그러므로 자유를 이야기하면서 인간을 떠올린 건 어쩌면 '2×2=4'처럼 당연한 결과라고 할 수 있겠습니다.

따라서 기본적인 자유를 박탈당한 상황에서는 인간다움의 추구가 제한될 수밖에 없습니다. 이 작품을 읽고 결국 저는 또다시 도스토옙스키의 근원적인 질문인 '인간이란 무엇인가?'에 대해 생각하게 되었습니다. 작품 속 화자는 인간의 민낯을 감옥 안에서 마주하게 됩니다. 그렇다면 과연 인간의 민낯이란 어떤 것일까요? 두 가지로 나눠서 생각해 볼 수 있겠습니다. 하나는 '인간스러움', 그리고 나머지 하나는 '인간다움'입니다. 저 혼자만의 구분이고 말장난 같기도 합니다. 하지만 충분히 공감하리라고 생각합니다.

먼저 '인간스러움'이란 짐승과 같이 본능에 충실한 모습을 일컫습니다. 이것은 인간만이 가진 고유한 속성이라고 할 수는 없지만, 모든 인간이 가지고 있는 모습이기 때문에 잘 알아 둘 필요가 있습니다. 인간은 생물학적으로 그리고 진화학적으로 포유류에 속하고 영장류에 속하는 동물이기도 하니까요. 이러한 동물적 본능이라 할 수 있는 모습들은 감옥 안에서 돈으로 환산할 수 있는 자유가 대부분 쾌락을 누리는 행위에 사용되는 장면들에서 나타납니다. 맛있는 음식을 먹고 술을 마시고 성적 욕망을 좇고 자기보다 약한 타자를 착취하고 자기가 갑이 되어 군림하려는 욕망 모두가 이러한 모습을 반영한다고 할 수 있습니다. 한심하고 수치스러운 모습들까지도 모두 포함하고 있는 것이지요. 정말 '인간스러운' 모습이지 않을 수 없습니다. '결국 인간이구나' 하는, 인간의 한계랄까요. 인간의 유한성을 다시금 깨닫고, 존재에 대한 실망과 수치심을 머금는 경험. 우리 모두가 현실에서 종종 겪고 있지 않을까 싶습니다.

반면, 감옥 안에도 '인간다움'을 간직하고 추구하는 소수의 사람들이 있었습니다. 화자는 그들을 사랑했으며 그들에게 사랑을 받았습니다. 감옥이라는 혹독한 공간에서도 바로 이러한 사람들 덕분에 화자도 '인간다움'을 유지할 수 있었다고 봅니다. 서로를 동등한 인격체로 인정하고 그렇게 대우하는 것, 자기 것만 챙기고 타자를 착취 대상으로 보는 게 아니라 상대방의 입장을 먼저 생각하고 배려할 줄 아는 것, 다수의 죄수들처럼 동물적 본능에 따라 쾌락이나 누리며 시간을 탕진할 수도 있지만 그렇게 하지 않고 도덕적이고 윤리적이며 정의로운 선택을 하고 그렇게 실천하는 것, 곧 고결함을 유지하는 것, 인간을 인간으로 대하는 것. 바로 이런 것들이 '인간다움'이 가진 의미들이 아닐까 싶습니다. '인간스러움'이 너무나 인간적이면서도 비인간적인 모습이라면, '인간다움'은 인간만이 가진 고유한 이성과 도덕과 윤리를 자기 삶에 적용하고 힘들지라도 그것을 꿋꿋하게 지켜 내는, 그야말로 '참인간'의 모습이 아닐까요?

성경에 따르면, 각자의 '인간다움'이 회복되고 지켜지고 존중받는 곳이 곧 천국과 같은 장소라고 해석할 수도 있습니다. 구원이란 어쩌면 '인간스러움'으로부터 '인간다움'으로의 전환을 의미한다고 해석할 수도 있겠습니다. 이사야서에 나오는 천국은 사자와 어린양이 함께 뛰어노는 세상입니다. 어린양이 사자가 되려고 애쓸 필요도 없고, 사자가 어린양이 되려고 노력할 필요도 없이, 사자는 사자의 모습으로, 어린양은 어린양의 모습으로 저마다의 개성이 동등하게 인정받고 존중받아 다양성이 기본이 되는 세상. 곧 인간이 누리고 누려야 하는 참자유의 모습이 구현된 곳이지 않을까 싶습니다. 도스토옙스키도 4년간 감옥 안에서 성경만 읽으며 이런 상상을 하지 않았을까요?

감옥 밖이 아니라 감옥 안에서 '인간스러움'과 '인간다움'을 분별을 할 수 있게 되었다는 점이 저에겐 무척이나 인상적입니다. 이 두 가지 구분을 '자유'에 연결해 생각해 봅니다. '인간스러운' 자유가 동물적 본능에 따른 육체적인 쾌락만을 지향한다면, '인간다운' 자유는 동물적 본능에 좌지우지되지 않고 인간만이 가진 고유한 속성을 지켜 내어 정신적이고 또 영적이기까지 한 기쁨을 지향하는 것이라고요.

　이 두 가지 인간의 민낯과 두 가지 자유의 모습을 화자는 시베리아에 위치한 감옥에서 똑똑히 볼 수 있습니다. 화자는 곧 도스토옙스키와 동일 인물로 생각해도 무방하므로, 우리가 아는 대문호 도스토옙스키의 인간에 대한 심오한 통찰력은 감옥 안에서 숙성되고 완성되었다고 해석해도 결코 과언이 아닙니다. 도스토옙스키에겐 간질병을 가져다줄 정도로 재앙과도 같았던 시기가 결국 우리같이 도스토옙스키 작품을 사랑하는 독자들에겐 없어서는 안 될 소중한 시기로 작용한 것이지요. 도스토옙스키에게 미안함과 고마움을 느끼지 않을 수 없습니다. 이 작품을 읽고 여러분도 자유의 의미와 인간다움의 의미를 깊이 생각해 보길 바랍니다.

말, 말, 말

요아라진트 책문 자유가 무엇인지에 대한 왕성한 의견 나눔. 감옥의 존재 이유와 효용성에 대한 생각들도 활발하게 개진됨. 나아가 인간다움이란 무엇인지에 대해서도 저마다 의견을 내놓음. 그리고 이 작품 덕분에 도스토옙스키의 시베리아 옴스크 감옥 생활을 모두가 숙연하게 관찰할 수 있었음.

제니 몇 년 전 『산둥 수용소』를 읽으며 감옥 생활에 대해 어느 정도 알게 되었다. 이 책을 읽으며 우리도 어쩌면 감옥에 사는 게 아닌가 하는 생각도 해 보았다. 감옥 밖의 우리도 어떤 면에서는 자유가 없지 않나 하는 생각들. 족쇄를 차진 않았지만 족쇄를 차고 있는 느낌 말이다. 주인공이 자신의 족쇄가 풀어지는 것을 보며 이 족쇄가 내 몸에 있었던가 하고 놀라워하는 장면이 마음에 와닿는다. 늘 새로운 일이 생길 때마다

족쇄처럼 느꼈던 적이 있었다. 그러나 시간이 지날수록 자연스러워지고 결국엔 족쇄와 한 몸이 되는 놀라운 일이 벌어진다. 우리 모두는 스스로 선택을 하고 자유를 제한하고 족쇄를 찬다. 그리고 시간이 지나서는 족쇄 찬 것을 잊어버리고 산다.

김관장　남성과 여성의 성별 따위가 뭐가 중요하냐며 모두의 고유한 차이마저 지워 버리자는 이 땅에는 존재할 수 없는 '망상 유토피아'가 아닌, "나는 나, 너는 너, 차이도 다름도 존재하지만, 그것이 우리가 살아가고 사랑하는 데 크게 문제되지는 않아!"라고 말할 수 있는 그런 세상을 살아 보지 않겠냐고 도스토옙스키는 이 소설을 통해 제안하는 것 같다.

선영　갇혀 있는 것으로 이미 죗값을 치렀다고 여기며 참회는커녕 자신이 옳다고 생각하게 만드는 이런 감옥의 현장에서 제거된 것은 무엇인가? 그것은 자유. 자유를 빼앗긴 인간은 더욱더 타락하기 쉽다는 것, 이것이 작가가 말하고자 한 인간성의 아이러니였을까?

갱이　한결같이 단조롭고 지루한 날들 속에서 그를 지탱해 준 유일한 힘은, 죽음 너머에 있는 부활, 새로운 삶에 대한 강렬한 갈망이었다. "어떠한 목적과 그 목적을 향한 지향 없이는, 한 사람도 살아갈 수 없는 것이다." 자유를 향한 열망, 그것만이 '죽음의 집'에서 그를 구원할 수 있었던 것이다. 죽음의 집의 기록. 그 기록의 표면에 드러나는 것은 아픔과 고통이며, 고독과 비참함이다. 그러나 그 기록의 이면에는 진정한 자유와 인간다움을 되찾고자 애썼던 한 사람의 치열한 몸부림과 그를 통한 성숙의 열매가 새겨져 있다. 그래서 '죽음의 집'은 죽음으로 끝나지 않고 부활, 새로운 생으로 나아가게 한다.

『지하로부터의 수기』

현장 스케치

- ✧**날짜:** 2024년 4월 18일 목요일 저녁 6시
- ✧**장소:** 어,올림 도서관
- ✧**참석자:** 홍이, 다희, 갱이, 써니, 크리스, 수홍쌤(발제), 김관장, 히어로. 이상 총 8명
- ✧**특이사항:** 크리스 님이 맛있는 디저트 제공하심.

★★★★☆

도스토옙스키의 작품에서 드디어 '관념'이 직접적으로 등장하기 시작합니다. 관념적인 것은 철학이나 신학 또는 종교, 혹은 망상으로 문학 작품 속에서 형상화되곤 합니다. 『스쩨빤치꼬보 마을 사람들』과 『상처받은 사람들』은 모두 그리스도교 사상이 이야기와 등장인물 속에 침투하여 그 이면에 발현된 것이라 해석할 수 있습니다. 반면, 이 작품에서는 그리스도교와 상관없는 듯한 관념이 이면이 아닌 표면에 직접적으로 드러납니다. 이야기나 등장인물 뒤로 숨지 않고 화자의 생각과 말로 전면에 등장합니다.

한 가지 도움이 될 만한 이야기를 드리고 싶습니다. 이 작품을 완독할 수 있는 팁이라고 할 수도 있겠습니다. 작품의 첫 두 문장을 허투루 읽지 말라는 것입니다. 화자가 자신을 병들고 악한 인간으로 밝히고 있다는 점을 작품 끝까지 간과하지 마십시오. 제가 이런 권고를 드리는 까닭은 1부의 수십 페이지를 장식하고 있는, 정신 차리고 읽어도, 집중해서 읽어도 도대체 무슨 말인지 좀처럼 파악하기 어려운 문장들을 마치 심오한 통찰력을 가진 어떤 현자가 자신의 철학과 사상을 풀어놓은 것으로 받아들일까 하는 우려 때문입니다. 병들고 아픈 자, 특히 지하에 스스로를 고립시킨 자의 철학은 망상과 종이 한 장 차이일지도 모릅니다.

물론 장황하고 조각나 보이는 문장들 속에서도 도스토옙스키가 말하고자 하는 바가 있습니다. 그러나 그것만을 위해 1부를 썼다고는 생각하지 않습니다. 병들고 악한 인간, 작품 속에서 '지하'에 갇혀 지내는 화자의 정신 상태를 적나라하게 보여 주기 위한 목적이 있다고 생각합니다. 텍스트의 내용만이 아니라 구조와 형식을 활용해서 말이지요. 그러므로 1부를 이루고 있는 문장들의 바다에 빠져 허우적대기보다는, 졸리거나 어렵게 느껴지면 과감하게 건너뛰어 2부를 먼저 읽고 다시 1부로 돌아와 독서를 마무리하는 편이 훨씬 수월할 거라고 생각합니다. 1부가 잘 이해되지 않는 까닭은 어쩌면 독자의 이해도가 떨어지기 때문이 아니라 텍스트가 그렇게 받아들일 수밖에 없도록 써졌기 때문일지도 모른다는 말입니다. 이 점을 유념한 채 작품 속으로 들어가 보겠습니다.

✦처음 읽기
열등감의 심연에 있는 쾌락

열등감과 자기 비하의 심연에는 무엇이 있을까요? 우울과 절망? 수치와 모욕? 소외와 단절? 모두 아닙니다. 그런 것들은 겉으로 쉽게 드러날 만큼 얕은 곳에 있습니다. 적어도 이 책에 따르면, 열등감과 자기 비하의 가장 깊은 곳엔 '쾌락'이 있습니다. 그 쾌락의 맛을 본 작품 속 주인공 '나'는 다음과 같이 말합니다.

"나는 어떤 은밀한, 비정상적인 비열함에서 오는 쾌감을 느꼈고, 어떤 기분 나쁜 뻬쩨르부르끄의 밤에 방구석으로 돌아와서는 오늘 또다시 추잡한 일을 저질렀다는 것을, 그리고 저지른 일은 결코 돌이킬 수 없다는 것을 강하게 의식했으며, 이것으로 인해 내면적으로 은밀하게 자신을 갉아먹고, 갉아먹으며 괴롭히고 고통을 주었다. 그러다가 마침내 이 쓰라린 비애는 어떤 치욕스럽고 저주받을 달콤함으로 바뀌었고, 드디어는 결정적이고 진지한 쾌락으로 변하고 말았다! 그렇다. 쾌락으로, 쾌락으로 말이다! 당신에게 설명하겠다. 이 경우의 쾌락이란 바로 자신의 비하를 너무나 명백하게 인식하고 있는 데서 오는 것이다. 즉 당신 스스로 마지막 벽에 다다랐다는 것을 느끼며, 이것이 추잡한 일이지만 달리 방도가 없고, 이미 당신에게는 출구가 없다는 것, 그리고 결코 당신은 다른 사람으로 변할 수 없다는 것을 느끼는 데서 기인하는 것이다."

제목의 '지하'는 지상 아래의 공간을 뜻하는 단어가 아닙니다. 은유로 읽어야 합니다. 사람들이 정상적으로 활동하는 주무대인 '지상'에 대비되는 의미로, 소외되고 단절된 자들에게 비정상적인 안정을 제공하는 어두운 은닉처입니다. 이 작품 속 주인공은 스스로를 소외시켰습니다. 안타깝게도 그는 책을 통해 얻은 지식으로 깊은 몽상에 빠진 나머지 사람들과 전혀 어울리지 못한 채 혼자 섬을 이루며 동떨어진

2부 + 시베리아에서 돌아온 남자

삶을 살아가는 사회 부적응자입니다. 그리고 가난은 하급 관리인 그의 필연적인 친구였습니다.

도스토옙스키의 작품을 읽으면 어렵지 않게 파악할 수 있는 인간의 이율배반적인 본성은 이 작품에서도 고스란히 나타납니다. 무엇보다 그의 작품 『분신』의 주인공이 떠오르고, 『죽음의 집의 기록』, 『미성년』의 주인공도 떠오르며, 『까라마조프 씨네 형제들』의 주인공이라 할 수 있는 드미뜨리도 생각나게 하는 인간의 심리 묘사를 집중적으로 다루는 작품이라 할 수 있습니다. 『지하로부터의 수기』는 서사가 거의 없고 거의 주인공의 철학적, 심리학적인 독백으로, 그것도 자신의 이율배반성을 스스로 감지하고 있어 괴로워하면서도 어쩔 수 없이 비뚤어지고야 마는, 그래서 자기 나름대로 '쾌락'을 느끼곤 하는 독백으로 가득 차 있는 작품입니다.

자존감 없는 사람이 자존심에 집착하듯, 도스토옙스키는 작품 속 주인공의 독백을 통해 '열등감' 이면에 흐르는 '비뚤어진 우월감'을, 유리 거울 깨지듯 '약한 정신성' 이면에 흐르는 '잘못 강화된 의식'을, 늘 모욕받는 듯한 '약자 혹은 패배자의 모습' 이면에 흐르는 '추악한 허영심과 비열한 지배욕과 탐욕'을 집요하게 파고들어 적나라하게 묘사합니다. 읽고 있노라면 씁쓸한 기분을 가뿐히 넘어 곧 어두움과 불쾌감마저도 느끼게 됩니다. 인간의 공감 능력에도 역치가 있어서 그 이상의 자극을 받으면 더 이상 공감할 수 없는 상태가 되고, 급기야 눈을 감거나 고개를 돌리며 그 상황을 피하게 됩니다. 도스토옙스키를 읽을 때마다 느끼지만, 그는 이런 면에서 그 누구도 흉내 내지 못하는 탁월함을 보여 주는 작가가 틀림없습니다. 보통 사람 같으면 감정의 곡선을 어느 정도 따라가다가 적당한 선에서 멈추게 되는데, 도스토옙스키에겐 그런 건 통하지 않습니다. 그는 기어이 끝까지 가고야 맙니다. 그리고 마침내 그 누구도 가 보지 못한 길의 끝에서 인간 본성의 민낯을 낱낱이 발라 내보입니다. 어쩌면 도스토옙스키를 읽기 위해서는 예리한 검에 깊게 찔릴 각오가 되어 있어야 할지도 모르겠습니다.

✦다시 읽기✦
'나'라는 지하 세계

차라리 골랴드낀이 나았다는 생각마저 듭니다. 이름도 밝히지 않는 이 작품 속 1인칭 화자는 세상으로부터 단절된 '지하'라는 또 하나의 세상에서 잉태된 최종 병기가 아닐까 하는 생각도요. 스스로를 소외 혹은 고립시키면 사람이 과연 어디까지 갈 수 있는지를 이 작품을 통해 여실히 볼 수 있었다고나 할까요? 조금 과장해서 『지하로부터의 수기』는 이를 위해 도스토옙스키가 고안한 '가상의 생체 실험'이라고까지 말할 수 있습니다. 그리고 저는 마지막 페이지를 닫으며 다시 조용히 탄성을 지를 수밖에 없었습니다. "역시 도스토옙스키다! 아무렴, 이 맛에 도스토옙스키를 읽지!"

　　이 작품 속 화자는 『분신』의 주인공 골랴드낀의 연장선에 있으면서, 골랴드낀을 거뜬히 넘어서고, 나아가 골랴드낀을 향한 향수마저

들게 할 정도의 파급력을 가지는 인물로 제게 다가왔습니다. 단절, 소외, 고립 같은 단어만으로 설명할 수도 없고, 열등감, 자존감 결여, 과장된 허세 등의 단어로도 결코 해석할 수 없는, 실로 도스토옙스키가 창조해 낸 정신 이상자의 끝판 왕이라고 볼 수 있습니다.

골랴드낀은 자신의 분신까지 보고 정신착란 증세를 일으켜 결국 작품이 끝날 즈음 정신병원으로 호송됩니다. 그러나 『지하로부터의 수기』 화자는 여전히 건실한 자기만의 세상인 지하에서 아무런 문제 없이 살아갑니다. 골랴드낀은 적어도 사회생활을 하고 있었고, 정신과 의사에게 상담도 받고 있었습니다. 비록 타자로부터 소외되고 있었지만 말이죠. 『가난한 사람들』의 제부쉬낀처럼 최하급 공무원도 아닙니다.

반면, 이 작품 속 화자는 그 단계를 이미 지난 상태였습니다. 타자로부터의 소외는 여전히 지상의 일에 속합니다. 화자는 그 세상을 뒤로하고 지하 세계의 시민이 된 지 오래입니다. 참고로 화자가 지상 생활을 하던 시절의 이야기가 2부를 이룹니다. 게다가 타자가 아닌 스스로를 소외시키는 단계에 안착한 것도 이미 오래전의 일입니다. 그는 그 속에서 마치 삶의 균형을 맞춘 것처럼 자기 나름대로 안정적인 삶을 영위해 나가고 있는 듯해 보입니다. 스스로를 소외시키는 행위는 『죄와 벌』의 라스꼴리니꼬프처럼 무한히 살인을 계획하고 그것을 실천해도 아무도 제지할 수 없는 상황까지 넉넉히 부여합니다.

이런 면에서 작품 속 화자는 언제 무슨 일을 저지를지 아무도 모르는 시한폭탄 같은 존재라고 할 수 있겠습니다. 이것이 지상에 머물며 사람들의 눈에 발각되어 정신병원으로 끌려간 골랴드낀이 차라리 더 낫다고 제가 생각하는 이유입니다. 작품 속 화자가 골랴드낀처럼 차라리 자신의 분신을 보았더라면, 차라리 정신착란 증세를 일으켜 사람들에게 발각되었더라면, 그래서 정신병원에 끌려갔더라면 저는 오히려 안심이 되었을 겁니다.

작품 속 화자는 세상을 피해 지하로 숨어 들어갔습니다. 먼 친척에게서 그가 쉽게 벌 수 없는 큰돈을 유산으로 받아 버렸기 때문입니다. 아이러니하게도, 그리고 운명적이게도 그에겐 그 유산이 축복이 아닌 지하로부터의 초대장이 되었습니다. 그렇게 시작된 지하 생활에서 그의 유일한 벗은 책이었습니다. 그러나 독서는 오로지 그의 비뚤어진 자아를 증폭시킬 뿐이었습니다. 이미 기울어진 운동장에 선 비딱한 자아를 더욱 비대하게 하고 강화하기까지 하는 촉매제로 책은 그를 더 그의 내면으로 함몰시켰습니다. 책은 자아를 발전시키는 역할도 하지만 타자와의 소통이 거세되면 자아를 파멸로 이끌기도 합니다. 혼자 있는 세상에서 책을 읽고 사유하고, 또 책을 읽고 사유하는 지하 생활. 이 단순하고 평화로워 보이지만 실제론 위험천만한 삶의 패턴이 바로 화자의 표면적인 일상이었습니다.

그는 세상을 피했지만 세상을 모두 아는 것 같은 뉘앙스로 무수한 말들을 지껄입니다. 1부를 이루는 말들은 언뜻 보면 심오한 철학적 사유를 담고 있는 것 같으나, 저에겐 분열된 자아의 조각나고 편향된 단상들로 가득 차 보였습니다. 시대와 문화가 다르다는 점을 차치하고라도 그가 말하는 주제는 파악하기 쉽지 않았고 집중하기조차 어려웠습니다. 주제를 일목요연하게 말하기보다 반복해서 가상의 독자 혹은 청자의 시선을 의식한 채 자신의 모습을 추스르고 변명을 일삼습니다. 인간이 얼마나 비합리적이고 모순적인지에 대해 열변을 토하기도 하고, '수정궁'으로 상징되는 유토피아를 바라는 인간의 욕망을 비판하기도 하지만, 제가 보기에 그 누구보다도 비합리적이고 모순적인 사람은 화자였고, 그가 바로 자신만의 지하 세계를 수정궁으로 만들었다고 느꼈습니다.

놀랍게도 열등감, 자기 비하, 자존감 결여, 과장된 허세 등 일련의 자기 파괴 과정의 끝에서 그는 쾌락을 발견합니다. 자기 스스로 아무것도 될 수 없다는 것을 아는 데에서 그는 쾌락을 느낍니다. 결핍을 느낄 때 인간은 우선 그것을 채우려고 노력합니다. 그 거듭된 노력이 실패로 이어지면 그다음 반응으로 포기를 선택하게 됩니다. 이 포기도 거듭되다 보면 결국 스스로를 불신하는 단계를 넘어서고 얼굴엔 절망이 아닌 조용한 미소가 지어지는데, 이때의 미소에는 광기가 어리게 됩니다. 아마도 작품 속 화자 역시 이런 과정을 거쳤던 탓에 열등감의 심연에서 쾌락을 발견한 게 아닌가 싶습니다. 그는 진정으로 지하 세계 시민이었고 왕이었습니다.

그의 지식과 사상이 글로는 그럴듯하게 보이지만 현실과의 괴리를 피할 수 없었습니다. 이 사실은 제가 1부에서 그가 쓴 독백들을, 비록 공감이 가는 부분들도 있었지만, 진지하게 받아들이지 않는 근본적인 이유이기도 합니다. 그는 창녀인 리자에게 그의 설교를 듣는 것이 책 읽는 것 같았다는 평을 듣습니다. 또한 그는 학창 시절 자기를 소외시킨 친구들에게 복수하고자 학업에 몰두했던 전력도 있습니다. 그가 책을 찾고 공부를 했던 이유를 어렵지 않게 짐작할 수 있는 부분입니다. 그가 아는 지식은 이론에 불과했습니다. 도저히 힘이 있으려야 있을 수 없었습니다. 머리와 몸이 따로 노는 자의 열변을 신뢰할 수는 없기 때문입니다. 다만, 그 열변을 해석하는 과정에서 생각할 거리를 찾아내고 이야기를 나눌 수는 있겠지만 말입니다.

2부에서 소개되는 에피소드는 세 개입니다. 첫 에피소드는 장교와 마주 보고 지나칠 때 먼저 피하지 않고 어깨를 과감하게 부딪혀 자존감의 회복을 도모하고자 애쓰는 '웃픈' 장면들입니다. 여기에서 알 수 있는 화자의 캐릭터는 지질하다는 표현밖에 사용할 수 없을 정도로 열등감에 절어 있습니다. 놀랍고, 한편으로 가슴 아픈 것은 화자 스스로 맨정신으로 장교와 마주칠 때는 자신이 먼저 피하리라는 것을 알고 있다는 점입니다. 제정신으로는 자존감을 회복하지 못한다는 사실을 스스로 알고 있는 비극의 주인공이 바로 이 화자입니다.

두 번째 에피소드는 초대받지 못한, 학창 시절 친구와의 저녁 식사 자리에 자발적으로 찾아가는 장면들입니다. 친구들은 이미 학창 시절 화자를 소외시키고 모욕했던 작자들입니다. 이 모임에 가면 그의 과거가 재현 및 반복될 것임은 '2×2=4'처럼 자명한 일입니다. 그럼에도 불구하고 그는 그 모임에 찾아갑니다. 1부에서 지적한 인간의 비합리성과 모순됨을 그는 스스로의 행동으로 선보입니다. 그는 아주 작은 일에 자존심을 부려 체면을 지키고 싶어 하는 사람이고, 또한 그런 시시콜콜한 일들로부터 우위를 차지하고 싶어 하는 이상한 지배욕까지 선보이는 사람으로 보입니다.

이 지배욕은 세 번째 에피소드에서도 그대로 이어집니다. 창녀 리자와의 만남에서 화자는 스스로 깨우친 지식인이자 선도하는 계몽가 혹은 말로 사람 마음을 휘어잡고 교정하는 카리스마 있는 설교자로 분하지만, 그의 말과 행동은 아무런 효력을 발휘하지 못합니다. 오히려 리자의 마음을 움직인 것은 화자가 연기한 말과 행동이 아닌, 화자가 미처 숨기지 못한 말과 행동이었습니다. 그녀만큼 그 역시 인생의 바닥을 헤매고 있는 사람이라는 메시지가 그녀의 모성애와 동정심, 측은지심과 동병상련의 마음을 자극했습니다.

이 에피소드에서 한 가지 더 발견할 수 있는 화자의 모습은 그가 사랑받아 보지도 사랑을 베풀어 보지도 못한 사람이라는 것입니다. 타자로부터 소외되고 배제되고 단절되었던 과거의 상처 속에서 현재를 살아 내고 있으며, 지하 세계에 숨어서 그 상처를 보이지 않게 하여 남도 속이고 자기도 속이는 삶을 살아가고 있는 자가 바로 화자 자신이라는 점을 유추할 수 있습니다. 그러면서도 자신은 지배받기보다 지배하는 자의 위치에 서고 싶어 하는 모순된 자아로 이뤄진 사람이기도 하다는 것. 그의 비뚤어진 세계관은 지배와 피지배의 이분법적인 인간관계도로 압축될 수도 있겠습니다. 이런 세계관을 가진 자에게 구원자가 될 수도 있었던, 어쩌면 그에겐 유일한 기회였던 리자가 떠나는 것은 당연한 결과였습니다.

작품 속 화자를 비판적으로 읽었음에도 불구하고 저는 골랴드낀에게는 느끼지 못했던 측은지심을 그에게 느꼈습니다. 그가 인간 본성을 더 진실하게 보여 주고 있다는 생각도 들었습니다. 그에게서 저의 내면에 숨겨진 은밀한 자아를 발견해서일까요? 저 역시 '나'라는 지하에 스스로를 가두고 비뚤어진 상태에서 평화나 정의를 운운하는 사람이기 때문일까요? 저 역시 지질할 뿐 아니라 이상한 지배욕에 가득 찬 채, 인간이 비합리적이고 모순된다는 명제를 방패 삼아 그 아래에서 마치 저는 비합리적이고 모순된 행동을 해도 되는 특권을 얻은 것처럼 종종 행동하는 사람이기 때문은 아닐까요? 저 자신이 편안한 곳이, 저 자신이 합리적이고 모순이 없다고 여기는 공간이 지상인지, 혹시 지하는 아닐지 다시 점검할 필요를 느낍니다 .

함께 ⊙ 읽기
지상 동굴에서 지하 요새로

사람들은 종종 동굴 속으로 들어간다는 표현을 사용하며 혼자만의 시공간을 확보합니다. 거기서 마음의 안정을 취하기도 하고, 자기 성찰과 반성을 통해 새로운 다짐을 하며 내적인 힘을 얻곤 하지요. 물론 동굴이 긍정적인 기능만 담당하진 않습니다. 어떤 사람들은 동굴을 안식처가 아니라 그 누구도 침범할 수 없는 자기만의 견고한 요새로 만들어 버리기도 합니다. 이런 요새는 안식을 취하면서 자기 객관화를 이루고 삶의 균형을 맞추려는 목적에 부합하지 않습니다. 세상과 동떨어진 채 스스로를 고립시키고 소외시켜서 자기 안에 가득 찬 이기적이고 악한 자아를 증폭하고 심화하는 공간으로 전락하고 맙니다. 동굴은 균형 잡힌 일상생활을 위해 존재하지만, 요새는 일상생활에 균열을 내고 궁극적으로 일상을 파괴하는 결과를 초래합니다. 요새 안의 생활이 곧 그 사람의 새로운 일상으로 자리 잡는 것이지요. 삶의 주무대가 지상이 아닌 지하로 바뀌는 것입니다.

　이 작품 『지하로부터의 수기』에서 말하는 '지하'는 '동굴'보다는 '요새'에 더 가까운 느낌입니다. 조금 더 의미를 강조하기 위해 각각을 '지상 동굴'과 '지하 요새'라고 표현해도 괜찮을 것 같습니다. 작품 속 화자는 내적으로 건강한 사람과는 거리가 한참 멀어 보입니다. 스스로도 첫 두 문장에서 자신이 병들고 악하다고 직접적으로 언급하는 걸보면 말이지요. 작품을 읽어 보면 그 말이 결코 거짓말도 농담도 아니라는 사실을 어렵지 않게 알 수 있습니다. 그렇습니다. 이 작품을 읽기전에 숙지해야 하는 요점은 화자가 건강한 사람이 아니라 병들고 아픈 사람이라는 사실입니다. 그리고 병들고 아픈 건 몸이 아니라 정신혹은 마음이라는 사실도 간과하면 안 되겠습니다.

　그렇다면 화자는 어쩌다가 스스로가 병들고 아프다는 말을 당당하게 할 만큼 내적인 건강함을 잃어버리게 된 걸까요? 그도 한때는 지상인이었습니다. 여느 사람처럼 동굴을 이용하며 일상을 영위해 나갔을 것입니다. 그러나 어느 날 먼 친척으로부터 큰돈을 상속받으면서 반강제적으로, 아니 자발적으로 지상 동굴을 지하 요새로 삼아 버리고 일상의 시공간을 그곳으로 옮겨 버립니다. 축복이자 일상을 영위할 때 큰 도움이 되어야 할 유산이 그에겐 지하 요새로 스스로 걸어가게 만든 올무였습니다. 축복이 비극이 되는 순간이라 함은 바로 이런 경우를 말하는 게 아닐는지요. 돈이라도 없었다면 돈을 벌기 위해서라도 지하에만 갇혀 지낼 수는 없었을 텐데 말입니다.

지하 생활이 일상인 화자의 삶은 책 읽고 사유하는 시간으로 점철되었습니다. 돈을 벌 필요가 없으니 그런 시간이 무한대로 확장되어 버린 것이지요. 그러나 지하의 삶은 편향될 수밖에 없고 그 누구도 간섭하지 않기 때문에 피드백을 받을 수도 없습니다. 독서도 점점 더 치우칠 수밖에 없을 테고, 그에 따른 사유는 치우친 독서와 악순환을 이루며 점점 더 극심한 편향을 보였을 것입니다. 이것이야말로 1부를 이루는 장황한 문장들을 가장 솔직하고 객관적으로 바라보는 첫 번째 관점이어야 하지 않을까 싶습니다.

그런데 화자는 자신이 열등감에 차 있다는 사실을 알고 있는 듯합니다. 그는 객관성을 어느 정도 갖춘 상태로 지하 생활 베테랑의 면모를 보여 줍니다. 그 나름대로 가치관과 세계관이 확립되어 있는 듯합니다. 그럼에도 불구하고 스스로를 소외시켜 타자로부터 배제된 상태에서 객관성과 주관성의 균형이 잡힐 리 없습니다. 그는 '2×2=4'의 판에 박힌 세상만이 아니라 '2×2=5'의 세상도 있다고 비판적으로 주장하지만, 그래서 마치 다양성에 열려 있는 듯한 뉘앙스도 풍기지만, 그의 견해의 출처는 결국 지하였습니다. 혼자서는 득도한 것 같기도 하고 지식의 정점을 찍은 듯한 기분을 느끼기도 하겠지만, 다른 이와 교류할 수 없는 혼자만의 세상에서 그것들은 아무런 가치를 가지지 못합니다. 만족은 결국 자조로 끝나기 십상입니다. 그의 철학이 한

날 망상으로 머물고 마는 이유이지요.

그의 청산유수 같은 달변이 창녀 리자에게 쏟아질 때 그는 아마도 우쭐함을 느꼈을지도 모릅니다. 제 생각엔 화자의 바로 그런 모습이야말로 화자가 지하 생활로 갖춘 최고이자 최선의 모습 아니었을까 싶습니다. 저 역시 그 부분을 읽으며 '참 말 잘하시네.' 하는 생각도 했었답니다. 이론적으로는 너무 적절하고 필요한 말 같았거든요. 그러나 그는 리자에게서 기대했던 반응을 얻지 못하게 됩니다. **바로 이 점이 이 작품에서 가장 중요한 지점이 아닐까 싶습니다. 지하에 있으면서도 지상 생활과 다를 게 없다는 식으로 그는 지하 생활에서 자신만의 시스템을 구축하고 그럭저럭 살아가고 있었는데, 리자의 솔직담백한 인간적인 반응, 이성보다 앞서는, 인간만이 느낄 수 있는 연민과 공감의 언어들 앞에서 화자는 속수무책으로 무너지고 맙니다.** 전혀 예상하지 못한 상태에서 깊숙이 찔린 날카로운 한 방이 아니었을까요?

지하 생활의 보이지 않는 가장 큰 약점 혹은 허점은 바로 소통의 부재입니다. 누군가에게 공감받고 받아들여지는 것. 이를 다른 말로 하면 '사랑'이라고 할 수도 있겠지요. 혼자 있는 세상에서는 결코 가능하지 않은 그것 말입니다. 이런 관점에서 리자의 반응은 지상 생활자만이 할 수 있는 가장 아름다운 몸짓인 '사랑'이었다는 해석도 가능합니다.

지상 동굴에서 지하 요새로의 이동은 소통의 단절, 고립, 소외와 연결되고 궁극적으로는 사랑의 결핍으로 열매 맺습니다. 결국 파국이지요. 누구나 인생에서 가장 어려운 것이 인간관계라고 합니다. 아무리 어렵다 하더라도 이 작품을 읽고 나서는 무조건 회피한다고 될 일이 아니라는 생각을 갖게 됩니다. 지하로 들어가는 건 결국 타자와 세상과의 관계를 파괴하는 결과를 내고, 나아가 자기 자신과의 관계마저도 파괴한다는 생각이 듭니다.

또한 도스토옙스키는 단절, 고립, 소외, 배제를 악으로 규정하는 것 같다는 인상을 강하게 받습니다. 자기 안에 갇히는 것은 자기애, 나르시시즘, 자기 객관성 상실과 이어지고, 자존감 상실, 체면과 자존심 세우기에 급급해하는 삶으로 연결됩니다. 그리고 그것은 그리스도교에서 말하는 죄와 직접적으로 연결되기도 합니다. 이런 면에서 도스토옙스키는 이 작품 속에서 그리스도교를 직접적으로 언급하지도 않았고, 『스쩨빤치꼬보 마을 사람들』이나 『상처받은 사람들』에서 형상화했던 그리스도교의 이미지를 보여 주지도 않았지만, 그 정반대의 인간을 거울 삼아 이 작품에서도 그리스도교 사상을 보여 준 게 아닌가 싶습니다.

우리 모두는 동굴이 필요합니다. 혼자만의 시간이 필요합니다. 다만, 어떤 상황이 생겨도 그 동굴을 요새로 만들지 않길 바랍니다. 건강한 삶을 위해 자기 안에 갇히거나 스스로 자신을 고립시키는 어리석음을 범하지 않길 바랍니다. 화자처럼 지하로부터의 수기를 쓰는 일이 없길 간절히 바랍니다.

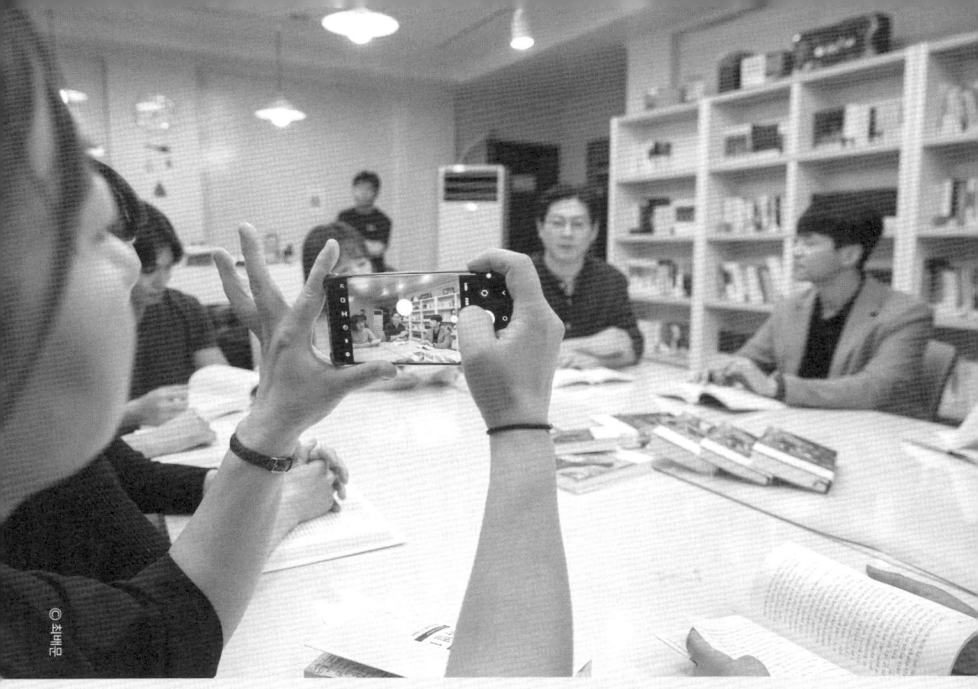

©좌백윤

말, 말, 말

다들 1부를 읽다가 낙오할 뻔했다는 고백을 함. 2부를 먼저 읽고 다시 1부로 돌아오는 방식을 적용해서 완독한 분들도 여럿 있었음. 작품 주인공이 『분신』의 골랴드낀의 제곱이라는 표현에 모두들 공감함. 저마다의 지하 이야기를 꺼내어 사뭇 진지한 나눔이 되었음. 점점 책을 나눈 건지 삶을 나눈 건지 모르는 상황을 맞이하게 됨. 모임 가족들의 유대감이 뿌리를 내리고 있다는 증거라고 생각됨.

수홍쌤 괜찮은 사람이 되고 싶기보다는 그런 사람으로 보이고 싶은 사람, 나와 맞지 않는 사람을 무시하고 경계하는 사람, 어떤 방식으로든 복수를 꿈꾸지만 실행하지 못하는 사람, 나보다 나약하다고 여기는 사람을 한없이 무시하고 자신이 구원자인 것처럼 떠들고 싶은 사람, 궁극적으로는

그들에게 자신의 존재를 인정받고 진솔한 마음을 나누고 싶은 사람,
자신의 지하에서 지상으로 올라오지 못하는 사람! 내가 만난 지하인은
그런 사람이고 그가 나인 것 같았다. 그런데 지하 씨! 나 당신한테
정들었어요. 나 같은 사람!

갱이 지하 생활자가 보여 준 자신의 의식 세계는 혐오스러우리만큼 신랄하다.
보이지 않는 나의 내면 깊숙한 곳까지 사정없이 파고드는 것 같아 불편한
기분이 들 정도였다. 그럼에도 그러한 표현들을 내가 어느 정도 이해하고
있다는 것은, 나의 내면에도 그와 같은 감정이 존재한다는 방증이 아닐까.
어쩌면 사람들에게는 저마다 들키고 싶지 않은 자신만의 '지하'가
있을지도 모른다. 다만 지하 생활자는 자신이 '지나치게 의식하는 병'을
가졌다는 사실로써 자신을 드러내고 있을 뿐이다.

써니 이 작품을 읽은 후 내 마음 가운데 남은 메시지는 인간은 철저하게
모순덩어리이고 위선과 자기기만에 사로잡힌 존재라는 것이다. 단지 내
이성과 사유가 만족되는 것을 독서의 목적으로 삼으면 안 될 것 같다.
독서를 통해서, 독서 모임을 통해서 내가 알 수 없는 타인의 세계를
관찰하고 통찰하며 내가 얼마나 우주 속에 먼지 같은 존재인지를 깨달아
알아 가는 게 아닐까 싶다. 내가 잘 모르고 어리석다는 깨달음이 더욱
깊어지기를 소망해 본다.

「악몽 같은 이야기」, 「악어」

● ── 현장 스케치

◈ **날짜:** 2024년 5월 9일 목요일 저녁 6시

◈ **장소:** 어,울림 도서관

◈ **참석자:** 홍이, 갱이, 써니, 제니, 크리스, 별셋맘, 수홍쌤, 김관장, 히어로(발제). 이상 총 9명

◈ **특이사항:** 제니 님이 디저트로 수제 컵 과일 준비하심.

★☆☆☆☆

「악몽 같은 이야기」로 들어가며

「악몽 같은 이야기」는 중기 작품에 해당하는 단편소설로서 충분히 도스토옙스키를 맛볼 수 있습니다. 도스토옙스키의 초기 단편들, 이를테면 「백야」, 「약한 마음」 등과 어떻게 다른지 느껴 보기를 권장합니다. 그리고 그런 다른 맛 가운데 도스토옙스키라는 같은 맛을 느끼는 과정이 어쩌면 중기 단편을 읽는 묘미일지도 모르겠습니다.

✦처음 읽기
재앙 속에 빛난 고결함

이 작품은 염치를 모르는 것 같은 한 고관의 어이없는 해프닝을 그리고 있습니다. 짧은 분량 덕분인지 복잡하게 꼬이는 이야기도 없고 상대적으로 단순한 작품이라고 할 수 있습니다. 대신 무엇을 말하려는가가 장편보다 압축적이고 뚜렷하게 드러납니다. 상징적인 부분들도 여러 번 등장하며 설명을 대신하여 이야기 전개에 한몫을 합니다. 도스토옙스키는 이 작품을 통해 의도적으로 시대상을 반영한 듯 보이는데, 정치와 사상에 관련된 부분, 특히 복고주의와 자유주의의 대립, 그리고 작품을 다 읽고 나서도 모순적으로만 보이는 '휴머니즘'이라는 개념 사용에 대한 풍자를 선보입니다.

주인공은 스스로를 휴머니즘을 사랑하고 실천하며 복고주의자들에 대항하는 자유주의적인 사상을 가진, 시대를 앞서간 인물이라고 여깁니다. 시대가 자기를 필요로 한다고 생각하기도 할 정도로 자기애가 강한 인물입니다. 그러나 그런 생각도 오래 유지되진 않습니다. 그는 늘 타자의 시선을 의식하며 거기에 맞춰 사는 비주체적인 캐릭터로 그려집니다. 남들 앞에서는 시대를 앞서가는 사람, 헌것을 뜯어고치며 새로운 것을 향해 먼저 나아가는 선구자로 보이기를 갈망하지만, 그 모두가 허세에 지나지 않는 인물이지요. 정작 그의 관심은 휴머니즘도 아니고 진보도 아닙니다. 오로지 자기 자신이 대단한 사람으로 인정받기를 바라는 것입니다. 다른 사람들을 평등하게 대하지도 않고 오직 자기만 대접받기를 바라면서 휴머니즘을 부르짖는 건 모순이라 할 수밖에 없습니다. 그는 휴머니즘을 실천하고 싶었던 게 아니라 그저 남들에게 휴머니스트로 보이고 싶어 했던 것입니다. 한마디로 그는 인생 자체가 허세에 찌든 인물인 셈입니다.

도스토옙스키는 이런 인물의 성향을 직접 설명하는 대신 그가 어느 날 밤에 벌인 우스꽝스럽고 창피하기도 한 어떤 해프닝을 기획하고 실행에 옮기고 뒤처리를 하는 모습을 독자들에게 보여 줍니다. 언제나 말과 글보다는 직접 보여 주는 게 효과가 큰 법이지요. 소설의 힘이라고도 할 수 있겠습니다. 주인공은 자신이 얼마나 휴머니즘을 사랑하고 그렇게 사는 사람인지 보여 주려고 밤길에서 우연히 마주친 부하 직원의 결혼식 피로연에 늦은 시각임에도 참석하기로 맘먹습니다. 높은 직책의 대단하신 분이 한 달 월급이 10루블밖에 되지 않는 하급 관리의 결혼식 피로연에 초대받지 않았는데도 참석하여 그 부하 직원을 축하해 주고 살며시 나온다면 도덕적으로 고결함을 증명할 수 있으며 그것으로 인해 훌륭한 인물이라는 소문이 자자하게 날 것이라는 기대로 말입니다. 그는 이런 어이없는 상상만으로도 들떠 있었습니다.

아니나 다를까요. 그는 그 터무니없는 계획을 기어코 실천에 옮기고야 마는데, 상황은 정반대로 흘러가기 시작합니다. 아무도 그를 반기지 않습니다. 파티 분위기는 망가졌고, 그는 결혼식 피로연의 주인공이 되어 버렸습니다. 신랑은 잔뜩 눌려서 꼼짝없이 수발을 들었습니다. 주인공은 가난한 관리의 집에선 마시기 힘든 샴페인을 2병이나 대접받으며 불청객처럼 그곳에 머물렀습니다. 그야말로 재앙이었습니다.

설상가상으로 우리의 주인공 고관 나리는 술을 잘 마시는 사람이 아니었습니다. 결국 그는 술에 취해 뭐라고 지껄이다가 쓰러져 잠들고야 마는데, 그 여파로 사람들은 다 흩어졌고 남은 신랑과 신부, 가족들은 그 고관을 아무 데나 재울 수 없어서 그를 신랑 신부의 새 침대에 눕히기로 결정합니다. 신랑은 이도 저도 할 수 없는 난감한 상황에 정신이 나갈 지경이었고, 신부는 목청 높여 울기 시작합니다. 신부의 어머니는 세상에 어떻게 이런 일이 벌어질 수 있냐면서 신랑을 구박한 뒤 신부 손을 잡고 집을 나갑니다. 입이 턱 막히는 상황 전개. 비극적이고 또 한편으론 우스꽝스러운 광경. 아, 저는 '과연 도스토옙스키로구나!'라는 생각을 다시금 할 수밖에 없었습니다.

　이러한 재앙 한가운데서도 유일하게 침착한 인물이 있었으니, 바로 신랑의 어머니였습니다. 그녀는 술에 취해 사경을 헤매는 고관을 밤새 침대 옆에서 돌보았고, 아침에는 씻으라며 물까지 준비해 준 천사 같은 인물로 그려집니다. 말하자면 구원의 이미지로 작품 속에서 유일하게 빛나는 인물인 셈입니다. 인간이 어찌 저럴 수 있을까 싶을 정도로 모든 것을 받아들이고 인내하고 용서하며 악을 선으로 갚는 고결함. 이 우스꽝스러움과 고결함의 극적인 대비.

　생각과 행동이 다르고, 남의 시선에 맞춰 사는 비주체적인 우리 주인공을 보고 있노라니 제 주위에 있는 몇몇 비슷한 사람들이 떠올랐습니다. 말로만 바르고, 말로만 앞서가고, 말로만 선한, 가식적이고 자기중심적이며 악랄한 인간들. 분노가 살며시 고개를 쳐들었습니다. 그러나 그것도 잠시. 신랑 어머니의 고결함이 그 분노를 눌러 버렸습니다. 그것도 넉넉하게 말입니다. 그녀를 생각하면 주인공 고관은 유아적인 망상에 사로잡힌 어리석은 인간 정도로, 그래서 분노해야 할 대상이 아닌 불쌍하게 여겨야 할 인물로 바뀝니다. 이 놀라운 관점의 변화. 도스토옙스키를 읽어야 할 이유 중 하나입니다.

휴머니즘의 대전제 – Doing이 아닌 Being으로 보기

작품을 함께 읽고 나누면서 공통된 질문 하나가 생겼습니다. **이 '악몽 같은 이야기'가 과연 누구에게 악몽이었을까 하는 질문입니다.** 제가 처음 이 작품을 읽을 때 했던 생각처럼 몇몇 분은 우리의 주인공, 고관 나리인 이반 일리치에게 악몽일 것 같다고 했습니다. 다른 몇 분은 신랑이자 이반 일리치의 부하 직원인 쁘셀도니모프에게 악몽이었을 거라고 했습니다. 여러분은 어떻게 생각하시나요?

질문을 조금 수정할 필요가 있어 보입니다. '누구에게 악몽이었을까?'가 아니라, '누구에게 더 악몽이었을까?'로 말이지요. 불청객 이반 일리치에게도, 이반 일리치라는 불청객 때문에 상상할 수 없을 난리법석을 맞이해야 했던 쁘셀도니모프에게도 이 일화는 악몽이었을 테지만, 그들 말고도 쁘셀도니모프의 신부나 신부의 어머니, 또 그들의 결혼에 깊숙이 관련되었던 몇몇 지인들에게도 분명 악몽이었을 것 같기 때문입니다. 그날의 일을 한낱 우스갯거리로 치부할 수도 있는 사람을 제외하고는 모두에게 재앙과도 같은 사건이었을 것이라는 게 제가 이 작품을 재독하고 나서 했던 생각입니다. 초독 땐 주인공 이반의 입장을 중심으로 생각하는 협소한 관점에 묶여 있었는데 말이지요. 동일한 작품을 다시 읽는 것은 역시 더 깊고 풍성한 해석을 가능하게 해 줍니다.

모두가 입을 맞춰 토론했던 주제는 역시 '휴머니즘'이었습니다.

모임 가족 중 한 분은 이렇게 표현했습니다. "휴머니즘이란 인간에 대한 사랑을 의미하는 것인데, 이반 일리치는 휴머니즘을 자기 사랑의 도구로 생각했던 것 같다." 정곡을 찌르는 문장입니다. 이반 일리치의 휴머니즘은 철저히 자기중심적인 가식에 지나지 않았습니다. 휴머니즘의 대전제는 인간의 평등일 것입니다. 피라미드의 상부에 있는 사람이 하부에 위치한 사람에게 행하는 일방적인 행위를, 비록 그것이 선하게 보인다 할지라도, 휴머니즘에서 비롯된 것이라고 말할 수는 없습니다. 부자가 자기가 다 먹고 남은 빵 조각을 거지에게 던져 주는 행위를 휴머니즘이라고 할 수 없는 것과 같은 이치이지요. 그것은 한낱 싸구려 동정심 내지는 상하 위계를 한 번 더 확인하는 동시에 그것을 더 견고하게 하며 선한 행위를 했다는 자기만족을 느끼는 자기기만적인 행위에 가깝습니다.

이에 반하여 쁘셀도니모프의 어머니의 모습과 행동은 이반 일리치 덕분에 더욱 빛이 납니다. 도스토옙스키는 이론적이고 자기중심적인, 이반 일리치의 공허한 이상을 조롱하고 풍자하는 것으로 작품을 끝내지 않고, '진정한 휴머니즘이란 무엇인가?'에 대한 답을 가난하고 소외된 계층의 한 어머니를 등장시켜 조용히 보여 줍니다. 이 어머니는 정말 못난 사람인 이반 일리치를 끌어안습니다. 넉넉히 품습니다. 그녀는 이반 일리치가 한 행동을 보지 않고 이반 일리치 안에도 존재하는 한 인간에 주목합니다. 인간은 각기 다른 행동을 하지만 똑같은 인간입니다. 휴머니즘은 바로 이 존재의 평등함에서 출발해야 하는 것입니다.

이 작품에서도 역시 그리스도교 사상을 확인할 수 있습니다. 쁘셀도니모프 어머니가 보여 준 진정한 휴머니즘은 예수 그리스도의 모습을 떠올리게 합니다. 성경에서 예수의 생애가 쓰인 네 복음서를 읽어 보면 예수는 유대인들이 외면했던 약한 자, 가난한 자, 소외된 자에게 다가가 그들을 위로해 주고 치유해 주며 그들에게 구원을 베풉니다. 그들의 행위나 겉모습 혹은 그들이 소유한 것들만 보았다면 유대인과 똑같이 그들을 대했을지도 모릅니다. 그러나 예수는 달랐습니다. 그들이 약하거나, 가난하거나, 소외되었기 때문에 그들에게 다가간 것이 아닙니다. 그들도 똑같은 인간이기 때문입니다. 그들이 어떤 행동을 하는지가 아니라 어떤 존재인지에 주목했던 것입니다. 이런 점으로 미루어 보아 도스토옙스키가 말하고자 했던 휴머니즘의 근원을 예수에게서 찾을 수 있다는 해석도 충분히 가능할 것 같습니다.

이처럼 예수의 모습은 도스토옙스키의 후기 작품 속 등장인물 안에서도 발현됩니다. 어떤 인물이 예수의 모습을 담아내는지 살펴보는 것도 후기 작품을 읽어 나가는 흥미로운 방법입니다.

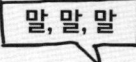

말, 말, 말

휴머니즘에 대해 여러 의견이 오고 감. 자기중심성이 짙은 휴머니즘이 과연 가능한 것인지 진중하게 생각해 보는 기회가 되었음. 그것은 휴머니즘이 아니라 위선이라고 결론이 남.

써니 머리에서 가슴으로 내려와 타인과의 충분한 소통의 과정을 거치지 않고 발휘된 사상은 아무리 고상한 이론이라고 해도 누군가에겐 악몽이 될 수 있다는 좋은 예시를 든 소설이라고 생각했다.

갱이 휴머니즘. 인류에 대한 사랑. 큰 것을 말하기란 쉬운 일이다. 그러나 내 곁에 있는 한 사람을 사랑하는 일은 결코 쉽지 않다. 이반 일리치는 아마도 그 괴리 속에서 괴로워하고 있을 것이다.

크리스 이해와 공감의 힘, 배려와 존중의 힘, 나와 상대방을 분리해서 바라볼 수 있는 힘, 관계의 유연함, 내 방식의 사랑이 아닌 상대가 원하는 사랑을 주는 마음이 휴머니즘이 아닐는지.

김관장 도스토옙스키는 이반 일리치의 어그러진 휴머니즘 지식이 어떤 악몽 같은 이야기를 낳는지 들려준다. 잘못된 자기 사랑이 삶의 중심에 자리 잡자, 이반 일리치는 다른 사람의 말을 들으려 하지 않는다. 자신의 주장이 항상 옳다고 생각하니 그럴 수밖에. 자기 외에 모든 사람은 계몽의 대상일 뿐이고, 자신의 행복과 자기만족을 위해 도구로 삼는 수단일 뿐이다. 자신의 의견에 반대하는 사람을 포용하지 않고 쉽게 화를 내거나 분노를 표출하기도 한다. 이 모든 것들이 어그러진 휴머니즘이 낳은 우리네 삶의 악몽 같은 이야기가 아닐까?

「악어」로 들어가며

또 다른 중기 단편을 소개합니다. 아마도 도스토옙스키의 수십 편의 작품 중에서 가장 현실성이 없고 말도 안 되는 일화를 다루는 작품이 아닌가 싶습니다. 악어에 잡아먹힌 한 사람의 이야기이기 때문입니다. 그리고 그 사람은 죽지 않고 악어 뱃속에서 인류 전체를 위한 위대한 사상가로 변신하게 되는, 정말이지 어처구니없는 이야기이기 때문입니다. 더 나아가 이 허무맹랑한 이야기를 도스토옙스키는 실화라고 부제에서 밝히고 있습니다. 누구라도 사실이 아님을 뻔히 아는 것을 뻔뻔스럽게 실화라고 밝힌다는 것은 정말 도스토옙스키다운 면모라 할 수 있습니다. 마치 이 소설을 문자 그대로 이해하는 독법은 어리석은 짓이라는 조롱 섞인 뉘앙스가 느껴지고, 그러한 독법은 처음부터 지양하라는 반어법이 신랄하게 담긴 것 같습니다.

이 작품을 읽을 때 염두에 두어야 할 것은 '악어란 무엇인가?'입니다. 악어에 잡아먹혔지만 살아 있는 사람은 무엇을 의미하는지도 궁금해집니다. 이 짧고도 강렬한 작품, 그러나 숨은 뜻이 통 잡히지 않는 매력적인 작품 속으로 지금 빠져들어 보시지요.

시대적 정황이 문학의 상상력을 입을 때

실화라고 운을 떼며 소설의 문을 여는 이 작품의 화자는 어느 날 이반 마뜨베이치 부부와 함께 악어를 구경하러 아케이드를 찾습니다. 한 사람당 25꼬뻬이까의 관람료까지 내며 들어간 전시장에서 그들을 맞이한 악어는 죽은 듯 아무런 움직임도 없이 얕은 물웅덩이 속에 덩그러니 드러누워 있습니다. 그 모습은 누구에게도 호기심을 불러일으키지 못했고 모두를 실망시켰습니다. 특히 악어 구경을 가장 먼저 제안했던 이반의 아내 엘레나 이바노브나마저도 혐오스럽다고 말할 뿐이었습니다. 자연스레 일행은 그 옆 원숭이 우리로 재빨리 이동했습니다.

　바로 그때였습니다. 이 세상이 아닌 저세상으로부터 들려오는 것 같은 비명이 홀 안을 가득 채웠습니다. 소리가 들려오는 곳을 향해 본능적으로 몸을 돌린 일행은 끔찍한 광경을 목도해야 했습니다. 옆에 있는 줄 알았던 이반은 악어에게 몸통이 반쯤 먹힌 채 공중에 들어 올려져 있었습니다. 그는 그 안에서 절망적으로 두 다리를 버둥거리고 있었습니다. 그러고 나서 순식간에 악어 입 속으로 사라지는가 싶더니, 악어가 입 속에서 이반의 다리를 자기 쪽으로 돌려놓았고, 잠시 그를 토하는 듯싶더니 다시 그를 허리 위쪽까지 끌어올렸으며, 다시 약간 뱉어 냈다가 꿀꺽 삼켜 버렸습니다. 이게 다가 아니었습니다. 악어는 이반이 목에 걸렸는지 마지막으로 입을 잠시 한껏 벌렸는데, 일행은 그 괴물의 아가리 속에서 절망스러운 표정을 지으며 순간적으로 악어 목구멍 위로 살짝 튀어나온 이반의 얼굴과 그의 얼굴에서 바닥으로 떨어지는 안경을 멍하니 바라볼 수밖에 없었습니다. 그리고 악어는 마지막으로 용을 써서 그를 완전히 삼켜 버리고 말았습니다.

이 끔찍한 내용은 60페이지밖에 되지 않는 단편소설 「악어」의 초반 여섯 페이지에 대한 요약입니다. 가히 충격적인 사건임에 틀림없습니다. 게다가 화자가 이를 실화라고 밝혔으니 저는 독자로서 '멘붕'을 경험할 수밖에 없었습니다. 왜 그런 순간이 있지 않습니까? 소설보다 더 소설 같은 현실을 목도할 때 받는 감당할 수 없는 충격! 그러나 숨을 가다듬고 몇 페이지만 더 읽어 보면 이것이 모두 도스토옙스키의 설계라는 사실을 알 수 있습니다. 이 충격적인 사건이 실화라고 밝혔던 건 저자가 아닌 화자였다는 점을 간과했었던 것입니다.

이 소설의 방점은 단순히 한 사람이 산 채로 악어에게 잡아먹히는 사건을 보도하는 데에 있지 않고 그 이후에 전개되는 내용에 있습니다. 당연히 이반의 아내는 악어의 배를 갈라 남편을 꺼내야 한다고 흥분하며 소리쳤습니다. 누가 봐도 엘레나의 요구는 상식적이었고 당연한 수순 같아 보였습니다. 그런데 문제는 악어 주인의 입장이었습니다. 도스토옙스키의 치밀한 설계 덕분이겠지만, 엘레나가 악어를 죽여야 한다고 소리치기 전에 악어 주인이 먼저 입을 열어 통곡하는 장면이 등장합니다. 악어 주인은 두 손을 꼭 쥐고 하늘을 바라보며 소리쳤습니다. "오, 나의 악어, 나의 가장 사랑하는 카를르헨!" 그리고 악어 배를 가르자고 소리치는 엘레나를 향해 다음과 같이 외쳤습니다. "그가 악어를 약 올렸어요. 무엇 때문에 당신 남편은 악어를 약 올렸습니까! 카를르헨이 터지기라도 한다면 당신이 물어내야 해요. 저놈은 나의 아들, 나의 하나뿐인 아들이란 말입니다!"

그런데 이런 실랑이 중에 놀랍게도 어디선가 갑자기 이반의 목소리가 들려옵니다. 그의 목소리는 상당히 먼 곳에서 들려오는 것처럼 둔탁하고 가늘고 날카로웠습니다. 바로 악어 뱃속에서 들려오는 소리였습니다! 아내는 "여보, 당신 살아 있었군요!" 하면서 기뻐하고, 악어 주인은 산 사람이 뱃속에 들어 있는 악어는 반드시 관광 상품으로써 돈벌이가 될 것을 확신하며 기뻐합니다. 엘레나와 악어 주인의 실랑이는 어처구니없게도 이반의 살아 있음으로 해결이 된 셈이었습니다! 아, 이 우스꽝스러운 장면! 진정 도스토옙스키다운 장면입니다.

그 이후 실제로 악어 주인은 돈을 벌었고, 화자는 악어 뱃속에 들어앉아 있는 이반과 대화를 나눕니다. 이반은 악어 뱃속에서의 삶이 만족스러우며 그 안에서 전 인류의 운명을 개선할 수 있는 완벽한 사회 체제를 구상할 수 있고 진리에 한 걸음 더 다가갈 수 있다고 말합니다. 놀랍게도 그는 갑자기 인류의 운명을 바꿀 수 있는 영웅이라도 된 듯 행동하기 시작했습니다. 악어 뱃속에 들어가기 전엔 그저 평범한 관리에 지나지 않았던 사람이 악어 뱃속에 들어가자 영웅이 되어 버린 사건. 그러나, 그래 봤자 그가 처한 곳은 언제 죽을지 모르고 캄캄하고 좁디좁은 악어 뱃속일 뿐! 아, 이 아이러니!

환상소설인가 싶은 생각이 들 정도로 기상천외한 상상의 나래가 펼쳐진 이 작품을 읽으며 우선 저는 놀랍다는 말을 할 수밖에 없었습니다. 한편, 이런 상상을 도입하여 작품을 쓴 작가 도스토옙스키의 의도가 무엇인지도 궁금해하지 않을 수 없었습니다. 작품 해설을 읽고 나서야 저는 이 작품에 1865년 당시 부르주아 자유주의 이념을 가진 급진주의자들을 조롱하려는 목적이 있었다는 점을 알게 되었습니다. 그들이 주장하는 이상적인 세상은 악어 내부와 같이 어둡고 폐쇄된 공간 안에서만 가능하다는 점을, 그래서 현실과는 괴리될 수밖에 없다는 점을 상징적으로 보여 주려고 했다는 것입니다.

시대 정황을 고려한 이러한 해석을 읽으며 '아, 그렇구나' 싶었지만, 저는 그러한 정치 풍자적인 관점보다는 작가의 상상력 관점에서 이 작품을 높이 삽니다. 적나라한 상황이 신문에 기재되면 한순간에 머물고 말지만, 문학의 옷을 입고 재탄생하면 이렇게 100년이 넘게 영향력을 발휘할 수 있다는 사실을 다시금 실감합니다. 문학의 힘을 다시 한번 생각하게 됩니다. 그리고 아주 짧은 작품으로 만난 도스토옙스키의 또 다른 새로운 면모를 마주하며 저는 다시 한번 그에게 매료됩니다. 배울 게 정말 많은 작가임에 틀림없습니다.

함께 ● 읽기
자기만의 악어, 지하의 또 다른 이름

'악어란 무엇인가?'라는 질문 앞에서 독서 모임 가족들은 저마다 다른 의견을 내놓았지만, 크게 보면 같은 의견으로 볼 수 있었습니다. **말하자면, 「악어」도 우리가 지난 시간에 함께 읽고 나누었던 작품 『지하로**

부터의 수기』의 연장선상에 놓여 있다고 해석할 수 있었습니다. 『지하로부터의 수기』에서 '지하'의 또 다른 이름이 '악어'라는 논리이지요. 그곳은 고립되고 폐쇄된 시공간입니다. 그곳에 사는 이는 오로지 나 자신일 뿐입니다. 철저히 자기중심적인 세상입니다. 이런 관점에서 보면, 『지하로부터의 수기』의 화자나 「악어」의 이반 마뜨베이치나 같은 맥락에 놓인 인물로 해석할 수 있습니다. '나'라는 작은 왕국의 왕이라고 불러도 괜찮을 그런 인물 말입니다.

악어를 이념이라고 보는 관점도 있었습니다. 이런 의미에서 보면, 악어에 잡아먹힌 사람은 이념에 사로잡힌 사람과 같은 맥락으로 볼 수 있는 것이지요. 작품 속 악어는 독일산입니다. 악어 주인이나 악어 주인의 어머니도 독일 사람이지요. 그러므로 악어라는 이념은 서구 사상을 대변한다고 볼 수도 있겠습니다. 악어에 잡아먹혔으나 입만 살아 갑자기 영웅이 된 양 사상가가 되어 버린 이반 마뜨베이치는 그 이념에 심취했지만, 그 이념은 그를 구원해 준 게 아니라 오히려 그의 감옥이자 무덤이 된 꼴이었습니다. 현실을 고려하지 않은, 이론적이기만 한 이념, 타자와 세상을 고려하지 않은, 자기중심적이기만 한 이념은 오래 존속할 수 없습니다. 그런 이념 혹은 사상들이 어떻게 붕괴되고 소멸하는지에 대한 풍자가 바로 이 작품이 나타내는 심층적인 메시지라는 해석은 상당히 견고한 힘이 있습니다. 참고로 도스토옙스키가 서구주의자가 아닌 슬라브주의자에 속한다는 건 이미 잘 알려진 사실이기도 하답니다.

독서 모임 가족 한 분은 「악몽 같은 이야기」와 「악어」의 주인공이 사상적 우월감에 심취해 있다는 통찰을 제시했습니다. **실체 없이 관념적이기만 한 이념은 허공에 울리는 메아리일 뿐입니다. 이 통찰은 우리 모두가 한 가지 경각심을 가져야 한다는 뜻도 내포하고 있습니다.** 우리도 허세 부리기 좋아하는 인간이며 자기만의 악어 안에 들어가 자기 생각에 갇혀 마치 모든 것을 할 수 있을 듯 행동하고 있진 않은지 잠시 멈춰서 곰곰이 성찰해 봐야 하지 않을까요. 자기중심적인 사상에 도취된 사람은 어쩌면 우리 자신일지도 모르니까요.

한편, 악어 뱃속과 같은 제한된 공간 안에서 스스로 영웅이 되었다는 어처구니없는 생각에 사로잡혀 큰소리를 떵떵 치는 이반을 보며 독자가 자기 성찰을 할 수 있다는 의견도 나왔습니다. 내가 알고 있는 세계는 모든 세계의 지극히 일부분에 불과할 텐데도 우린 그곳에서 마치 영생을 누릴 수 있기라도 한 것처럼 생각하고 행동하는 어리석음을 범하고 있기 때문입니다.

재미있는 관점도 있었습니다. 이반이 아닌 그의 아내 엘레나의 태도에 대한 의견이었습니다. 악어에게 잡아먹힌 남편 때문에 악어 배를 갈라야 한다고 소리치던 그녀는 남편이 살아 있다는 사실을 알게 되자 태도가 싹 바뀝니다. 남편을 구하겠다는 일념은 온데간데없이 걱정과 염려를 내려놓고 유유히 집으로 돌아가 마치 아무 일도 벌어지지 않은 것처럼 일상을 살아갑니다. 남편이 언제 죽을지 모르는 상황은 여전한데도 그녀는 경악스러울 만큼 태연한 행동을 보입니다

이러한 엘레나의 급변을 남성보다 우월한 여성의 현실성 자각 능력으로 해석하는 의견이 흥미롭기도 했지만 단지 우스갯소리로 치부

할 게 아니라 진지하게 생각해 봐야 할 문제라는 생각도 해 보았답니다. **'엘레나의 반응이 매정하게 느껴진다면 어떤 모습을 보여야 바람직한 아내의 반응일까?'라는 질문에 대한 답을 모임에서 나눈다면 재미와 유익을 동시에 챙길 수 있으리라 생각합니다.** 부부 관계를 점검해 보는 의외의 시간이 될 수도 있을 테니까요. 사실 우리 모임은 모임 뒤풀이 시간에 그 주제로 이야기를 더 나누었답니다.

말, 말, 말

토론 하이라이트

실체 없는 이상에 사로잡히는 위험함에 대해 다양한 의견을 나누며
경각심을 가지게 되었음. 어이가 없을 정도로 비현실적인 이야기임에도
중요한 통찰을 던져 주는 도스토옙스키의 매력에 다들 흠뻑 빠짐.

써니   사상적 우월감에 빠지면 자신에 대한 객관적 인식이 이렇게도 어렵단
말인가? 나 역시 어쩌면 악어 뱃속에 있었던 이반 마뜨베이치처럼 혼자
망상 속에 살고 있지는 않은가? 악어 뱃속이 편하다고 억지 평안을
느끼면서 나 역시 눈 감고 살고 있는 건 아닌가? 또한, 나는 잘 살고 있다고
스스로 우월감의 느낌표를 찍으며 자아도취 속에 살고 있지는 않은가? 나
말고 다른 사람들은 다 정상이 아니라는 우월감에 사로잡혀 나도 모르게
악어 뱃속으로 들어가고 있는 것은 아닐까? 이번 작품을 읽으며 정신적인
우월감이란 게 참 위험한 독초라는 걸 다시 한번 깨닫게 되었다.

제니   도스토옙스키는 악어를 통해 무엇을 이야기하고 싶었을까? 언제
죽을지 모르는 삶인 줄도 모르고 우쭐해하며 스스로를 영웅으로 대접해
주기를 바라는 어리석은 이반. 이반이라는 이름 대신 내 이름을 넣으니
도스토옙스키가 나에게 무슨 말을 하고 싶었는지 알게 된다. 내가 알고
있는 세계가 다가 아닌 것을. 그 세계가 결국은 어둡고 위험하고 끝을
알 수 없는 위험한 악어 뱃속인지도 모르고 마치 그곳에서 천년만년 살
것처럼 생각과 행동들을 하고 있으니 말이다.

성공적인 독서 모임 꿀팁 2: 내용

발제

모임마다 한 사람씩 돌아가며 다음 모임의 발제를 준비하는 시스템을 처음부터
실행했습니다. 발제자는 파워포인트를 주로 사용했고, 워드프로세서를 사용한 분도
있었습니다. 텍스트보다는 사진이나 그림을 활용하는 편이 이목을 집중시키는 데 더
효과적이었습니다. 발제자는 강연자가 아님을 처음부터 확고히 했습니다. 중요한 건
각자의 생각과 느낌을 깊고 풍성하게 나누는 것이지, 발제자의 강연을 수동적으로
듣는 게 아니니까요. 그러므로 발제자는 간단히 줄거리를 요약하고 등장인물들을
소개하며 함께 나눌 만한 주제들을 두어 개 준비해서 모임 가족들이 활발하게 참여할
수 있도록 유도하는 역할을 담당했습니다. 독서 모임의 주인공은 발제자가 아니라
독서 모임 가족들이고, 발제자는 어디까지나 돕는 역할이라는 점을 모두 인지하는
것은 아주 중요한 일입니다.

감상문 작성

모임지기로서 매 모임 전날까지 감상문을 A4지 반 페이지 이상 써 오도록
요구했습니다. 대부분 한 페이지 안팎으로 써 왔습니다. 감상문 자체가 중요한 게
아니라, 각자가 책을 읽으면서 가졌던 고유한 생각과 느낌을 효율적으로 나누기
위해서였습니다. 모임에 참여하는 자의 최소한의 예의라고 할까요. 구경하는 듯한
태도로 모임에 참석해서 그냥 좋았다거나 감동적이었다는 두루뭉술한 표현만으로
나눔이 진행되면 그 모임은 결코 유지될 수 없기 때문입니다. 독서 모임의 지속을
위해 가장 중요한 게 바로 모임 가족들의 진정성 있는 나눔이기 때문에 감상문
작성은 그 시간을 허투루 보내지 않기 위한 방법이었습니다. 학창 시절 이후 한
번도 독서 감상문을 써 본 적이 없어서 부담스럽던 분들도 마지막 모임까지
꿋꿋이 작성했답니다. 1년 반의 모임을 마치고 다들 감상문 쓰기가 힘들었지만 꼭
필요한 것이었다고 고백했고요. 모임 전에 서로가 쓴 감상문을 읽어 왔기 때문에
우린 모임 시작과 함께 곧바로 본론으로 들어갈 수 있었습니다. 그러므로 감상문 써

오기는 깊이와 풍성함이라는 독서 모임의 본질을 맛볼 수 있는 아주 좋은 방법이라 생각합니다.

나눔의 기술

책을 읽고 드는 생각과 느낌은 당연히 자신의 삶에서 비롯될 수밖에 없습니다. 책을 나누다가 삶을 나누게 되는 셈이지요. 자연스러운 과정입니다. 그렇다고 삶을 나누는 게 목적이 되어서는 곤란합니다. 어디까지나 같은 책을 읽고 서로의 다양한 생각과 느낌을 공유하며 나누는 게 독서 모임의 취지이니까요. 다만 삶을 배제한 책 나눔은 한계가 분명히 있다는 점을 얘기하고 싶습니다. 자신의 삶을 어느 정도 선에서 솔직하게 드러내 보이는 용기가 필요한 것이죠. 또한 한 사람이 너무 긴 시간을 독점하는 일을 방지하기 위해 모임지기는 발언 시간을 적절하게 제어할 줄 알아야 합니다. 이 과정에서 불필요한 갈등이 생길 수도 있지만, 독서 모임을 하다 보면 피치 못하게 발생하는 상황이니 서로의 신뢰를 쌓아 가면서 지혜롭게 해결해 나가야 합니다. 모임에 참석한 모두가 비슷한 시간을 사용할 수 있도록 서로 간의 배려가 필요합니다.

전문가 초청 강연

러시아 문학 전문가 두 분을 직접 초청하여 강연을 듣는 시간을 가졌습니다. 한 분은 대학에서 10여 년간 러시아 문학을 학생들에게 가르쳤고, 또 다른 한 분은 러시아에 유학 가서 러시아 문학만이 아니라 러시아 정교회 연구에 매진한 분이었습니다. 우리 모임에선 두 분을 각각 『백치』와 『까라마조프 씨네 형제들』을 읽기 전에 초청했습니다. 학계의 깊은 이야기를 들을 수 있는 소중한 시간이었습니다. 다만 이런 시간은 가끔 특강 식으로만 가지는 게 좋겠다는 생각도 들었습니다. 전문가 혹은 전공자가 매번 모임에 참석해서 발언하면 비전공자인 다른 가족들은 자신만의 고유한 생각과 느낌을 나누기가 아무래도 조심스러워지고 급기야 무의미하다고 여길 수 있으니까요.

미완성으로 완성한
5대 장편

✦ ✦ ✦

죄와 벌
노름꾼
백치
악령
미성년
까라마조프 씨네 형제들

『죄와 벌』

● 현장 스케치

◇**날짜:** 2024년 6월 20일 목요일 저녁 6시

◇**장소:** 어,울림 도서관

◇**참석자:** 홍이, 갱이, 써니(발제), 제니, 크리스, 별셋맘, 수홍쌤, 김관장, 히어로.
   이상 총 9명

◇**특이사항:** 아버지가 위독하셔서 간병하느라 다희 님 불참하심.

★★★☆☆

들어가며

드디어 대망의 5대 장편 읽기가 시작됩니다. 도스토옙스키를 처음 읽는 분들은 『죄와 벌』로 시작해도 좋겠다는 생각을 합니다. 도스토옙스키는 몰라도 『죄와 벌』을 아는 사람이 많다는 우스갯소리는 단지 흘려들을 이야기가 아닙니다. 평론가들도 이 작품이 도스토옙스키의 전작 중에서 가장 완성도가 높다고 말합니다. 개인적으로 저도 누군가 도스토옙스키의 작품 중 하나만 추천해 달라고 하면 저는 망설이지 않고 『죄와 벌』이라고 말한답니다.

✦처음 읽기
사랑, 파괴된 관계에 구원이 임하다

찌는 듯이 무더운 7월의 어느 날 해 질 무렵, 주인공 라스꼴리니꼬프는 어디론가 향하고 있습니다. 이미 수십 번이나 머릿속에서 계획했던 살인을 저지르기 위해 사전 답사를 가는 길입니다. 대상은 전당포

주인이자 고리대금업자인 한 노파였고, 살인 도구로는 도끼를 사용할 예정입니다. 그러나 계획과는 달리 그는 여전히 혼란스럽습니다. 감히 확신이 서지 않습니다.

라스꼴리니꼬프는 가난했습니다. 돈이 없어 다니던 대학도 휴학했습니다. 그가 사는 숨 막힐 듯 작은 방은 이미 월세가 많이 밀려 있습니다. 잘 먹지도 못해 건강도 나쁜 상태입니다. 설상가상으로 사전답사 다음 날, 때마침 배달된 어머니의 편지에서 그는 여동생이 돈 때문에 원하지도 않는 결혼을 할 예정이라는 소식까지 듣게 됩니다. 그는 여동생이 자신에게 돈을 부쳐 주기 위해 희생하려 한다는 것을 간파할 수 있었고, 절대로 그래서는 안 된다는 마음이 들었습니다. 분노가 치솟았습니다. 모든 게 돈 때문이었습니다. 사실 그는 사전 답사를 하고 나서도 계속해서 살인을 망설이고 있었습니다. 편지를 읽고 나자 모든 것이 선명해졌습니다. 살인을 반드시 실행에 옮겨야 했습니다.

라스꼴리니꼬프는 고독한 이상주의자이자 몽상가였습니다. 주위와 단절된 채 관 같은 작은 방에 틀어박혀 생각만 해 댄 지 벌써 한 달째였습니다. 그가 가진 해괴망측한 사상은 자신을 포함한 많은 가난한 사람들이 단번에 행복해질 수 있는 방법에 관한 것이었습니다. 가장 손쉬운 방법은 돈을 많이 가진 극소수의 이(lice) 같은 인간들을 제거하여 그들의 돈으로 많은 사람들을 행복하게 만드는 것이었습니다. 말하자면 어설프게 산술적인 공리주의에 입각한 사상일 뿐이었습니다. 그러나 그건 인간의 본성, 특히 양심을 고려하지 못한 심각한 오류에 불과했습니다. 이론적으로 아무 결함이 없더라도 사람을 함부로 죽일 순

없는 노릇입니다. 그 어떤 인간에게도 살인은 허용되지 않습니다.

라스꼴리니꼬프의 사상은 여기서 또 한 번 큰 오류를 범합니다. 살인을 합리화할 방편을 찾은 것입니다. 그는 인간을 범인(凡人)과 비(非)범인(초인)으로 나누는 이론을 믿기 시작합니다. 살인을 하기 위해선 범인이 아닌 비범인이어야 한다고 생각합니다. 나폴레옹 같은 극소수의 사람만 해당되는 비범인. 라스꼴리니꼬프는 비범인들에겐 모든 것이 허용되며, 심지어 사람을 죽여도 죄를 짓는 게 아니라고 생각하기에 이릅니다. 그는 묻습니다. '역사적으로도 많은 사람들을 죽이고 전쟁 영웅이 된 자들이 과연 죄인이었던 적이 있었던가? 오히려 칭송받지 않았던가?' 그의 생각이 만약 여기서 멈췄다면 아마도 살인은 벌어지지 않았을지도 모릅니다. 그러나 라스꼴리니꼬프는 멈추지 않았고, 오히려 한 걸음 더 나아갔습니다. 자신이 비범인에 속할지도 모른다고 믿기 시작했습니다. 무모한 생각이었습니다. 그리고 참으로 불행하게도, 그는 이를 테스트해 보고 싶었습니다. 살인을 저지름으로써 그것을 증명해 보이고 싶었던 것입니다.

결국 그는 계획했던 대로 살인을 저지릅니다. 운이 따라 주어 살인 현장에 이르기까지 아무에게도 눈에 띄지 않았습니다. 원래 사용하려 했던 도끼를 구할 수 없어 잠시 모든 계획이 수포로 돌아갈 위기에 처하기도 했지만, 신기하게도 아주 우연찮게 다른 도끼를 손쉽게 획득할 수 있었습니다. 참으로 기막힌 순간이었습니다. 그는 이 모든 것이 운명인 것만 같았습니다. 자신이 비범인일 가능성이 높아지는 순간이었습니다. 그런데 뜻하지 않게 그는 한 사람을 더 죽여야만 했습니다.

예정에도 없던 그 무고한 희생자의 이름은 리자베따, 전당포 주인의 여동생이었습니다. 분명 그녀는 그 시간에 다른 곳에 있어야 했습니다. 그 사실을 미리 알고 라스꼴리니꼬프는 노파를 죽이러 온 것이었습니다. 그러나 운명의 여신은 언제나 우연을 끌고 들어오는 법. 그녀의 일정이 바뀌었는지, 도끼에 찍혀 피를 철철 흘리며 죽어 있는 언니를 발견한 채 어느새 방 한가운데 얼어붙은 듯 꼼짝없이 서 있었습니다. 리자베따는 언니에게 학대받던 가난한 백치이자 유로지비였습니다. 라스꼴리니꼬프가 그녀의 언니인 전당포 주인을 죽여서라도 보호하고 도와주고자 했던 부류였습니다. 그러나 그는 그녀까지 죽여야만 했습니다. 유일한 목격자이기 때문입니다. 비극이 아닐 수 없습니다.

이 의도치 않은 두 번째 살인은 라스꼴리니꼬프의 사상적 오류가 무고한 피를 흘림으로써 그 실체를 드러낸 순간이기도 했습니다. 감질날 수도 있겠지만, 여기까지가 『죄와 벌』 전체의 약 6분의 1에 해당되는 내용을 살인 동기 위주로 간략하게 요약한 것입니다. 마지막 페이지에 가서야 라스꼴리니꼬프는 자신의 범죄를 자백하게 됩니다. 그러므로 800페이지에 달하는 이 소설의 중추는 살인 사건 이후부터 자백하기 전까지, 약 2주간에 걸쳐 일어나는 크고 작은 여러 사건들이 얽히고설킨 실타래라고 볼 수 있습니다. 그 복잡한 실타래는 모두 우연을 가장한 필연이 되어 주인공의 불안하고도 혼란스러운 심리 변화를 적나라하고 효과적으로 드러내는 탁월한 도구가 되어 줍니다.

라스꼴리니꼬프가 죄를 자백할 때도, 또 자백한 이후 시베리아에서 1년간 감옥 생활을 할 때조차도 사실 그는 자신의 죄를 진심으로 깨닫지 못합니다. 비록 양심이란 것이 인간의 본성 안에 존재한다는 사실을 피부로 직접 느끼고 그로 인해 고통스러워하기는 했지만, 그는 그저 자신이 비범인이 아니라는 사실로 인해 분노하기에 여념이 없었습니다. 죄를 자백한 이유는 그저 그편이 더 유리할 것 같다는 판단 때문이었습니다. 소설의 마지막 장 뒤에 덧붙인 짧은 에필로그에 이르러 라스꼴리니꼬프는 드디어 구원에 이르게 됩니다. 소냐의 헌신적인 사랑을 깨닫고 난 이후였습니다. 자신의 죄를 진심으로 뉘우친 이후, 그는 단절되었던 모든 것에 마음을 열었고, 모든 것을 다르게 보기 시작합니다. 어느 날 문득 찾아온 환희의 순간이었습니다. 소냐도 라스꼴리니꼬프의 내적 변화를 단번에 알아볼 정도로 그는 마침내 거듭나게 되었습니다. 타인을 위해 자신을 죽이는 이중적인 생활을 해 왔던 소냐, 그리고 타인을 죽이고 자신도 죽여 정의도 자유도 아무것도 얻지 못한 채 단절과 소외, 괴로움과 고독 속에서 딴 세상을 마치 벌을 받듯 살아왔던 라스꼴리니꼬프, 두 사람 모두에게 그 구원은 새로운 출발을 알리는 감격의 순간이었습니다.

주위 환경이 바뀐 건 아무것도 없었습니다. 그러나 얼어붙었던 라스꼴리니꼬프의 마음엔 처음으로 기쁨과 사랑이 싹트기 시작했고, 남아 있는 7년이란 감옥 생활도 기꺼이 받아들이며, 그 고난 가운데에도 분명히 존재할 사랑과 희망의 삶을 바라보게 됩니다. 구원은 철저히 은혜와 같이 외부에서 오는 것임을 도스토옙스키는 이 책을 통해 명징하게 보여 주고 있습니다. 그것은 사상도 양심도 돈도 결코 이루어 낼 수 없는 그 무엇이었습니다. 과연 열매를 맺을지 확실치 않은 상황 속에서도 끊임없이 헌신적이고 희생적이며 무조건적인 소녀의 사랑이 차디차게 얼어붙었던 라스꼴리니꼬프의 마음을 마침내 녹여 냈습니다. 그는 감옥에서 자유를 찾았으며, 바닥에서 하늘을 맛본 자였습니다.

책을 덮고 가슴이 따뜻해졌습니다. 구원의 감격이 밀려왔습니다. 읽는 내내 긴장을 동반한 두려움을 느꼈습니다. 더럽고 추한 인간의 본성에 경악을 금할 수 없었으며, 저 역시 그러한 인간이란 사실에 처절하게 공감할 수밖에 없었습니다. 책 속의 죄도 벌도 모두 저를 비껴갈 수 없다는 걸 깨달았습니다. 겉으로만 멀쩡한 모습을 하고 있을 뿐 저도 똑같은 인간이기 때문이었습니다.

하지만 약육강식과 적자생존의 법칙에 따라 서로 죽고 죽이는 추악한 인간의 삶 속에도 한 줄기 구원의 서광이 비치면, 동일한 환경이 다르게 보이기 시작합니다. 그 환경이 슬픔에서 기쁨으로, 절망에서 희망으로, 타락에서 구원으로, 지옥에서 천국으로 바뀌며 새로운 삶을 시작할 수 있다고 말해 주는 결말에서 저는 이루 말할 수 없는 커다란 감동을 느꼈습니다. 신학 서적에도 잘 그려지지 않는 그리스도교적인 구원이 오히려 이런 문학 작품에서 드라마틱하고 감동적으로 그려질 수 있다는 사실이 놀랍고 놀라웠습니다.

인간은 소원을 성취하고 문제를 해결하길 원합니다. 인간만이 가진 이성은 이때 강력한 힘이 되어 주지만, 그것은 타인과의 관계 속에서만 실현할 수 있습니다. 그러므로 이성이 아무리 옳고 아무리 강하더라도, 그것이 관계를 단절시키거나 파괴하는 방향으로 쓰인다면 이

성조차 죄가 됩니다. 살인은 명백한 죄입니다. 『죄와 벌』은 살인이 결국엔 가해자마저 살해한다는 역설적인 진실을 보여 줍니다. 살인은 타자도 죽이고 자신도 죽이는, 본질적으로 이중 살인을 내포합니다.

조금 더 넓은 해석을 적용해 보자면, 사람을 죽이는 것도 살인이지만, 관계를 죽이는 것도 살인입니다. 관계의 단절과 고립, 파괴를 야기하는 모든 행위가 살인에 해당될지도 모릅니다. 살인을 저지르고 난 이후 라스꼴리니꼬프의 삶은 죽음보다 못한 '죽음의 삶'이었습니다. 그건 죄에 대한 벌이었습니다. 관계를 죽이는 행위가 죄라면 그 죽은 관계 속에서 살아가는 것은 벌입니다. 이런 이유로 구원은 관계 속에 임합니다. 막히고 끊어지고 파괴되었던 관계의 회복이 구원입니다.

소냐의 사랑이 없었다면 라스꼴리니꼬프의 구원은 없었을 것입니다. 다시 말해, 라스꼴리니꼬프가 구원받을 수 있었던 것은 소냐의 사랑이 있었기 때문입니다. 소냐의 사랑을 드디어 느끼고 그도 그녀를 사랑하게 되었기 때문입니다. 누군가 나를 위해 기도해 주고 사랑해 준다는 것, 이는 언제나 우리에게도 구원의 빛이 임할 수 있다는 증거입니다. 구원의 통로인 사랑은 진정한 은혜이자 선물입니다. 글을 마치며 저는 저에게 묻습니다. 저는 관계 속에서 사랑을 주거나 받고 있을까요? 그렇다면 저의 관계는 살아 있는 것일까요?

잘못된 선을 넘어선 자, 영점을 재조정하다

5년 만에 『죄와 벌』을 다시 읽으니 저의 시선은 줄거리보다 등장인물에 더 오래 머뭅니다. 세 유형으로 인물을 살펴볼 텐데, 이는 모두 라스꼴리니꼬프의 속성이기도 합니다. 항목에 따라 다른 주변 인물들과 비교와 대조를 해 보겠습니다.

선을 넘어선 자

"당신 역시 똑같은 일을 했잖아? 당신 역시 선을 넘어선 거야. 넘어설 수 있었던 거지. 당신은 자기 몸에 손을 댔고, 스스로를 죽여 버렸어. 자기 생명을 말이야. 우리는 같은 길을 가야 해. 그러니 함께 갑시다!"
소녀의 집을 찾아간 날 라스꼴리니꼬프가 소녀에게 했던 말입니다. 그는 소녀에게서 자기 모습을 보았습니다. 그 동질성은 곧 '선을 넘어섰다는 것'. 작품의 맥락을 볼 때 이는 '살인'을 뜻합니다. 그러나 살인도 살인 나름입니다. 라스꼴리니꼬프의 살인이 타자를 물리적으로 죽인 것이라면, 소녀의 살인은 자신을 정신적으로 죽인 것이라고 해석할 수 있습니다. 돌이킬 수 없는 큰 범죄를 저지른 뒤 살아 있는 양심 때문에 정신적으로 쫓기는 살인자의 성급함일까요? 그의 논리에선 비약이 엿보입니다.

소녀에게는 치욕적이고 저급하고 세속적인 모습과 그와는 정반대인 고결하고 성스러운 모습이 공존합니다. 가족의 생계를 위해 매춘부의 길을 선택한 소녀. 어쩌면 그녀의 존재 자체가 모순일지도 모릅니다. 그녀의 '자기 죽임'을 살인이라 할 수 있을까요? 그녀에게서 모든 인간을 위해 죽음을 택하고 죽임을 당해야만 했던 예수의 모습이 떠오르는 건 왜일까요? 타자를 위한 자발적인 희생을 감히 살인이라 부를 수는 없습니다. 이는 『까라마조프 씨네 형제들』의 제사(題詞)로 쓰인 요한복음 12장 24절을 상기시키기도 합니다. "정말 잘 들어 두어라. 밀알 하나가 땅에 떨어져 죽지 않으면 한 알 그대로 남아 있고 죽으면 많은 열매를 맺는다." 밀알 하나의 죽음은 모두를 위한 거룩한 희생입니다. 소녀는 한 알의 밀알로서 가족을 먹여 살렸고, 나중엔 그녀를 잠시 오해하고 비난했던 라스꼴리니꼬프마저도 살려 내는 역할을 감당합니다. 소녀의 '자기 죽임'은 실로 많은 열매를 맺습니다.

반면, 라스꼴리니꼬프의 노파 살인은 자기 자신은 물론 주위의 모든 사람을 죽이는 열매를 맺습니다. 그는 사람이 아니라 이를 죽였을 뿐이라고 주장하지만 그건 어디까지나 주관적인 해석이자 살인자의 자기 합리화일 뿐이지요. 결과적으로 라스꼴리니꼬프의 분석은 반만 옳았던 것 같습니다. 둘 다 '선을 넘어선 자'였지만, 소녀는 타자를 위해, 라스꼴리니꼬프는 자기 자신을 위해 선을 넘어섰던 것입니다. 소녀는 사람을 살리는 선의 열매를, 라스꼴리니꼬프는 사람을 죽이는 악의 열매를 맺었던 것이지요. 참고로, 끝내 자살을 택한 스비드리가일로프의 '자기 죽임'은 소녀의 그것과는 질적으로 다르다고 봅니다. 이 차이 역시 자기를 위한 것인지 타자를 위한 것인지에 있습니다. 자기를 위한 살인을 저질렀다는 점에서 스비드리가일로프의 자살은 라스꼴리니꼬프의 타살과 본질적으로는 다르지 않다고 볼 수 있겠습니다.

인간의 한계, 곧 신의 존재를 인정하는 자

그렇다면 무엇이 이 차이를 만들었을까요? 라스꼴리니꼬프는 다음과 같이 자기가 소냐와 다름을 인정합니다. "아아, 우리는 서로 다른 부류의 인간이야! … 그러니 짝이 아냐! 나는 왜 여기 온 걸까!" 놀랍게도 그는 소냐가 모순된 양면성을 지니고 있음에도 자기처럼 폭주하지 않는 이유에서 소냐와의 근원적인 차이를 깨닫게 됩니다. 그것은 바로 이 한 문장입니다. "하느님이 안 계시면 내가 어떻게 살아갈 수 있겠어요?"

소냐는 라스꼴리니꼬프가 전당포 노파를 죽인 후 계획에도 없이 추가로 저지른 살인의 희생자, 리자베따와 같은 유로지비였습니다. 유로지비는 존재 자체가 어쩌면 모순이라 할 수 있습니다. 세속적인 관점에서는 바보 혹은 백치이지만 성자처럼 고결한 사람을 일컫는 말이 유로지비이기 때문입니다. 라스꼴리니꼬프와 달리 소냐는 하느님의 존재를 인정하는 사람이었습니다. 이를 달리 말하면, 소냐는 인간의 숙명적이고 존재론적인 한계를 인정하고 그것이 세계관이 된 사람이었습니다. 라스꼴리니꼬프는 자신도 나폴레옹과 같은 사람처럼 '모든 것이 허용되는' 사람이라 믿었고 그것을 테스트해 보고 싶었습니다. 그는 허술하기 짝이 없는 산술적인 공리주의 따위에 생을 걸었던 한낱 인간이었습니다. 그는 인간을 두 부류로 나누고 자신이 어느 쪽에 속하는지에만 관심이 있었을 뿐 인간 존재를 거뜬히 뛰어넘는 하느님의 존재는 안중에도 없었습니다. 그래서 소냐는 라스꼴리니꼬프에게 다음과 같이 말합니다. "당신은 왜 해서는 안 될 질문을 하시는 거예요? 어떻게 그런 일이 내 결정에 따라 이루어질 수 있지요? 누구는 살아야 하고, 누구는 죽어야 한다고 심판할 권리를 누가 내게 주었나요?"

라스꼴리니꼬프와 소냐는 공히 선을 넘어선 자였지만 하느님과 인간의 차이를 인정하는지에 따라 다른 세계관을 가지고 살아왔습니다. 또한 소냐는 스스로를 죄인으로 알고 있었습니다. 라스꼴리니꼬프가 스스로 어떤 위치에 놓인 인간인지 테스트해 보려 했던 자세와 극명한 대조를 이룹니다. "나는… 더러운 여자예요…. 나는 큰, 크나큰 죄인이에요! 아, 그게 무슨 말씀이세요!" 이는 인간을 어떻게 분류하는지를 따지는 어리석은 땅의 질문에서 벗어나 눈을 들어 하늘을 바라보며 유한하고 죄인인 인간의 한계를 겸손하게 인정하라는 메시지가 아닐까요? 도스토옙스키의 그리스도교 세계관을 단적으로 볼 수 있는 부분입니다.

우연에 이끌리는 자

재독하면서 한 가지 더 눈에 들어온 것은 우연의 힘이었습니다. 미리 살인 도구로 점찍어 둔 도끼 대신 우연찮게 다른 도끼를 얻은 일을 비롯하여 라스꼴리니꼬프의 살인 시도는 수차례 좌절될 수 있었으나 그때마다 기적처럼 예상치 못한 길이 열려 결국 살인을 할 수 있게 됩니다. 이러한 점에서 저는 라스꼴리니꼬프를 우연에 이끌리는 자로 보았습니다. 살다 보면 우린 모두 이와 비슷한 순간들을 겪습니다. 하늘이 돕는 것 같은 기분이 들 정도로 보이지 않는 힘에 이끌리는 듯한 상황을 마주할 때면 평소에 운명을 믿지 않는 사람이라도 운명적인 힘을 느끼기 마련입니다. 그런데 왜 도스토옙스키는 라스꼴리니꼬프의 살인 과정에서 이러한 운명적인 우연의 힘을 끌어온 것일까요? 사람을 죽이는 끔찍한 범죄는 보이지 않는 악마의 손이 있어야만 가능하다는 암묵적인 메시지는 아니었을까요? 그런 일은 인간의 이성만으로는 결코 저지를 수 없다는 사실을 알려 주고 싶었던 것은 아닐까요?

우연은 우연을 경험하는 당사자를 수동적으로 만드는 법입니다. 운명의 힘은 사람의 이성을 마비시키고 보이지 않는 힘에 의지하게 만듭니다. 소냐와 리자베따 역시 사람의 이성을 초월하는 하느님에 대한 믿음을 가지고 있었습니다. 그러나 라스꼴리니꼬프가 이끌린 보이지 않는 존재는 그 정반대에 위치한 존재였습니다. 선과 악으로 구분할 수 있는 영적인 차원의 존재 말입니다. 여기서도 도스토옙스키의 그리스도교적 관점을 엿볼 수 있다고 생각합니다.

죄와 벌이란?

재미있게도 라스꼴리니꼬프의 이성은 양심과 맞물려 잘 돌아갔던 것 같습니다. 스스로도 고백하듯 그는 미친 상태가 아니라 정신이 온전한 상태에서 살인을 저질렀습니다. 살인 후에도 그는 자신의 범죄를 숨기려는 마음과 자백하려는 마음 사이에서 갈등할 뿐 단 한 번도 이성을 온전히 놓은 적이 없었습니다. 그가 처음부터 끝까지 고뇌에 휩싸였다는 사실이 그 증거입니다. 실제로 이 작품의 커다란 중추는 살인 전과 후에 보이는 라스꼴리니꼬프 내면 변화의 추적이라 할 수 있습니다. 시대와 문화를 초월하여 이 작품이 전 세계적으로 계속해서 읽히는 이유 역시 바로 여기서 찾을 수 있습니다. 즉 라스꼴리니꼬프 내면의 변화로부터 우리는 우리 자신 내면의 변화와 보편적인 인간 내면의 변화를 보는 것이지요.

이제 이 작품에서 도스토옙스키가 말하는 죄와 벌이 무엇일지 말할 수 있습니다. 단지 두 사람을 죽인 행위만을 죄로 볼 수는 없습니다. 인간을 모든 것이 허용되는 존재라고 여기는 것, 다시 말해 유한한 인간의 한계를 인정하지 않는 것, 즉 하느님을 인정하지 않는 것이 죄이지 않을까요 그렇다면 라스꼴리니꼬프의 살인은 죄라기보다는 죄인의 가시적인 범죄 행위로 봐야 합니다. 그리고 이 죄를 저지른 라스꼴리니꼬프가 소냐를 통한 갱생에 이르기 전까지의 삶 전체를 벌로 봐야 합니다. 고뇌에 찬 고립되고 단절된 삶 말입니다. 이런 해석에 기댈 때 저는 라스꼴리니꼬프에게 인간이라는 이름을 부여할 수 있다고 생각합니다. 라스꼴리니꼬프는 바로 제 자신이고 우리 모두로 확장될 수 있습니다. 그리고 라스꼴리니꼬프처럼 살인을 저지르지 않아도 우리 모두는 죄인일 수 있습니다.

'죄와 벌'을 재독하면서 도스토옙스키의 그리스도교 사상이 더욱 짙게 느껴졌습니다. 매춘부를 통해 구원에 이르고 마는 살인자의 이야기. 잘못된 선을 넘어선 자가 영점(靈點)을 재조정하는 이야기. 거룩한 생명의 빛은 바닥 같은 인생을 사는 두 사람을 통해서도 아름답게 빛납니다. 어쩌면 바닥이라서 더 아름답게 빛나는 것일지도 모르겠습니다.

함께 ○ 읽기
다시 선을 넘어서기

지난 10개월간 출간순으로 읽어 온 도스토옙스키 작품 가운데 가장 긴 작품을 읽고 나눴습니다. 그런데 벽돌처럼 무겁고 두꺼운 이 책을 읽으면서 놀랍게도 대부분의 독서 모임 가족들은 그리 부담스럽지 않고 집중할 수 있었다고 고백했습니다. 저 역시 읽는 내내 잠시도 엉덩이에 힘을 뺄 수가 없었습니다. 그만큼 『죄와 벌』은 몰입도가 높은 작품입니다.

이 작품을 읽고 너무나도 몰입한 나머지 아주 오랫동안 마음 깊은 곳에 남아 있던 응어리가 비로소 풀리는 계기가 되었다고 고백하는 독서 모임 가족의 나눔을 들을 수 있었습니다. 도스토옙스키와 고전문학의 힘을 다시 한번 느낄 수 있었습니다. 그분은 자신에게 경경제적, 정신적 피해를 입혀 관계가 끊어졌던 한 사람을 이해하고 용서하는 마음이 들었다고 했습니다. 문자로 그 마음을 전하는 실천까지 했다고 했습니다. 자기 자신을 초월하는(선을 넘는), 보통의 용기를 뛰어넘는, 일종의 정신적인 도약을 감행했던 것이지요. 가해자였던 그 사람이 라스꼴리니꼬프와 너무나도 비슷하게 느껴져 연민의 감정이 생

3부 후기작 + 미완성으로 완성한 5대 장편

겼기 때문입니다. 소설은 허구가 기반인 문학 장르입니다. 라스꼴리니꼬프는 도스토옙스키가 창조해 낸 가상의 인물일 뿐이지요. 그러나 이런 가상의 인물과 허구 속 이야기가 펼쳐지는 소설이라는 세상 속에서 우리는 현실에서 깨닫지 못하는 인간 본성에 대한 깊은 이해를 도모할 수 있습니다. 한 사람을 이해하고 용서하는 일도 벌어지는 것이지요. 놀라운 문학의 힘입니다.

『죄와 벌』을 읽으면서도 도스토옙스키가 말하는 '죄와 벌'이 무엇인지 한 번도 묻지 않고 마지막 페이지에 이르는 독자들도 많으리라고 생각합니다. 작품의 깊고 풍성한 이해를 위한 한 가지 좋은 방안은 제목의 의미를 스스로 묻고 답해 보라는 것입니다. 이 작품의 경우엔 다음과 같은 질문이 되겠지요. "왜 도스토옙스키는 이 작품의 제목을 '죄와 벌'이라고 지었을까요?" 문학은 수학 공식이 아니기 때문에 저마다 다른 해석을 할 수 있는 여지가 활짝 열려 있습니다. 그러나 아무리 그렇다 하더라도 작가의 의도를 전혀 고려하지 않은 채 독자의 자의적인 해석만으로 작품 읽기를 끝낸다면, 그것이야말로 최악의 독서 방법이 아닐까요. 훌륭한 해석은 훌륭한 주해가 기반이 되어야 한다고 생각합니다. 그 작품을 쓰게 된 배경과 작품의 의도 등을 고려하는 노력을 하지도 않는다면 그만큼 게으른 독자는 없을 것입니다. 작가에 대한 모독이 될지도 모릅니다. 그것은 해석의 자유가 아니라 방종에 가깝지 않나 하는 생각도 합니다. 이런 의미에서 이 작품 속에서 도스토옙스키가 말하는 죄와 벌이 무엇인지 생각해 보는 것은 작품의 깊고 풍성한 이해를 돕는 훌륭한 길잡이가 되리라 확신합니다.

작품 속에서 죄와 벌이 각각 무엇인지 함께 생각해 보는 가운데 모두 비슷한 결론에 이를 수 있었습니다. **'죄'는 사람에게 '모든 것이 허용된 자'라는 타이틀을 붙이는 것, 사람이 사람을 죽여도 되는지 감히 판단하려고 하는 것, 즉 자신이 신이 되려고 하는 의지와 행동이라는 데에 모두 고개를 끄덕일 수밖에 없었습니다.** 사람이 사람의 자리를 잊고 신의 자리로 나아가려고 하는 것은 어찌 보면 신에 대한 반항이자 반역일 수 있습니다. 물론 신이 존재한다는 가정하에 말이지요.

한편 '벌'은 라스꼴리니꼬프의 삶 전체라는 데에 입을 모았습니다. 고립되고 단절되고 소외된 외톨이로 살아가며 고뇌하고 병든 삶을 지탱하는 것이 그 자체로 벌이 아닐까 싶습니다. 우리가 살인자가 아닌데도 라스꼴리니꼬프에게 감정이 이입되고 연민을 느끼는 이유도 우리 역시 그러한 삶을 살고 있다는 자각 때문이지 않을까 싶습니다. 그리스도교 사상을 받아들이지 않는 사람들도 이와 같은, 즉 '벌' 같은 삶이 우리네 인생이라는 점에는 공감을 할 수 있지 않을까 합니다. '죄'가 무엇인지에 대해서는 의견이 다를 수 있겠지만 말이지요.

이 작품의 주인공이라 할 수 있는 두 인물은 라스꼴리니꼬프와 소냐입니다. 살인자와 매춘부이죠. 살인자의 의미를 가장 밑바닥에 위치한 인간, 즉 인간 말종 정도로 해석한다면, 매춘부는 가장 밑바닥에 위치한 여성을 의미한다고 해석할 수 있습니다. 작품 속에서 소냐가 매춘부의 일을 하는 장면이나 자기 일을 어떻게 생각하는지는 드러나지 않습니다. 다만 소냐는 자신이 더럽고 추한 존재, 즉 죄인이라고 알고 있을 뿐입니다.

이에 반하여 라스꼴리니꼬프는 살인자임에도 불구하고 시베리아 유형 1년 차가 되기 전까지는 자신의 죄를 인정하지 않는 사람으로 묘사됩니다. 자신의 모습이 비열하다고 느꼈을 뿐 잘못했다는 죄의식은 작품 마지막에 가서야 생기게 되지요. 존재의 가장 밑바닥에 있는 살인자와 매춘부 사이에서도 자기 위치를 어떻게 자각하고 있느냐가 현저하게 다릅니다. 사람의 눈에는 살인자나 매춘부나 누가 더 낫다고 말하기가 어렵겠지만, 하느님의 눈에는 하느님의 존재를 인정하고 하느님과 무한한 질적 차이를 내는 인간의 낮은 위치를 인정하는 소냐가 더 큰 자로 보이지 않을까요?

결국 매춘부에 불과한 소냐가 끝내 자신의 죄를 뉘우치지 못하던 살인자 라스꼴리니꼬프에게 구원의 통로가 되어 줍니다. 자신을 더러운 죄인으로 인식하고 있던 소냐는 의로운 삶을, 즉 이미 거듭난 삶을 살고 있었던 듯합니다. 이에 반하여 라스꼴리니꼬프는 자기도 모르게 죄인의 삶을 살고 있었죠. 이 모순 같은 두 인물의 이야기를 그리스도교적인 해석을 배제하고서는 이해하기가 어려울 것 같습니다.

두 주인공 이외에도 놓칠 수 없이 중요한 인물로 저는 스비드리가일로프를 꼽고 싶습니다. 그는 라스꼴리니꼬프의 동생 두냐에게 마음이 있습니다. 그는 정황상 아내를 죽인 살인자의 신분으로 두냐를 쫓아 뻬쩨르부르끄까지 왔습니다. 소냐 옆방에서 라스꼴리니꼬프의 자백을 엿들은 후 그것을 빌미로 두냐의 마음을 사려고 했던 파렴치한 인물입니다. 그가 중요한 인물이라고 생각되는 이유는 그 역시 라스꼴리니꼬프와 같이 살인을 저지른 사람이라는 공통점이 있으면서도 라스꼴리니꼬프와는 달리 갱생의 기회를 스스로 저버리고 자살로 생을 마감하기 때문입니다.

이는 도스토옙스키가 스비드리가일로프를 작품 속에 등장시킨 한 가지 이유가 되리라 생각합니다. 유죄 판결 이후에 라스꼴리니꼬프가 소냐를 통해 갱생에 이르는 과정을 더욱 선명하게 비추기 위한 하나의 장치라고 해석할 수 있습니다. 파멸을 겪더라도 모든 인간은 하느님 앞에서 다시 시작할 수 있다는 것을 도스토옙스키는 스비드리가일로프와 라스꼴리니꼬프를 비교하며 말하고 싶었던 건 아닐까요?

독서 모임 가족 중 한 분은 라스꼴리니꼬프 주위에 소냐뿐 아니라 라주미힌과 두냐라는 존재가 있어 참 다행이라고 이야기했습니다. 정말 그런 것 같습니다. 라주미힌과 두냐는 라스꼴리니꼬프가 살인자라는 사실이 명백해졌을 때에도 그를 떠나거나 저주하거나 비난하지 않고 끝까지 옆에서 그의 갱생을 돕습니다. 그들은 라스꼴리니꼬프가 자기 죄를 자백하고 그에 합당한 대가를 받는 것을 당연하게 여겼습니다. 이에 반해 스비드리가일로프는 라스꼴리니꼬프에게 돈을 주겠다면서 미국으로 도망가라고 종용하기도 했지요.

누가 친구이며 이웃일까요? 누가 라스꼴리니꼬프에게 진정으로 필요한 존재일까요? 라주미힌이라는 친구와 두냐라는 여동생이 있어 라스꼴리니꼬프는 바른길을 선택하고 용기를 내어 갱생의 길을 뚜벅뚜벅 걷는 결단을 할 수 있었으리라 생각합니다. 작품 속에서 라스꼴리니꼬프는 늘 결핍만을 보며 불만과 불평 속에, 고뇌 속에서 살았습니다. 그런데 알고 보면 누구보다도 소중한 사람들을 바로 곁에 두고 있었습니다. 진정한 친구와 진정한 가족, 그리고 진정한 연인이 될 사람이 주위에 있다는 건 얼마나 큰 축복인지요. 부디 라스꼴리니꼬프가 감사하는 마음을 회복하며 삶을 살아 내길 간절히 기원하게 됩니다. 이번에는 잘못된 선이 아닌 정의롭고 건강하고 건설적인 선을 넘어서 길 기원합니다.

말, 말, 말

죄와 벌이 각각 무엇인지에 대한 다양하고 진지한 의견들이 오감. 그리스도교 사상을 배제하고 해석하기 어렵다고 입을 모았음. 발제자인 써니 님이 실제 뻬쩨르부르끄 지도와 라스꼴리니꼬프의 범행 현장을 추적하는 자료를 준비한 덕에 현장감과 입체감 넘치는 나눔이었음.

제니　라스꼴리니꼬프는 도끼를 사용해서 누군가를 살해했지만 난 혀를 사용해 누군가를 살해했는지 모르겠다. 인간의 관계는 참 다양하다. 누구라도 갖고 있는 죄의 본성을 드러내게 하는 관계 혹은 참회하게 만드는 관계가 있는 것 같으니 말이다. 결국 내가 누구를 만나느냐에 따라 나의 삶이 선하게도 악하게도 발현될 수 있는 것 같다. 그리고 우리 인간은 자기희생이 동반된 구원자보다는 신이 되고 싶어 하는 마음으로 심판자가

3부 후기작 + 미완성으로 완성한 5대 장편

되고자 하는 마음이 더 큰 존재라는 생각이 들었다. 이 책의 마지막 라스꼴리니꼬프의 회심 부분이 짧지만 참 강렬하다. 결국 소냐의 사랑과 헌신 앞에 무릎 꿇게 되는 라스꼴리니꼬프! 좀 더 일찍 회심했으면 책의 두께가 3분의 1은 줄어들었을 텐데 하는 안타까움이….

수홍쌤 (1) 예심판사의 심문은 마치 오늘날 프로파일러들의 역사 교과서 같았다. (2) 루쥔의 돈 사용법은 참 곤란했다. 두냐에게 3,000루블이 생겼을 때 마치 내 통장에 3,000만 원이 입금된 것처럼 통쾌했다. (3) 라주미힌은 좋은 친구였다. 그래서 좋은 여자를 아내로 맞는 축복을 받았다. (4) 소냐! 상처받은 치유자라는 말을 떠올렸다. 그녀가 주인공에게 죽은 나사로가 살아나는 성경의 내용을 읽어 줄 때 책 제목이 '죄와 벌'이 아니고 '믿음과 사랑'인가 했다. 살인자와 매춘부의 기묘한 만남이라는 문구가 가슴을 때렸다. (5) 그간 내가 읽은 도스토옙스키 책 중에 가장 개연성이 있었다. 인물들 간의 연계도 흥미로웠고 소설의 흐름도 잘 빚어진 이야기 같았다.

열 번째 만남

『노름꾼』

현장 스케치

◇**날짜:** 2024년 7월 18일 목요일 저녁 6시
◇**장소:** 어울림 도서관
◇**참석자:** 홍이, 갱이, 써니, 제니(발제), 수홍쌤, 김관장, 히어로. 이상 총 7명
◇**특이사항:** 히어로 님이 치킨 두 마리 간식으로 제공하심.

★★☆☆☆

들어가며

『죄와 벌』과 거의 같은 시기에 급조된 중편소설인 『노름꾼』을 소개합니다. 이 작품은 도스토옙스키의 인생에서는 빼놓을 수 없이 중요한 의미를 갖는 소설이라 할 수 있겠습니다. 심오함 가운데 깃든 경박함의 컬레버레이션이랄까요. 모순된 인간의 본성을 파헤쳐 낱낱이 발라 낸 도스토옙스키의 흑역사라고 할까요. 어쩌면 이 자체가 도스토옙스키가 의도하지 않게 삶으로 직접 보여 준 인간의 모순과 이율배반이 진 않을까 생각합니다.

도스토옙스키는 언제나 마감에 쫓겼다고 합니다. 다행히 친구들의 소개로 안나라는 젊은 속기사를 구하여 28일 만에 마감일을 간신히 지키며 써 낸 작품이 바로 이 작품 『노름꾼』입니다. 이 작품 집필 이후 안나와의 관계가 발전하게 되고 결국 도스토옙스키는 두 번째 결혼을 하게 되지요. 안나는 도스토옙스키의 인생에 없어서는 안 되는 귀인이었습니다. 도스토옙스키의 도박벽은 잘 알려져 있습니다. 이 중독과도 같은 습관을 싹둑 잘라 내어 버린 사람이 바로 안나였답니다. 도스토옙스키가 안나를 만나지 못했다면 우리가 아는 5대 장편은 쓰이지 않았을지도 모르겠습니다. 그가 도박장에서 노름꾼으로 생을 마감했을 가능성도 없지는 않아 보입니다. 이 작품 안에는 노름꾼의 심리가 적나라하게 드러나 있습니다. 실제 경험 없이는 결코 알 수 없는 생각과 감정들이지요. 자, 이제 작품 속으로 들어가 보겠습니다.

✦처음 읽기
또 다른 지옥, 희망 없는 노예 된 삶

일반적인 소설가는 중요한 등장인물을 문제에 빠뜨리고 결국에는 구원을 베풉니다. 위기 가운데 그 인물이 점점 무너져 가는 과정을 저마다 다른 방식으로 그려 낸 뒤, 절정에 이르러서는 무언가 묶였던 것이 풀리거나 어떤 진실이 밝혀지는 과정을 통해 그 인물의 회복이나 새로운 삶을 다룹니다. 그러나 도스토옙스키는 이러한 소설의 전형적인 갈등 해소 방식을 그대로 따르지 않습니다. 예를 들어, 한 발자국만 더 가면 추락할지 모르는 아주 위험한 낭떠러지 위에 한 사람이 서 있다고 가정해 봅시다. 대다수 소설가는 그 인물이 자칫 죽을 수도 있는 마지막 한 발자국을 디디지 않고 가까스로 돌이키게 만듭니다. 독자들은 안도의 한숨을 쉬며 비로소 긴장을 풀지요.

그러나 도스토옙스키는 그 인물을 기어이 한 발자국 더 가도록 만듭니다. 외부 상황이 아닌 그 인물의 내면을 끝까지 몰고 가면서 말입니다. 게다가 진창 속 바닥에서나 맛볼 수 있는 처절하고 자학적인

3부 후기작 ✦ 미완성으로 완성한 5대 장편

유머까지 곁들이지요. 독자들은 이런 뜻밖의 장면을 목도하면서 은밀하게 공감하는데, 이는 특히 벼랑 끝에 몰렸을 때 느껴지는 역설적이고 초월적인 병적인 심리 상태의 극한을 전혀 고상하지 않은 언어로 여과 없이 보여 주기 때문입니다. 다시 말해, 도스토옙스키는 '마지막 한 발자국만 더 갔으면 떨어져 죽을 뻔했네' 정도의 갈등 해소를 통해 독자들에게 대리 만족과 함께 적당한 교훈을 던져 주는 방식이 아닌, '아니, 거기서 한 발자국 더 가면 어떡해! 진짜 죽으려고 그래?'와 같은 탄사를 독자들이 내뱉도록 하면서 끝내 마지막 한 발자국을 디뎌 버린 소설 속 인물의 심리에 숨죽이며 귀 기울이게 만드는 방식을 선보입니다.

이런 이유로, 소설 속에서 적당히 어려운 상황을 극복해 내고 일상을 회복하는 적당한 이야기를 기대하는 독자라면 도스토옙스키의 작품을 대할 때 이질감 혹은 천박함 같은 단어를 떠올릴 수도 있습니다. 끝까지 읽어 볼 가치나 동기를 발견하지 못한 채, 겉으로는 작품이 어렵다는 그럴듯한 말로, 속으로는 뭐 이따위 작품이 다 있냐며 책을 덮을지도 모릅니다. 그러나 인간의 깊은 본성은 극한을 맛보거나 공감할 줄 아는 사람들에게만 열린 아주 좁은 동굴의 심연과도 같은 법. '될 대로 되어라', 혹은 '돌아가기엔 너무 멀리 왔어'라는 식의 체념과 포기, 그리고 운명적이고 초월적인 방향으로 치닫는 인간 심리를 이해하지 못하고, 단순히 그 인물을 정신병에 걸렸다거나 미친 사람으로 치부하고 만다면, 우리는 결코 인간을 깊이 이해했다고 말할 수 없습니다. 적어도 저는 제 주위에서 정신적으로 힘들어하는 누군가를 결코 그런 사람에게 맡기면서 상담을 부탁하지는 않을 것 같습니다. 도스토옙스키가 거장의 반열에 오른 이유는 인간 심리에 대한 그의 깊은 통찰에 있습니다.

이 작품은 도스토옙스키 자신의 많은 부분이 투영된 인물 알렉세이 이바노비치가 수기 형식으로 쓴 중편소설입니다. 제목에서 알 수 있듯이 주인공 알렉세이는 노름꾼입니다. 도스토옙스키의 일대기를 대충이라도 훑어보면 그가 얼마나 돈에 민감한 사람이었는지 어렵지 않게 알 수 있습니다. 소설 원고 한 귀퉁이에 적힌 정체를 알 수 없는 많은 숫자들이 그가 선물로 받거나 빌리거나 갚아야 할 액수였다는 사실만으로도 충분히 설명이 됩니다. 톨스토이와는 달리 귀족 출신도 아니고 평생 생계형 작가로 살았던 그가 돈에 쪼들리면서도 도박을 즐겼다는 점은 인간의 모순된 심리를 본인이 직접 경험했다는 것을 알 수 있습니다.

노름꾼의 모순된 심리는 노름꾼만이 알 수 있습니다. 모든 노름꾼은 가끔 따기도 하지만 결국에는 돈을 잃게 됩니다. 이러한 숙명적인 패턴을 잘 알고 있음에도 노름꾼들은 또다시 도박장으로 향합니다. 100분의 1 확률일지라도 자신이 그 1에 해당될 수 있다는 기대를 버리지 못하면서 말입니다. 주인공 알렉세이 역시 도박에 대한 철학을 가지고 있을 정도로 그 생리를 잘 알고 있습니다. 그럼에도 불구하고 그는 그 무한 루프에 갇히고 맙니다. 도스토옙스키가 직접 언급했듯이 도박장은 또 하나의 지옥으로 그려지고 있습니다.

알렉세이는 비장한 마음으로 도박에 임했고 계속해서 돈을 잃습니다. 그러다가 엄청나게 돈을 따는 시기를 맞이하기도 합니다. 그 직전에 자신의 기적을 예측하기도 하지요. 운명론적인 생각은 모든 노름꾼들이 거치는 과정이 아닐까 싶습니다. 그리고 그는 다시 돈을 잃습니다. 어느 정도 시간이 흐른 뒤에도 알렉세이는 여전히 도박장에서 삶을 탕진하는 사람이 되어 있었습니다. 그가 직접 선택한 도박이었지만, 그가 도박을 삼켰는지, 도박이 그를 삼켰는지 아무도 모를 정도로 그는 이미 헤어날 수 없는 도박의 노예가 되어 있었습니다. 소설의 마지막에서도 그는 단 1굴덴으로 170굴덴을 따냈던 과거의 기억을 떠올리고 그 기억을 핑크빛으로 채색하면서 그의 현재 노예 된 삶을 끝내 버리지 못한 채 내일 다시 도박장을 향할 것이라는 의지를 표현합니다. 그리고 소설은 끝이 납니다.

도박에서는 단돈 100원에서 시작하여 100만 원을 따낼 수도 있습니다. 실제로 비슷한 경험을 가진 사람들도 많습니다. 그러나 그 이윤은 과연 어떤 가치를 지니는 것일까요? 쉽게 번 돈은 쉽게 나가기 마련일까요? 알렉세이 역시 어마어마한 돈을 따내고 황당한 결정을 내린 뒤 그 돈을 짧은 시간 동안 탕진해 버리는 모습을 도스토옙스키는 잊지 않고 보여 줍니다. 땀 흘려 버는 정직한 돈의 가치와 오로지 운으로 얻은 돈의 가치는 액면의 금액이 같더라도 전혀 다를 것입니다. 한 사람, 나아가 한 가정의 삶이 달려 있기 때문입니다. 알렉세이의 마지막 모습에서 우린 과연 희망을 찾을 수 있을까요? 그럴 수는 없을 것 같습니다. 희망이란 게 전혀 존재하지 않는 곳이 지옥일 테니까요.

재독하면서 3년 전 초독 때와 같은 문장에 밑줄을 그었다는 사실을 알았습니다. 아무래도 저는 이 문장이 노름꾼의 속마음을 그대로 표현한 거라 여긴 듯합니다. "이쯤 해서 자리를 떴어야 했는데 나는 어쩐지 이상한 느낌이 들었다. 운명에 도전하고 싶은 생각이 들었고 또 그녀를 혼내 주고 약 올려 주고 싶은 욕구 같은 것이 생겨난 것이다."

이상한 느낌, 운명, 그리고 누군가에게 보복하고 싶은 욕구. 이 세 가지는 주인공을 계속해서 도박장에 붙잡아 두는 원인으로 작용했습니다. 이 작품이 도스토옙스키의 자전적 일화를 소재로 하고 있다는 점을 감안할 때, 이 문장은 도스토옙스키가 파악한 '노름꾼이 노름을 지속하는, 혹은 지속할 수밖에 없는 이유'를 설명해 주는 듯합니다. 노름을 한 번도 해 보지 못한 제가 3년의 공백을 두고 같은 문장에 밑줄을 그었다는 사실은 노름 경험과 무관하게 인간이라면 본능적으로 가지고 있는 욕망이 노름을 계속하게 만드는 원인일 수 있다는 점을 말해 준다고 생각합니다. 그리고 이때 노름은 단지 도박장에 갇힌 행위에 머물지 않고 우리의 일상생활 속에 깃든 여러 중독 행위로 확장될 수 있습니다. 누구나 도박장에 가지 않을 뿐 노름꾼과 비슷한 마음과 행동으로 일상을 살아갈 때가 있지 않나요? 여러 중독에 노출되어 살아가는 현대인들의 삶을 돌아보면 좋겠습니다.

여하튼 운명이랄까 계시랄까 하는 어떤 초월적인 힘을 느끼고,

또 그것을 확신하게 되는 과정이 노름꾼이라는 존재를 만드는 동력이 아닌가 싶습니다. 말하자면 노름의 시작은 물론 그것의 무한 반복에는 적어도 운명적인 힘이 작용하는 것 같다는 말입니다. 그러지 않고서야 어떻게 결국 잃고야 말 그 많은 돈을 보란 듯이 탕진할 수가 있겠습니까. 이성을 넘어서는 그 무엇에 사로잡히지 않고는 도무지 설명할 수 없는 그 무엇, 저는 그 힘을 운명이라 생각합니다.

한편, 그 운명이라는 힘도 조금 더 뜯어볼 필요를 느낍니다. 인간은 스스로 선택한 것에 대해 두 가지 감정을 동시에 가지기 때문입니다. 하나는 확신, 다른 하나는 두려움입니다. 서로 상반되는 이 두 가지 중 하나를 택하면 하나를 버려야 합니다. 그러나 의외로 인간은 어떤 것도 버리지 못한 채 늘 두 가지를 모두 손에 들고 있지요. 저는 이런 모순적인 인간의 마음과 행동이 흥미롭다고 보는데, 이런 이율배반적인 상황과 판단을 가능하게 만드는 중추적인 힘이 바로 운명이라고 생각합니다. 이 해석은 노름꾼의 심리에도 고스란히 적용될 수 있습니다.

운명 말고도 주인공의 노름에 대한 신념과도 같은 독특한 해석도 눈여겨볼 만합니다. 성실하고 근면하게 세대를 거듭하며 돈을 모아 마침내 자본주의 체계의 피라미드 상층부에 올라서는 메커니즘을 주인공은 비웃습니다. 갑의 위치에 선 자본가들의 이면에서 누구도 부인할 수 없는 문제점을 찾아내면서 말입니다. 말도 안 되는 논리라고 치부할 수도 있겠지만, 궤변 같은 주인공의 논리에 저는 잠시 감탄했습니다. 그의 논리는 자본주의의 노예가 되느니 노름으로 자유인의 신분을 고수하겠다는, 일견 고결한⑦ 뜻으로 해석할 수 있기 때문입니다.

부와 권력을 가진 자들이 약한 자들 위에 군림하고 그들을 억압하고 착취하여 자기들의 부와 권력을 더욱 부풀리는 자본주의 시스템의 치명적인 오류는 아마도 주인공이 지적한 것처럼 그들이 자연스레 획득하는 '갑질권'에 있을지도 모릅니다. 하지만 그들도 처음에는 그럴 의도가 없었을 것입니다. 다만 자본주의 피라미드 체제에 충실히 따르면 본인의 의지와 상관없이 그 흐름에 몸을 맡기게 되고 궁극적으로는 을의 피를 빨아먹는 흡혈 갑이 되어 버리기 쉬운 것이지요. 이는 갑의 위치에 있어도 을과 다름없이 스스로 노예가 되어 버린 꼴에 지나지 않는다는 논리로도 해석할 수 있겠습니다.

반면, 룰렛으로 돈벌이를 하는, 한낱 노름꾼에 지나지 않는 주인공은 그런 노예가 되는 것에 저항하는 듯합니다. 진지하게 저 단락을 읽고 있노라면, 아주 잠깐이지만 숙연함마저 느껴집니다. 그러나 자본주의 노예가 되지 않기 위해 노름을 선택하는 자유인이라니… 과연 그걸 자유라고 정의할 수 있을까요. 그럴 순 없습니다. 자본주의 노예를 비웃는 주인공 역시 노름이라는 주인을 섬기는 노예라는 생각이 오히려 더 강해지기만 합니다. '운명의 힘' 같은 자기 합리화에 지나지 않을지도 모르는 논리에 몸을 천박하게 내맡기면서 말입니다. 그렇다면 이렇게 해도, 저렇게 해도 인간은 어떤 면에서든 노예가 되는 길을 피할 수 없는 걸까요.

재미있게도 다음과 같은 말을 하는 주인공을 보면 그는 자신의 모습을 객관적으로 보지 못할 정도는 아닌 것 같습니다. 역시 우리의 주인공을 이율배반적인 인간의 전형으로 읽을 수 있지요. 작품 속 노름꾼은 우리의 모습이자 나의 모습으로 확장됩니다. "어쩌면 내게는 달리 선택할 길이 없었기 때문에 그렇게 믿을 수밖에 없었는지도 몰라요." 주인공은 운명 같은 힘을 믿는 자신의 모습을 스스로 한 발자국 떨어져 보고 있습니다. 그는 노름을 해야만 한다는 확신에 차 있다가도 어느 순간 그것이 틀린 선택이었다는 두려움에 사로잡히게 됩니다. 주관과 객관 사이를 오가며 우리의 노름꾼은 서서히 분열되어 갑니다. 분열된 자아가 걷는 괴리의 외다리는 과연 한번 발을 디디면 뗄 수 없는 것일까요. 사람은 자기 객관화를 할 줄 안다고 해서 스스로 갇힌 우물에서 빠져나올 수 없는 것일까요. 그렇다면 무엇이 더 필요한 것일까요. 마침내 우리의 주인공은 미스터 에이슬리에게 다음과 같은 말을 듣게 됩니다.

"당신은 돈을 따는 것 말고는 그 어떠한 목표들도 단념했고, 심지어는 자신의 추억까지도 단념하고 말았습니다. 당신은 자신이 가졌던 훌륭한 인상들을 모두 잊어버렸어요. 이제 당신의 꿈과 절실한 희망이란 고작 홀수와 짝수, 검은색과 빨간색 그리고 열두 숫자들 같은 것들에 지나지 않게 되어 버렸어요."

허를 찌르는 말입니다. 노름으로 돈을 따는 행위를 구원의 길로 여기기 시작한 자의 말로는 이런 것일까요. 이렇게 경박할 수 있을까요. 목표도 추억도 단념하고 자신의 고유한 장점마저도 잊어버린 채 자신의 모든 인생이 수와 색에 달려 있다고 믿게 되는 과정은 경박과 천박의 하모니일 뿐입니다.

노름꾼은 운명론을 믿는 노예입니다. 스스로가 노예라는 사실을 종종 깨닫기도 합니다. 하지만 그 깨달음에도 불구하고 노름꾼으로 전락하고 마는 자가 바로 진정한 노름꾼입니다. 과연 노름꾼들은 이 커다란 거미줄과 같은 손아귀에서 탈출할 수 없는 것일까요. 저는 유일한 탈출구를 안나에게서 찾습니다. 안나의 의미를 조금 확장하면 '공동체'라고 할 수 있고, '사랑'이라고도 해석할 수 있을 것입니다. 그렇습니다. 혼자의 힘만으로 노름꾼의 삶을 청산하기는 역부족입니다. 운명론을 믿는 노예의 자력갱생은 불가능하다고 판단됩니다. 그래서 독자는 작품 속 주인공이 뽈리나에게 진정한 사랑을 받았더라면 어땠을까 하는 생각을 하고, 작품 마지막에 그가 그녀를 찾아가길 바라게 됩니다.

구원은 언제나 외부에서 오는 법입니다. 반드시 곁에서 누군가가 몸과 마음을 함께하면서 도와야 비로소 도박벽이라는 정신병이 치유됩니다. 안나와 도스토옙스키가 그랬던 것처럼 말입니다. 그리고 저는 그 누군가의 힘이야말로 진정한 '운명'이지 않을까 하는 생각을 합니다. 스스로 선택하고 갇히는, 어쩌면 스스로 만든 운명이 아니라 전적으로 하늘에서 주어진 운명 말입니다. 그것은 곧 사랑이자 은혜이지 않을까 합니다. 노름꾼이 구원을 얻는 방법은 결국 사랑의 힘입니다. 이는 노름과 같은 중독에 빠진 영혼들을 향한 우리들의 자세를 생각하게 해 줍니다. 있지도 않을 막연한 운명을 먼 곳에서 찾는 어리석은 사람들에게 찾아가 갱생의 통로가 되어 주는 것 말입니다.

중독이 아닌 몰입으로

독서 모임 가족들과 이 작품을 함께 읽고 나누면서 거론된 키워드를 나열해 보면 다음과 같습니다. "공허함, 더 큰 자극, 중독, 도파민 상승, 카타르시스, 왜곡된 사랑, 숭배, 노예…." 모두 부정적인 뉘앙스가 강한 단어들이라는 걸 알 수 있습니다. 한 분도 도박에 빠지는 것을 좋게 해석하지 않았습니다. 저는 내심 적어도 한 사람이라도 작품 속 주인공이자 노름꾼으로 전락한 사나이 알렉세이의 편을 들어 주길 바랐는데 말이죠. 그러나 아무도 그의 편은 없었습니다. 비록 그의 마음과 순간적으로 폭발한 감정 따위에 공감할 수는 있었지만 말이지요. 아마 이 작품을 읽는 거의 모든 독자가 이렇지 않을까 합니다.

저는 도박을 하고 있는 당사자도 스스로 공허함의 나락으로 떨어지고 있다는 사실을 인지한다는 사실이 무엇보다 중요하다고 생각합니다. 중독은 그 대상을 모르는 사람이 아니라 너무나도 잘 아는 사람에게서 나타나는 현상입니다. 쉬운 예로, 담배를 습관처럼 매일 피우는 사람들 중 그 누구도 흡연이 몸에 이롭다고 생각하는 사람은 없을 것입니다. 즉, 모르는 게 아니라 알고도 스스로 그 중독의 상태에 자신을 놓아두기로 한 것입니다. 의식을 하는 수준을 넘어, 이미 삶의 한 부분으로 자리 잡아 버릴 정도로 무의식적인 차원의 행위이기도 하지요.

중독이 무서운 이유가 바로 이것입니다. 계몽으로 해결되지 않고, 윤리적으로나 도덕적인 가르침으로도 해결되지 않으며, 강한 의지에 호소해도 전혀 먹히지 않는 상태. 결코 혼자만의 힘으로는 빠져나올 수 없는 그런 수렁에 빠진 상태가 바로 중독입니다. 노름을 모르던 우리의 주인공 알렉세이가 자신이 사랑한다고 생각했던 한 여자 뽈리나의 부탁을 기점으로 하여 작품 마지막에서 결국 노름꾼으로 전락하는 과정도 이를 잘 대변해 주고 있습니다. 나중엔 스스로도 자신이 구제불능한 상태로 치달아 있다는 사실을 알게 되지요.

알렉세이가 노름꾼으로 전락하는 과정에서 충분히 브레이크가 될 만한 지점들이 있었습니다. 독서 모임 가족 중 한 분의 분석에 따르면, 하나는 이 작품의 꽃으로 등장했던 재벌 할머니가 많은 돈을 노름으로 탕진한 장면이 알렉세이에게 반면교사로 작용할 수도 있었다고 했습니다. '아, 나도 저 길을 걸을 수 있겠구나.' 하는 깨달음을 얻고 그와 같은 실패를 반복하지 않을 수 있었다는 것이지요. 그러나 알렉세이는 달랐습니다. 아마도 이런 내면의 목소리를 듣지 않았나 싶습니다. '나는 다를 거야. 나는 다시 대박을 칠 수 있어. 이번엔 다를 거야.'

다른 하나는 영국인 미스터 에이슬리의 냉철한 이성의 목소리였습니다. 아마도 작품 속에서 가장 합리적이고 논리적이며 이성적인 인물이 바로 미스터 에이슬리이지 않을까 합니다. 그러나 그의 우정 어린 조언을 듣고도 알렉세이는 작품 마지막에 도박장으로 향합니다. 그가 지극히 주관적으로 해석한 운명이 냉철한 이성의 소유자의 진정 어린 조언도 거뜬히 이겨 낸 순간이지요.

마지막으로 알렉세이가 노름꾼으로 전락하지 않을 수도 있었을 가능성은 스스로의 성찰이었습니다. 그는 20대 청년이었고 가정교사였습니다. 충분히 배운 자였고, 장군이나 할머니처럼 돈에 사로잡혀 있지도 않았습니다. 그러나 그의 성찰하는 힘은 노름이 가져다준 마약과도 같은 도파민 앞에서 철저하게 무너졌습니다. 이웃과 세상으로부터 고립과 단절을 겪으며 노름이라는 지하 속으로 스스로 걸어 들어가 갇혀 버린 것입니다.

우린 어쩌면 모두 노름이 아닌 다른 무엇인가에 중독되어 있을지도 모르겠습니다. 그 무엇인가가 결코 유익하지 않음에도 불구하고 어떤 불분명하고 은밀한 이유 때문에 그것을 탐닉하고 있지 않은지 스스로 한 번쯤 돌아봐야겠습니다. 몰입과 중독의 차이에 대해서도 생각해 보면 좋겠습니다. 둘은 모두 대상에게 빠져드는 행위를 뜻하지만 맺는 열매가 다릅니다. 몰입은 긍정적이고 건설적인 열매를, 중독은 부정적이고 파괴적인 열매를 맺습니다. 몰입은 스스로가 이끄는 것이고, 중독은 이끌려 가는 것이기도 하지요. 우리가 무엇인가에 빠져 있다면 그것이 중독이 아닌 몰입의 수준에 머물기를 바랍니다.

말, 말, 말

북클럽이야기

도박 경험자들의 증언 속출. 도박과 중독에 관한 진중한 사유와 성찰도 오고 감. 인생 한 방, 대박을 바라는 인간의 마음에서 시작해서 삶의 의미와 행복의 의미까지 생각하는 시간을 가졌음. 도박과 중독의 찰나에서 느낄 수 있는 짜릿함에 대한 공감도 오고 감. 중독에서 벗어나는 방법에 대해서도 논의함.

홍이 도박을 하면서 느끼는 주인공의 감정은 요즘의 MZ세대가 하나같이 느끼는 감정과 다를 바가 없는 것 같다. 무언가를 계속 하기는 하지만 그 무엇으로도 채워지지 않는 공허함. 그래서 더욱 자극적인 것을 찾아내지만 금세 싫증 난다. 시간과 돈을 의미 없이 소비한 데 대해 후회를 반복하나 결코 그곳에서 벗어나지 못한다는 점은 도박과 하나도 다를 게 없어 보인다. 자극과 공허함의 연속이 지금껏 내 삶이었던 것 같다. 책을 읽고 독서 모임을 하면서 안개가 걷히는 듯한 느낌과 함께, 지금 내가 서 있는 곳이 어디인지 나아갈 방향은 어느 쪽인지 명료해짐을 느꼈다. 읽고 쓰는 일은 따분하고 지루해서 견디기 힘들기도 하다. 그런데 채워짐을 느낀다.

갱이 뽈리나를 향한 그의 마음은 사랑이 아니었던 것일까? 아니, 처음에는 사랑이었을 것이다. 그러나 그런 순수한 마음을 마비시키고 인생을 파괴할 수도 있을 만큼 강력한 힘을 가진 것이 있음을 기억해야 한다. 돈으로 사람의 가치를 판단하는 물질주의적 사고. 그 힘에 의지하는 순간, 누구든지 알렉세이와 같은 최후를 맞이할 수 있다. "내일, 내일이면 모든 것이 끝난다!" 아니, 오늘 그것을 끊지 않으면, 지금 그곳으로부터 탈출하지 않으면, 내가 바라고 기대하던 내일은 없다!

써니 도박도 사랑도 결국 알렉세이에게는 단지 도파민이 타오르는 욕구였을 뿐 인간이 갈망하는 진정한 사랑과 구원, 즉 근원적 가치는 도박장 근처에는 없었던 것을 이 작품을 통해 도스토옙스키가 말하고 싶었던 것은 아니었을까?

204 **3부 후기작** + 미완성으로 완성한 5대 장편

김관장 알렉세이는 이 작품 안에서 여러 차례 파멸의 길에서 구원받을 기회를
맞는다. 반면교사로 등장한 재벌 할머니, 진정한 우정으로 건네는 친구의
직언 말이다. 그러나 중요한 것은 따로 있다. 결국 도박장에서 뛰쳐나오든,
도박장에 따리를 틀고 살든, 자기 몫이다. 결코 내 인생의 성공과 행복을
타인에게 맡길 수 없는 노릇이다. "나를 망친 것은 바로 나 자신이었다!" 이
문장이야말로 오늘 나에게 주어진 하루를 누구보다 주체적이고 책임 있게
살아야 할 이유라는 생각이 든다.

열한 번째와 열두 번째 만남

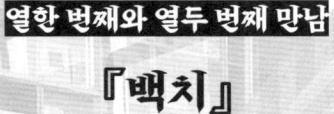

『백치』

● ──────────────────────────── ● **현장 스케치**

◇**날짜:** 2024년 9월 12일 목요일 저녁 6시, 10월 17일 목요일 저녁 6시
◇**장소:** 어,울림 도서관
◇**참석자:** 홍이, 다희, 갱이, 크리스, 써니, 제니, 수홍쌤, 계룡산(초대 게스트), 본회퍼(게스트), 제다이(게스트), 김관장(발제), 히어로. 이상 총 12명
◇**특이사항:** 『지하로부터의 수기』번역자이며 다년간 대학에서 러시아 문학을 가르치셨던 계룡산 님이 초대 게스트로 오셔서 더 풍성한 모임이 됨. 러시아 문학 전공자의 강연을 듣는 기분이었음. 하지만 독서 모임 가족들의 나눔이 상대적으로 줄어드는 바람에 한 번 더 모여서 나눔. 두 번째 모임 때는 히어로 님이 『도스토옙스키의 철도, 칼, 그림 - 석영중 교수의 『백치』강의』를 요약한 발제와 더불어 활발한 나눔 진행됨. 과거에 도스토옙스키를 많이 읽으셨다는 본회퍼 님이 게스트로 오심. 어,울림 도서관의 사서로 일하게 되실 제다이 님도 게스트로 오심. 수홍쌤 님 유방암 수술로 9월 모임에는 불참하심. 히어로 님이 1주년 기념으로 9월 모임에서 치킨 두 마리 제공하심. 1주년 기념 소감문 모두 작성하여 나눔.

★★★★★

들어가며

『백치』는 도스토옙스키의 5대 장편 중 두 번째로 쓰인 작품입니다. 석
영중 교수의 평에 따르면, 이 작품은 도스토옙스키의 모든 작품 중에
서 '가장'이라는 수식어가 가장 많이 붙는 소설이라고 합니다. 저자가
인생의 가장 어려운 시기에 쓴 소설이자 가장 힘겹게 쓴 소설이며 동
시에 그가 가장 사랑한 소설이자 독자에게는 가장 이해하기 어려운
소설이고 연구자에게는 가장 연구 의욕을 자극하는 소설이 바로 이
작품이라고 합니다. 과연 어떤 작품이길래 이런 평을 듣는 걸까요?

✦처음 읽기
누가 백치인가?

'백치'라는 단어를 국어사전에서 찾아보면 '뇌에 장애나 질환이 있어
지능이 아주 낮은 상태. 또는 그런 사람을 낮잡아 이르는 말'이라는 뜻
입니다. 즉, 만약 누구든지 이 말을 듣게 된다면 충분히 모욕적일 것입

니다. 따라서, 설사 실제로 뇌에 의학적 문제가 있는 사람이 있다 하더라도, 이 단어는 의학 용어가 아니기에, 결코 함부로 사용해선 안 되는 단어입니다. 도스토옙스키는 왜 이런 제목을 사용했을까요?

소설에서 '백치'로 설정된 주인공의 이름은 레프 니꼴라예비치 미쉬낀. 그는 몰락한 귀족 출신으로서, 나이 스물일곱의 젊은 공작입니다. 그가 백치라고 불리는 상황은 사전적 정의와는 달리 그렇게 모욕적이진 않아 보였습니다. 공작 스스로도 그 사실을 스스럼없이 인정했기 때문입니다. 실제 그는 간질병을 어릴 적부터 앓아 왔습니다. 언제든 발작이 일어날 수 있는 상태였기 때문에 어릴 적 그는 제대로 교육을 받지 못했습니다. 그러나 어떤 훌륭한 귀족이 공작을 돌봐 주기 시작하면서 그는 간질병으로 인해 얻은 백치라는 딱지에서 조금씩 해방됩니다. 그는 최근 약 3년간 스위스에서 요양 겸 치료를 받다가 재정적인 문제 때문에 하는 수 없이 러시아로 다시 와야만 했습니다. 이 소설은 그가 러시아로 돌아오는 길, 기차 안에서 시작됩니다.

이 '기차 안'이라는 공간은 소설 도입부이자 비극적 결말을 가져오는 데 중추적 역할을 하는 '빠르펜 세묘노비치 로고진'과의 운명적인 만남이 시작되는 공간입니다. 로고진은 공작과 같은 연령대였으나, 상인 집안 출신으로서 신분이나 교양, 혹은 배운 지식으로는 미쉬낀 공작과 비할 바가 아니었습니다. 하지만 세상 사는 눈치만큼은 누구보다도 예리하고 빨랐으며, 어떠한 일도 저지를 수 있는 위험한 청년이었고, 게다가 곧 막대한 돈을 상속받을 예정이었습니다.

비록 몰락했지만 그나마 귀족 출신이라는 것 이외엔 아무것도 가진 게 없는 미쉬킨 공작과, 믿을 건 돈밖에 없다고 여기고 실제로 돈의 힘을 빌려 자신의 욕망을 채우는 것이 당연하다는 듯 살아가는 인간 로고진의 대비는 아마도 도스토옙스키가 이 책에서 의도한 중요한 설정 중 하나일 것입니다. 그러나 더 중요한 대비는 신분의 높고 낮음이나 부유한 정도가 아닙니다. 공작이 로고진과는 달리 '백치'라는 점에 있습니다.

그렇습니다. 도스토옙스키는 공작과 대비되는 로고진을 통해 '백치'에 쓰인 부정적인 의미를 해체하고, 대신 순수한 인간성의 의미를 부각하는 과정을 통해 '백치'의 역설적인 승화를 이루고 싶었던 게 아니었을까 싶습니다. 공작이 가진 어린아이와 같은 순수함, 그 때 묻지 않은 감성과 지성. 공작은 소위 시대의 '어른들'이 만들어 놓은 '경우'에 맞지 않는 말과 생각, 행동을 하여 주위 사람들에게 이상하다는 시선을 받곤 했습니다. 그러나 결국 사람들은 공작에게 찾아와 진심을 털어놓고 고민을 얘기하며, 공작이 사실은 전혀 백치가 아니라 오히려 누구보다도 지혜로운 사람임을 마음속 깊은 곳에서부터 인정하게 되었습니다.

이 책을 읽고 소위 상류 계층의 사람들이나 지식인들을 모두 포함한 '어른들'의 지혜가 과연 무엇인지 다시 묻게 됩니다. 세상의 지혜는 수많은 자기 계발서나 온갖 미디어를 통하여 몇 수 앞을 내다보라고, 그래야만 남을 밟고 설 수 있다고 우리들을 부추깁니다. 그러나 그 듣기 좋은 말들의 향연도 모두 이 세상이 피라미드 경쟁 체제라는 대전제를 바탕으로 거기에서 살아남는 방법에 관한 것들입니다. 내가 살기 위해선 누군가가 죽어야만 하는 시스템이지요.

이런 피비린내 나는 시스템에서 살아남는 자가 과연 가장 강하거나 가장 지혜로운 자일까요? 사람이 아프면 그것에 공감하며 함께 아파하거나 아무 계산 없이 도와주려는 마음이 고작 유아적인 행동으로 치부되고 말아야만 하는 것일까요? 철저히 이해타산적으로 계산하여 나 이외의 모든 타자를 내가 중심인 체스판 위에 올려놓고 넘어서거나 제거해야만 하는 대상으로 여기며, 또 그런 본심을 드러내지 않고 숨기면서 은밀하게 타자를 속여서 이윤을 얻어 내는 것이 과연 지혜로운 자의 모습일까요? 과연 시대의 '어르신'들이 공들여 쌓아 놓은 '규범'에 따라, 그것의 도덕적 가치나 정의로움을 따져 보지도 않고 맞춰 살아가는, 소위 '처세술'이 지혜의 다른 이름일까요? 만약 그것이 지혜라면, 어찌 지혜의 열매가 타자를 배제하고 차별하며 살인까지도 서슴없이 저지르는 행위를 낳는단 말입니까? 그래 놓고도 과연 그것이 지혜라고 할 수 있을까요? 참지혜란 피라미드라는 사탄의 체제를 해체하고, 모함과 핍박에도 비폭력적으로 저항하며 나와 타자의 수직적인 위계를 무너뜨리는 데 있지 않을까 싶습니다.

시대가 정의한, 시대에서 살아남기 위한 지혜는 더 이상 필요하지 않습니다. 우리에겐 참지혜가 필요합니다. 그 지혜는 지혜롭게 보이지 않을지도 모릅니다. 바보 같다고 무시받고 천대받는 것일지도 모릅니다. 바로 이 책의 '백치'처럼 말입니다.

소설의 마지막 부분에서 로고진은 결국 '나스따시야 필리뽀브나 바라쉬꼬바'를 살해하고 맙니다. 그리고 살인자로 체포되어 시베리아

징역을 가게 됩니다. 로고진의 캐릭터를 고려할 때 그리 뜻밖의 일은 아니었습니다. 하지만 저에게 뜻밖인 첫 번째 사건은 공작이 살인자인 로고진을 나무라지도 않고 죽은 나스따시야와 함께 로고진의 집에서 하룻밤을 보내는 장면이었습니다. 두 번째는 공작이 다시 백치가 되어 스위스로 돌아가는 부분이었습니다. 스위스로 보내지기 훨씬 이전 상태로 돌아가 버렸습니다. 다시 스위스에서 공작의 치료를 맡은 슈나이더 교수는 공작의 지능 조직이 완전히 파괴되었다고 넌지시 알리기까지 했습니다.

첫 번째 사건은 공작의 순수함으로 어느 정도 설명할 수 있습니다. 무리가 좀 있지만, 살인자까지도 품는 마음으로 해석할 수도 있고, 너무나 큰 충격을 받은 나머지 어린애처럼 상황을 제대로 파악하지 못한 채 그냥 얼어 버렸다고도 해석할 수 있습니다. 그러나 두 번째 사건은 저에게 안타까움을 안겨 주었습니다. 참지혜로 대변되는 백치가 결국엔 참지혜인 척하며 지혜의 자리에 앉은 어른들의 규범에 의해 꺾여 버린다는 의미로 해석되었기 때문입니다. 물론 공작은 예빤친 장군 가족들을 비롯한 여러 주위 사람들에게 묵직한 울림을 주었지만, 결국 희생당한 셈이기 때문입니다. 공작의 백치가 모든 사람에게 전염이 되어 규범을 해체하길 바랐던 저의 소망은 굳이 십자가에 달리지 않고 예수가 로마의 지배에서 이스라엘을 독립시키기를 기대했던 사람들의 마음이나, 십자가에 달린 예수가 죽지 않고 뛰어내려 결정적인 순간에 상황을 단번에 전복시키길 기대했던 사람들의 바람과 같은 맥락이었을까요?

이런저런 생각을 하다 보니, 처음에 제가 물었던 질문, "왜 저자는 백치라는 제목을 사용했고, 무엇을 말하고 싶었을까?"에 대한 답을 어렴풋이 알 것도 같습니다. 그래서 저는 다시 묻습니다. 과연 누가 백치였을까요? 등장인물 소개에도 버젓이 미쉬낀 공작이 백치라고 나와 있지만, 어쩌면 그것이 저자 도스토옙스키가 파 놓은 함정 아니었을까요? 공작을 뺀 나머지 모든 사람이 바로 진짜 백치 아니었을까요?

✦다시 읽기✦
누가 지혜자인가?

독서 모임 1주년에 맞춰 읽은 작품이 『백치』였습니다. 5년 만에 다시 읽었기 때문일까요. 유난히 이 작품에서 저는 재독의 묘미를 더 잘 느낄 수 있었습니다. 그동안 저의 시선에 많은 변화가 있었다는 증거입니다. 같은 작품이 다르게 읽힌다는 건 저의 가치관과 세계관의 변화 때문일 테니까요. 그리고 그것은 곧 저의 내면의 성장을 의미하는 것이라 생각합니다.

초독 때 저는 작품 속 주인공이자 백치로 등장하는 미쉬낀 공작을 전적으로 변호하는 입장에 서 있었습니다. '누가 백치인가?'라고 물으면서 저는 미쉬낀 공작이 아닌, 오히려 그를 백치라고 말하는 사람들에게 화살을 돌리며 그들이야말로 진정한 백치일지 모른다고 반박했었습니다. 이번엔 공작에 대한 저의 시선이 조금 달라졌습니다. 누가 백치인지가 아니라 누가 더 지혜로운지 묻게 되었습니다. 백치로 등장하는 미쉬낀 공작에게서 저는 초독 때 착안했던 성스러운 유로지비의 모습만이 아니라, 이상적일 정도로 고결하고 선하고 정직하지만, 인간의 모순된 본성이라 할 수 있는 이율배반성을 마주할 때면 어김없이 공포를 느끼며 꼼짝없이 얼어붙고야 마는 나약함을 주의 깊게 보았기 때문입니다. 이 글에선 미쉬낀에 대한 저의 시선의 변화를 중점적으로 풀어 볼까 합니다. 그러기 위해 도스토옙스키의 중기작 중 하나인 『상처받은 사람들』의 알료샤를 잠시 소환해야 할 필요를 느낍니다.

『상처받은 사람들』의 두 주인공은 나따샤와 알료샤입니다. 저는 이미 이 둘을 비교한 적이 있습니다. 알료샤는 현실에 존재하지 않을 것 같은 사람, 아이 같은 천진난만함 혹은 순수함을 대변하는 인물로 보았고, 나따샤는 이와 반대되는 속성인 어른의 성숙함을 대변하는 인물로 보았습니다. 이 둘은 서로 사랑한다고 하면서도 끝내 이루어지지 않는데, 아니 이루어질 수 없는데, 그 이유를 저는 두 사람 사이에 아무런 교집합이 존재하지 않기 때문이라고 해석했습니다. 아이의 모습을 상실한 어른은 아이 같은 어른의 순수함을 동경할 수는 있겠지만 동등한 선상에서 관계를 맺을 수는 없으며, 몸은 성숙하지만 내면은 여전히 미성숙한 어른은 성숙한 어른을 이해할 수 있는 역량이 모자라기 때문입니다. 알료샤는 후자에 속했지요.

한편 저는 고결함의 측면에서 알료샤를 또 다른 인물 넬리와 비교하기도 했습니다. 알료샤가 인간 수준에서 고결하다면, 넬리의 고결함은 신적인 수준, 즉 성스러움이라고 해석했습니다. 도스토옙스키가 추구했던 아름다움의 본질이라고 할 수 있는 성스러움을 가장 연약한 존재인 넬리에게 심어 놓은 것으로 보았습니다. 이어서 저는 알료샤의 고결함은 사람들에게 관심과 주목을 받을 수 있었을지는 몰라도 그들을 변화시키는 힘은 없다고 보았습니다. 그를 사랑했던 나따샤에게까지 알료샤는 결국 커다란 상처만을 안겨 주었기 때문입니다. 알료샤는 나따샤를 품을 수 없었습니다. 그의 고결함은 아이의 천진난만함을 가지는 동시에 아이의 이기적 본성까지도 그대로 머금고 있었기 때문입니다.

『백치』를 처음 읽었을 땐 제가 도스토옙스키 작품에서 유로지비의 원형으로 보는 『스쩨빤치꼬보 마을 사람들』의 예고르, 『죄와 벌』의 소냐나 리자베따, 혹은 『상처받은 사람들』의 넬리를 바라보는 저의 시선과 미쉬낀을 바라보는 저의 시선을 동일 선상에 두었습니다. 그러나 이 작품을 다시 읽으면서 저는 미쉬낀에게서 넬리가 아닌 알료샤의 모습도 보게 되었습니다. 아마도 그 이유는 초독 때와 달리 재독 땐 『상처받은 사람들』을 이미 두 번이나 읽은 후였기 때문일 겁니다. 요컨대 고결함 측면에서 미쉬낀을 알료샤와 넬리에 비교한다면, 그는 알료샤와 넬리의 중간 정도에 위치하지 않나 싶습니다. 미쉬낀에게는 넬리에게서 느껴지는 성스러움이 느껴지지 않으며, 대신 알료샤의 천진난만함이 오히려 도드라져 보였기 때문입니다. 성숙한 어른이라 하더라도 가까이하기에는 망설여지는 인물, 실제론 백치가 아니라 현명하다는 사실을 알면서도 왠지 거리를 두고 지내고 싶은 사람, 이것이 바로 거품을 뺀 현실 속 미쉬낀의 실체가 아니었나 싶습니다. 저는 이런 인물을 평가할 때 지혜롭다는 표현은 아무래도 쓸 수 없습니다. 말하자면 미쉬낀은 백치도 아니지만 지혜로운 자도 아니라는 게 저의 지론입니다.

미쉬낀 공작의 고결함이 한 가지 색이 아니라 스펙트럼을 가진다는 점을 알고 나니 좀처럼 이해할 수 없었던 작품 속 여러 부분들이 명쾌해지는 효과가 있었습니다. 대표적으로 이 작품의 결말 부분이 납득이 되었습니다. 미쉬낀은 기괴하고 섬뜩하게도, 나스따시야를 살해한 로고진과 함께 시체가 된 나스따시야 옆에서 하룻밤을 잡니다. 그 뒤 로고진은 살해범으로 시베리아 유형을 가게 되고, 미쉬낀은 이전보다 더 심한 백치가 되어 다시 스위스 병원으로 돌아가게 됩니다. 사람을 알아보지 못할 정도로 상태가 심해진 걸로 보아 기억 상실이나 치매 증상까지 겹친 듯합니다. 그리스도의 변주로 상징되는 미쉬낀 공작이 결국 아무것도 변화시키지도 얻지도 못한 채 모든 걸 잃는 결과를 보여 주며 작품이 마무리됩니다.

미쉬낀은 로고진에게 나스따시야를 살해한 흉기가 무엇인지 묻는, 일견 엉뚱해 보이는 질문 말고는 아무것도 묻지 않았습니다. 작은 일에도 감동하고, 사람들에게서 선한 모습을 찾아낼 줄 알며, 자주 남들이 보지 못하는 사람의 내면까지도 꿰뚫어 보아 현명한 판단을 내릴 줄 알았던 미쉬낀 공작은 살인 사건 현장에서 객관성과 공정성을 잃은 채 살인자 로고진에게 연민마저 느낍니다. 정상적인 살인 사건의 목격자라면 으레 행해야 했던 신고나 자수 권유 등을 무시하고 살인

자의 제안을 그대로 따르는, 다분히 광적인 모습을 보여 주지요. 누군가는 이런 모습을 미쉬낀 공작이 모든 것을 이미 다 파악한 뒤 행한 의도적인 행동이라고 해석할지도 모르겠습니다. 하지만 제 눈엔 그저 어쩔 줄 몰라 당황한 아이, 아니 완전히 넋이 나갈 정도의 공포에 큰 충격을 받은 환자가 서 있을 뿐이었습니다.

결말 부분 말고도 여러 장면에서 미쉬낀 공작은 일견 의아하게 보일 수밖에 없는 행동들을 자주 선보이는데, 이번에 저는 그것들을 모두 그가 너무 순수해서, 혹은 너무 고결해서라는 이유만으로 이해하려고 했던 한계에서 자유로울 수 있었습니다. 저도 모르게 그를 전적으로 두둔하고 변호하려는 제 모습이 순수하지도 고결하지도 않다는 점과 더불어 그의 모습을 자꾸만 완전성에 비추어 후한 점수를 주려는 제 강박에서 불편함과 부자연스러움을 느꼈던 것입니다.

미쉬낀 공작은 그리스도를 닮았지만, 거기에는 일정한 조건이 붙는다는 게 제 생각입니다. 그가 겉모습이 아니라 사람의 속을 들여다보는 듯한 인상을 주는 것도 모두 인간에게 있는 선한 모습만으로 상황이 설명 가능할 때에 유효했기 때문입니다. 그에겐 인간의 모순된 본성을 깊이 이해하고 품고 다루는 역량이 턱없이 부족했던 것 같습니다. 그는 작품 속에서 로고진, 혹은 어디선가 불안할 때 느껴지는 로고진의 시선으로도 상징되는 어두움의 존재를 인지하고 있으나 그것을 두려워하고 그것에 공포를 느끼며 그것과 접촉하는 순간 얼음이 되고 마는 나약함을 가진 '순수한' 인물이었던 것이지요.

지혜로움이 무엇인지 생각해 봅니다. 선하기만 한 자에게 지혜로운 자의 타이틀을 부여할 수 없다는 생각입니다. 거짓과 죄악이 가득한 이 세상이라는 배경을 간과할 수 없기 때문이지요. 지혜로움은 선과 악으로 인해 지난한 변증법적 성장을 버텨 내고도 여전히 선을 사랑하는 사람, 그리고 인간에게 숙명적으로 내재된 이율배반성이라는 본성을 두려워하지 않고 오히려 깊이 이해한 상태에서 기꺼이 타인을 위해 희생할 수 있는 사람에게 있지 않을까 싶습니다. 나스따시야와 로고진 덕분에 미쉬낀도 마침내 성장할 수 있었는데, 그러지 못한 채 정신적인 부분만이 아니라 육체적인 부분까지 차단되어 버린 그의 마지막 모습에서 저는 성스러움이 아닌 나약함을 느끼고 애석했습니다. 아름다움이 세상을 구원할 거라는 그의 말도 다분히 이상으로만 남겨졌습니다. 적어도 그는 맛보지 못했기 때문입니다.

함께 ● 읽기
우리가 백치다!

독서 모임 가족들이 지극히 현실적이었던 걸까요? **흥미롭게도 저를 포함하여 모두가 이 작품을 읽고 '실패한 그리스도'를 떠올렸답니다.** 그러나 미쉬낀은 그리스도가 아니었으므로, 그리고 그리스도는 예수밖에 없었으므로 이 작품은 미쉬낀이 실패해야 성공할 수 있었다고 봅니다. 미쉬낀의 실패는 이미 정해진 운명이라고 여겨야 이 작품을 제대로 읽어 낼 수 있지 않을까 싶네요. 한 가지 흥미로웠던 점은 모두가 미쉬낀이 성공하길, 즉 백치가 백치가 아님을 증명하고 오히려 그를 백치라고 했던 사람들이 수치를 당하는 통쾌한 상황이 펼쳐지기를 은근히 기대했습니다. 기대하지 않았다면 실망할 이유도 없었을 테니까요.

이 작품의 주인공인 백치 미쉬낀 공작 말고도 다른 등장인물에게 흥미를 느끼고 그 인물의 관점에서 작품을 이해하는 독서 모임 가족들도 있었습니다. 한 분은 로고진, 또 한 분은 나스따시야, 또 다른 한 분은 가브릴라를 주목했습니다. **그만큼 『백치』는 여러 특색 있는 인물들이 등장하는 소설이랍니다. 인물들을 관찰하는 것만으로도 흥미진진한 이야기 속으로 빠져들 수 있죠.** 로고진, 나스따시야, 가브릴라뿐 아니라, 이볼긴 장군, 예빤친 장군, 또쯔끼, 혹은 이뽈리뜨의 사상과 성격을 분석하면서 이 작품을 읽어 나가도 또 다른 맛을 보며 더욱 깊고 풍성한 이해에 이를 수 있겠다는 생각이 들었습니다. 저는 두 번 읽었지만, 다른 관점으로 한 번 더 읽어도 또 다른 맛이 나리라는 확신이 들기도 했답니다.

독서 모임 가족들이 공통적으로 했던 고백이 있습니다. 이 작품은 읽기 어려웠을 뿐 아니라 도스토옙스키가 도대체 무슨 말을 하고 싶었는지 잘 모르겠다고 말이죠. 연애 소설 같기도 한데 그렇지는 않은 것 같고, 뭔가 심오한 인간 본성을 드러내는 뉘앙스가 읽히기도 하는데 『죄와 벌』과는 달리 핵심 주제가 무엇인지 모호하다고 했습니다. 아마도 처음 『백치』를 읽는 대부분의 독자는 충분히 그럴 수 있을 것 같습니다. 특히 도스토옙스키에 익숙하지 않은 독자라면 스토리만 따

3부 후기작 + 미완성으로 완성한 5대 장편

라가다가 정작 중요한 메시지는 놓치고 마는 상황에 처할 수 있을 것 같아요. 사실 1,000페이지가 넘는 분량을 완독하는 것만 해도 보통 일이 아닌데 말이죠. 어떻게 보면 스토리만 잘 파악한 것만으로도 쉽지 않은 성취를 얻은 것이지요.

하지만 이 작품은 약간의 배경지식을 알고 읽어 나가는 게 작품을 깊고 풍성하게 이해하는 데 큰 도움이 된다고 생각합니다. 참고로 저는 『백치』에 대한 조금 더 깊은 이해를 위해 『도스토옙스키의 철도, 칼, 그림 – 석영중 교수의 『백치』 강의』라는 책을 읽었는데 두 번이나 읽은 『백치』가 또 다른 작품으로 느껴지더군요. 눈이 열리는 기분도 느꼈답니다. 아마추어 문학도가 읽어 내기에는 한계가 있는 작품이었던 것이지요. 깊은 이해를 원하는 분은 저처럼 이 책도 꼭 읽어 보길 추천합니다.

독서 모임에서 나눈 또 한 가지 의견은 한 문장으로 압축할 수 있는데요. 바로 "우리가 백치다!"랍니다. 무슨 뜻일까요? 백치의 의미를 작품 속에서 도스토옙스키가 사용했던 것보다 더 넓게 해석해 보면, 백치는 주류에 편승하지 않고 언제나 정의로운 소수의 사람들을 가리킨다고 볼 수 있습니다. 주류란 자신의 이익이 그 어떤 가치보다 우선되는 사회를 일으키고 유지해 나가는 거짓의 앞잡이이자 돈과 권력을 모두 갖춘 사람들을 뜻합니다. 그들에게는 자신의 이익에 유리한 것이 곧 정의가 되지요. 객관적인 기준은 온데간데없이 오로지 돈과 권력을 가진 자들의 주관이 정의를 정의하게 됩니다. 그러나 역사적으로도 언제나 그들과 대항하고 그들이 만들어 놓은 사회체제에 저항하는 소수의 사람들이 있었습니다. 이들은 자신의 이익이 아닌 공정하고 정의로운 것에 더 큰 가치를 두고 있지요. 나 혼자 잘살고 평안한 사회가 아닌 모두가 함께 잘 살고 평안한 사회를 꿈꾸는 사람들이랍니다. 이런 사람들에게 백치라는 타이틀을 붙일 수 있다는 것이죠.

어떤가요? 공감이 되나요? 여러분은 현실에서 눈앞의 이익과 공정하고 정의로운 것 사이에서 어떤 것을 선택할지 궁금합니다. 백치라는 딱지가 붙을 게 뻔한데 말이죠. 다행히 독서 모임 가족들은 용기 있게도 정의를 택했답니다. **이 시대에 도스토옙스키를 읽으며 인간의 본성을 알아 나가면서 불의한 주류에 속한다면 도스토옙스키를 굳이 읽을 필요가 없지 않나 싶은 생각도 들었습니다.** 저희랑 함께 저항하며 백치로 살아가길 다짐해 보면 어떨까요? 저는 이런 백치들이 많아지는 날을 소망합니다.

The Idiot
백치
표도르 도스토옙스키

ⓒ임서운

말, 말, 말

토론 하이라이트

백치가 무엇이며 누구인지, 이 시대의 백치는 어떠한 사람이고 어떠한
사람이어야 하는지에 대한 논의가 진행됨. 시대의 조류에 맞춰 살아가기만
하면 되는지, 정의와 공평 등 지킬 건 지키며 살아가야 하는지에 대한
토론도 진지하게 진행됨. 이 작품이 도대체 무슨 얘기를 하고 싶은 건지
잘 파악이 안 된다는 분도 있었음. 백치로 살아간다는 것의 중요성은
공감하지만 현실적으로 힘들다는 의견이 많았음. 그러나 그런 사람이 꼭
필요하다는 의견에 모두 동의함. 문제는 우리 스스로가 바로 그 사람이
되고 싶은지에 달려 있다는 사실에 봉착.

김관장 이제껏 읽은 도스토옙스키 작품 중, 가장 많이 밑줄을 긋고, 가장 많이
메모지를 붙이면서 읽었는데, 가장 그럴싸한 메시지가 손에 잡히지 않는

독특한 작품인 것 같다. 소설은 미쉬낀의 간질이 더 악화된 모습으로 끝난다. 나는 이것을 두 가지로 해석했다. 구원자의 모습이 처참히 실패한 그리스도여야 한다는 것, 그렇지 않으면 인간은 결코 참된 구원자가 될 수 없다는 것. 어떤 사람도 그리스도가 아니다! 최근 말하기 힘든 어려운 일을 계속 겪고 있는 나에게 이 책은 묘한 선물을 줬다. 이 마음을 오래오래 간직하고 싶다. 그리고 나처럼 어려움을 겪고 있는 이들 곁에 잠시라도 머물러 줄 수 있는 품이 넓은 사람이 되고 싶다.

크리스   세상은 자학(나스따시야), 독점욕(아글라야), 비뚤어진 열정(로고진), 도덕적 둔감(또쯔끼), 복잡한 허영심(이볼긴, 이뽈리뜨), 거짓과 탐심(가브릴라, 레베제프) 등등으로 가득하다. 사람은 타고난 성격으로 자신의 환경과 운명을 받아들이거나 개척하며 살아가야 하는 것일까? 또는 운명으로 인해 본성이 사라지는 것은 아닐까? 마지막 페이지를 넘기며 막장 드라마를 이렇게까지 고차원적으로 펼칠 수 있는 도스토옙스키의 천재성과, 사람의 민낯을 세밀하게 묘사하는 통찰력에 스며들었다.

다희   미쉬낀 공작이 아이들과 함께 보낸 시간을 이야기하는 장면이 너무 좋았다. 미쉬낀 공작은 아이들을 가르친 것이 아니라 함께 지냈다고 표현하며 너무 행복했다고 이야기한다. 나는 이런 교육자가 되고 싶다. 가르치고 싶지 않다. 아이들과 함께하고 싶다.

열세 번째 만남

『악령』

●────────● 현장 스케치

◇**날짜:** 2024년 11월 14일 목요일 저녁 6시

◇**장소:** 어,울림 도서관

◇**참석자:** 홍이(발제), 다희, 갱이, 크리스, 써니, 수홍쌤, 제다이, 김관장, 히어로.
　이상 총 9명

◇**특이사항:** 히어로 님이 커피 제공하심. 갱이 님이 제과점 빵 제공하심.

★★★★★

저에게는 도스토옙스키 작품 중 『악령』이 가장 어려웠습니다. 방대한 분량보다는 작품의 심오함 때문이었습니다. 독서 모임 가족들 덕분에 재독에 성공할 수 있었습니다. 난해하고 읽기 어려웠지만 『악령』은 도스토옙스키라는 거대한 산맥을 넘기 위해서는 반드시 거쳐야 하는 필수 코스입니다.

✦처음 읽기
악령과 인간의 본성

도스토옙스키의 세 번째 장편소설인 『악령』은 누가복음 8장 32~36절로 운을 띄우며 막을 올립니다. 한 사람 안에 들어가 있던 악령들이 예수의 허락으로 돼지 속으로 옮겨졌고, 그 돼지 떼는 비탈을 내리 달려 모두 호수에 빠져 죽은 일화가 소개된 성경 본문이지요. 본문에 등장하는 '마귀'라는 단어는 성경 번역에 따라 '귀신'이라고도 표기됩니다. 이 글에서는 '악령'이라는 단어로 통일합니다.

성경 본문이 전달하는 메시지는 악령의 존재 자체라기보다는 악령의 존재 방식과 힘, 그리고 이를 호령하고 제어하는 예수의 권세로 볼 수 있습니다. 본문에 의거하면, 악령은 바이러스처럼 숙주를 필요로 하며, 숙주를 옮겨 다닐 수 있습니다. 숙주는 사람일 수도 돼지일 수도 있습니다. 이 글에서 저는 악령이 사람을 홀리고 장악하는 일, 사람 사이를 이동하며 혼란과 분쟁을 일으키고 그것을 전파 및 확산하는 일, 그리고 사람을 궁극적 파멸로 이끈 뒤 자신은 살아남아 또 다음 기회를 노리는 힘에 대해 고찰해 보겠습니다.

처음엔 단순한 궁금증이 있었습니다. 왜 이 성경 본문일까요? 그저 악령이 등장하기 때문일까요? 악령이 등장하는 본문은 여기 말고도 다른 복음서뿐 아니라 사도행전에도 나오는데 왜 하필 이 본문일까요? 책을 다 읽고 나서도 한동안 답을 얻지 못했습니다. 한 달 넘게 읽었던 곳을 읽고 또 읽었지만, 저의 이해는 여전히 피상적인 수준에 머물렀습니다. 며칠 동안 관련 자료를 틈틈이 읽고 생각하던 중 비로소 실마리가 잡혔는데 그것은 전율과 함께 저에게 갑자기 다가왔습니다. 계속 보다 보니 식상해진 글이 여태껏 숨겨 왔던 의미를 마침내 드러낼 때 느낄 수 있는 그 소름 돋는 전율. 소설을 읽기 시작했을 무렵에는 아무런 감흥이 없었던 이 성경 본문의 용도가 무엇인지 알 것만 같았습니다. 용기가 났습니다. 이 성경 본문으로 이 대작을 조금이나마 풀어 갈 수 있겠다는 생각이 들었습니다.

스쩨빤: 악령의 첫 번째 숙주?

기본적으로 이 소설은 1869년 9월 12일부터 10월 11일까지 한 달간 주로 뻬쩨르부르끄와 스끄보레시니끼 등지에서 일어났던 일들을 안 똔 라브렌찌예비치라는 사람이 기록한 1인칭 관찰자 시점의 연대기적 회고록입니다. 그러나 이 소설의 시점이 평범하지만은 않은 이유는 소설 전체에서 볼 때 어떤 특정한 부분에서는 화자가 실제로 말도 하고 사건에 직접 관여하기도 하는 인간 관찰자가 맞지만, 또 다른 부분에서는 마치 모든 것을 꿰뚫어 보고 있는 것 같은 전지적 작가 입장도 취하기 때문입니다.

방대한 이 책은 '스쩨빤 뜨로피모비치 베르호벤스끼'라는 인물의 짧은 연대기로 시작합니다. 스쩨빤은 살아갈 날이 얼마 남지 않은 노인으로 등장하지만, 화자는 일부러 그의 젊은 시절을 간략히 연대기적으로 서술함으로써 서론을 대신합니다. 그런데 왜 이 노인의 과거가 이 대작의 서론으로 자리 잡아야만 했을까요? 저는 이 서론을 땅 속에 묻힌 채 발아를 기다리는 '악령의 씨앗'으로 보았습니다. 누가복음 본문에서 악령이 처음엔 돼지가 아닌 사람에게 들어가 있었듯, 스쩨빤을 이 소설에선 악령의 첫 번째 숙주로 보았습니다.

충분히 가능한 해석이라 봅니다. 19세기 러시아 철학과 사상은 1840년대와 1860년대로 구분합니다. 투르게네프의 소설 『아버지와 아들』에서는 1840년대 세대를 '아버지 세대'로, 1860년대 세대를 '아들 세대'로 나눕니다. 역사를 이분법으로 구분한다는 것 자체가 경솔한 시도일지도 모르지만, 저는 이 구분이 역사적 사실을 얼마나 제대로 반영하는지의 여부를 떠나, 두 세대의 차이가 분명히 존재했고 그 것이 눈에 보이는 차이이면서 상징적이었다고 보았습니다. 1840년대 러시아에는 서구의 자유주의가 물밀듯 들어와 있었습니다. '인텔리겐 찌야'라고 불리는 러시아 특유의 지식인들은 이런 시대의 흐름에 찬성 하거나 반대하는 입장을 가졌는데, 각각 서구주의와 슬라브주의로 양 분되었다고 합니다.

이런 시대적 배경에서 스쩨빤은 1840년대 아버지 세대를 대표 하는 서구주의자라고 볼 수 있습니다. 입만 열면 프랑스어를 남발했 고, 러시아 역사를 탐탁지 않게 여겼으며, 현실감을 상실한 이상주의 자로서 자기만의 세계에 갇혀 사는 사람으로 그려지기 때문입니다. 1821년생이며 1881년에 타계한 도스토옙스키는 이 두 세대를 직 접 경험한 장본인입니다. 이 소설의 주요 배경이 알렉산드르 2세가 1861년에 시행한 농도해방령이 발효된 후 민중의 분노가 극에 치달 았을 1869년인 것을 감안해 본다면 말입니다. 아버지 세대에 결코 안 정되지 않았던 서구 자유주의의 급류가 아들 세대로 하여금 결국 피 를 흘리게끔 만든 악령의 씨앗 역할을 했을지도 모른다는 것을 넌지 시 알려 주고자 했던 게 아니었을까요? 즉 1860년대 말에 있었던, 혁 명이란 옷을 입은 광기 어린 폭동을 일으킨 아들 세대에게 안착한 악 령은 그들 스스로 만들어 낸 게 아니라 스쩨빤으로 대표되는 아버지 세대로부터 내려왔음을 저자는 고발하고 싶었던 게 아니었을까요? 마 치 악령이 사람에게서 돼지로 옮겨 간 것처럼 말입니다.

뾰뜨르: 악령의 두 번째 숙주?

이 작품을 미처 다 읽지 못했더라도 『악령』의 창작 배경이 그 유명한 '네차예프 사건'이라는 역사적 사실임을 아는 사람도 있을 것입니다. 러시아의 급진적 혁명가이자 무정부주의자였던 네차예프는 1869년 모스크바에서 '민중의 복수'라는 조직을 결성했는데, 조직원 중 하나였던 '이반 이바노프'라는 사람이 그의 방법론에 반대를 하며 조직을 탈퇴하려고 하자, 네차예프는 동료 네 명과 함께 이바노프를 살해해 버립니다.

이 사건은 그 당시 러시아에 팽만했던 허무주의와 무정부주의가 낳은 극단적이고 광적인 혁명운동을 대표하며, 혁명 세력의 비도덕성을 적나라하게 드러낸 사건이었습니다. 도스토옙스키는 이 사건을 접하고 아이디어를 얻어 정치 풍자적인 내용의 소설을 쓰기로 작정했습니다. 그만의 독특한 형이상학적이고 철학적이며 또 심리학적이기까지 하면서 야생마처럼 결코 다듬어지지 않은 그만의 총천연색 문체가 가미되어 이 책 『악령』이 탄생하게 된 것입니다.

실제 작품 안에서도 '네차예프 사건'은 거의 그대로 모방됩니다. 그것은 소설의 절정 부분에 나오는 일련의 흉측한 범죄 중 정점을 찍는 사건으로 묘사됩니다. 살해 수단이 총이었다는 것, 살해 장소가 인적이 드문 연못 근처였다는 것, 시체를 연못에 빠뜨려 유기하려고 했다는 것, 그리고 얼마 지나지 않아 사건의 진상이 다 밝혀졌다는 것까지 모두가 동일합니다. 하지만 다른 점도 있는데, 저는 이 차이점에 착안하여 저자가 숨긴 메시지를 읽어 낼 수 있다고 보았습니다.

가장 큰 차이점은 '네차예프 사건'을 주동한 네차예프는 시베리아 유형을 선고받고 이후 종신형으로 대체되어 투옥 8년 만에 병사한 반면, 이 소설에서 스쩨빤의 아들이자 네차예프 역으로 나오는 뾰뜨르 스쩨빠노비치 베르호벤스끼는 주범임에도 불구하고 공범과는 달리 잡히지 않고 홀로 도주하여 살아남았다는 점입니다. 뾰뜨르는 표면적으로는 네차예프처럼 혁명을 일으키길 원하는 자처럼 그려집니다. 적어도 그가 입김을 지속적으로 불어넣고 있는 조직원들에게는 말입니다. 하지만 그가 가진 네차예프와의 공통점은 아마도 살인을 공모하고 주도했다는 점 빼고는 없을지도 모르겠다는 생각도 듭니다.

네차예프는 당대 유명했던 무정부주의자 바쿠닌의 지원을 받으며 공식적으로 조직을 결성하는 등 실제 혁명을 일으키려는 자였습니다. 반면 뾰뜨르는 현 정부를 무너뜨리고 혁명을 이뤄 내자고 하는 걸로 포장된 선전과는 달리 실제로는 혁명이 아닌 혼란만을 불러오는 게 목적이 아니었나 싶을 정도로 보였기 때문입니다. 그는 공식적인 지원도 받지 않았고, 훈련받은 적도 없으며, 실재하는 조직조차도 없었습니다. 오로지 거짓과 위선으로 무장한 경솔하고 간사하며 비열하고 뻔뻔하며 무례하기까지 한 인간에 불과했습니다. 그럼에도 불구하고 5인조라는, 실재하지도 않지만 조직원들은 실재하는 것처럼 믿는, 오합지졸 같은 조직을 충동질하여 계획한 범죄를 깔끔하지 못한 방식으로 기어이 저지르고야 마는 악령의 실체이기도 합니다. 그로 인해 죽거나 파멸당한 자가 어디 한둘이었던가요?

그를 제외한 악령의 두 번째 숙주는 누가복음 본문의 돼지 떼가

몰살당한 것처럼 모두 희생당하고 말았습니다. 뾰뜨르 개인의 저열함에도 불구하고 범죄는 저질러졌습니다. 그렇습니다. 그건 혁명이 아니라 범죄였습니다. 그 범죄는 혼란이었습니다. 불이 났고 폭동이 일어났고 사람이 사람을 죽였습니다. 혁명은 이루어지지 않았습니다. 하지만 그가 바랐던 혼란 야기는 충분히 성공했습니다. 마치 미꾸라지 한마리가 흙탕물을 만들고 저 혼자만 내뺀 것처럼 말입니다.

도스토옙스키는 왜 뾰뜨르를 살려 두었을까요? 악령의 불멸성을 말해 주고 싶었던 건 아니었을까요? 그저 잠복기와 휴지기, 그리고 활동기가 구분될 뿐 악령의 존재 자체는 그 어떤 모습으로든 영원하다는 것을 상기해 주고 싶었던 건 아니었을까요?

스따브로긴: 악령의 또 다른 축

지금까지 이 소설의 주인공 이야기를 의도적으로 하지 않았습니다. 누가복음 본문의 악령의 존재 방식에 착안하여 스쩨빤으로 대표되는 아버지 세대로부터 뾰뜨르와 5인조로 대표되는 아들 세대로의 악령의 숙주 이동은 그 자체로써 독립적이고 완전한 의미를 가질 수 있다고 보았기 때문입니다. 만약 이 작품이 단순히 이 구조로만 이루어졌다면, 그리 난해하지만은 않았을 것입니다. 하지만 도스토옙스키는 뾰뜨르를 주인공의 자리에서 끌어내리고 스따브로긴이라는 인물을 대신 등극시켰습니다. 그는 이 때문에 작품을 전면 개고하는 수고를 더했다고 전해집니다. 그 덕분에 이 작품은 두 개의 축을 가지게 되었습니다. 두 축은 서로에게 직접적인 영향을 주며 복합적이고 심층적인 이야기를 만들어 내는 효과를 가져왔는데, 어쩌면 이것이 이 작품을 대작으로 만드는 데 핵심적인 역할을 하지 않았나 싶습니다.

니꼴라이 프세볼로도비치, 일명 스따브로긴은 비록 어릴 적 스쩨빤의 영향을 잠시 받았습니다. 해외에 머물 때 뾰뜨르와도 관계를 잠시 맺었지만, 다분히 독립적인 이미지로서 이 소설의 저변에 흐르는 모든 어두운 힘의 움직임에 우월한 입지를 선점하고 있습니다. 범접할 수 없는 우월함과 언제나 저 위에서 모든 것을 다 꿰뚫는 것 같은 초월적인 이미지. 일탈을 일삼고 나서도 초연함을 잃지 않았으며, 언제나 고독과 우수에 차 있는 그의 이미지는 신비하게까지 느껴졌습니다. 뾰뜨르를 포함한 주위 모든 사람들의 그에 대한 인식에 저도 조금은 공감할 수 있었습니다. 사건 전면에 나서서 악령의 더러운 손과 발 역할을 했던 사람은 뾰뜨르였지만, 모든 사건의 배후에 그림자처럼 존재하던 사람은 스따브로긴이었습니다.

뾰뜨르와 스따브로긴을 비교하며 악령의 존재 방식을 고찰해 보는 건 의미가 있을 듯합니다. 눈에 보이는 악행을 저질렀던 뾰뜨르에게 분개하면서도 스따브로긴이 행했던 일들을 살펴보면 악령의 눈에 보이지 않는 실체를 느끼고는 섬뜩한 기분이 들 수도 있습니다.

✦다시 읽기✦
인간의 한계

5년 만에 다시 『악령』을 읽으며 초독 때는 미처 생각하지 못했던 부분을 세 인물 위주로 살펴보겠습니다.

스따브로긴

먼저 『악령』이 『백치』 다음에 쓰였다는 점이 눈에 들어왔습니다. 『백치』의 미쉬낀 공작은 도스토옙스키가 그리스도를 형상화한 인물입니다. 신이 사람의 몸을 입고 나타난 경우라고 할 수 있습니다. 여기서 '신'은 선과 악의 이분법에서 선에 해당되는 영적 존재입니다. 이번에 『악령』을 재독하면서 미쉬낀 공작의 대척점에 위치한 인물이 바로 스따브로긴이 아닐까 하는 생각이 강하게 들었습니다. 악마가 인간의 몸을 입고 나타난 경우랄까요?

스따브로긴은 5인조의 우두머리 격인 뾰뜨르가 유일하게 인정하고 무릎을 꿇는 인물로서 사상과 이념은 물론이며 자신을 낳은 어머니인 바르바라를 포함한 주위 모든 사람들에게 압도적인 영향을 끼칩니다. 영적이고 정신적인 면만이 아닙니다. 그는 신체적으로도 덩치가 클 뿐 아니라 완력도 보통 남자들보다 강합니다. 게다가 외모도 수려하여 군중 속에 있으면 결코 묻힐 인물로 보이지 않습니다. 그래서 그런지 그는 여러 여자들과 관계를 갖는데, 단 한 번도 그가 따라다닌 적이 없습니다. 마치 그는 압도적인 매력을 발산하여 원하기만 하면 관계를 가질 수 있는 것처럼 보일 정도였습니다.

스따브로긴은 '금수저'이기도 합니다. 평생 아무것도 안 해도 충분히 먹고살 돈을 어머니에게 받습니다. 이런 특징들은 그를 결코 평범해 보이지 않게 만드는데, 제 눈엔 도스토옙스키가 스따브로긴에게 남자로서 가질 수 있는 최고의 매력과 지도자로서 가질 수 있는 최고의 힘을 모두 몰아준 것처럼 보였습니다. 그러나 스따브로긴은 밤마다 일종의 환각 증상을 겪는다고 고백합니다. 가끔씩 자기 옆에서 조소를 보내는 사악한 존재를 보고 느끼고 있으며, 그것들은 여러 가지 얼굴과 여러 가지 인격을 띠고 있지만 결국 같은 것으로 그를 언제나 화나게 만든다고 말합니다. 그는 실제로 악령 같은 어떤 형상을 보았던 것입니다.

그뿐만이 아닙니다. 스따브로긴은 「찌혼의 암자에서」에 나오는 격문 같은 글(일종의 고백록)을 기록하면서 여러 번 강조하는 부분이 있는데, 그것은 그가 자신의 주인이라는 점입니다. 그는 선한 행위에서도 만족을 느끼고, 악한 행동에서도 만족을 느낍니다. 또한 지극히 수치스럽고 극도로 굴욕적이고 비굴하며 무엇보다 우스꽝스러운 상황에서 그는 극단적인 분노와 더불어 믿기 어려울 정도의 쾌감을 느낍니다. 범죄의 순간에도, 목숨에 위험을 느끼는 순간에도 마찬가지였습니다. 그리고 그가 강조했던 자기가 자신의 주인이라는 말의 의미는 곧 그가 저지른 모든 행위가 어떤 감정에 정복당해 수동적으로 실행한 게 아니라 완벽하게 의식이 있는 상태에서 이루어졌다는 뜻이었습니다. 그는 단 한 번도 자기 자신에게 져 본 적이 없는 인물로 자신을 여기고 있었던 것이지요. 이 무시무시한 논리는 그가 자신의 범죄를 고백하는 부분에서 혹시라도 받을 수 있는 선처를 미리 차단해 버리는 효과를 내는 것 같았습니다.

흥미로운 점은 찌혼 신부가 스따브로긴의 글을 읽고 감춰진 의도를 알아채는 부분이었습니다. 그는 스따브로긴이 자신의 죄를 인정하는 것은 부끄러워하지 않으면서 참회는 부끄러워한다는 점을 짚어 냅니다. 그리고 스따브로긴이 자신의 심리에 도취되어 있다는 점도, 스스로 죄인이라고 하면서도 여전히 오만함을 버리지 못하고 있다는 점도 정확히 짚어 냅니다. 스따브로긴이 자신의 범죄행위를 솔직하게 고백하며 자기를 희생했지만, 그러면서까지 그는 자신의 그 염원에 짓눌려 여전히 회개하지 못하고 있다는 사실을 꿰뚫어 보았습니다.

게다가 찌혼은 그런 모습의 스따브로긴이 여전히 악령에게 조종을 당하고 있음을 정확히 알려 주기도 하고, 그가 곧 스스로 목숨을 끊게 되리라는 것을 예견하는 듯한 말을 합니다. 저는 이 부분에서 스따브로긴도 한낱 인간일 뿐이며, 그렇게나 완벽한 조건을 갖춘 존재였건만 결국 그도 악령에게 잡힌 자였다는 사실을 목도할 수 있었습니다. 그리고 저는 이 사실이 스따브로긴의 자살로 그 실체를 드러냈다고 보았습니다. 악령은 가장 악령 같았던 인물조차 말끔히 제거해 버렸습니다. 악령의 궁극적 승리로 볼 수 있겠습니다.

샤또프

이 작품에서 가장 불쌍하고 비극적인 인물로 저는 샤또프를 꼽습니다. 단지 그가 뾰뜨르를 비롯한 5인조에게 살해당했기 때문도 아닙니다. 3년 만에 돌아온 아내가 스따브로긴의 아이를 출산했지만 그 새 생명을 경이롭게 자신의 아들로 여기며 새로운 출발을 하려던 바로 그날 비극적 죽음을 맞이했기 때문도 아닙니다. 그는 끼릴로프와 함께 스따브로긴의 사상과 이념을 전수받은 '순수한 영혼'이었습니다. 그 사상과 이념의 노예가 되어 마치 악령에 붙잡힌 듯 나머지 삶을 모조리 어둠 속에서 살아가기 때문입니다.

저는 샤또프에게서 도스토옙스키의 자전적인 모습도 볼 수 있었습니다. 알다시피 도스토옙스키는 시베리아 유형 가기 전에는 공상적 사회주의 서클에 가입할 정도로 꽤 진보적인 지식인에 속했습니다. 그러나 사형을 면하고 시베리아 유형 중 그는 신약성경을 반복해서 읽으며 기독교의 영향 아래 슬라브주의자로, 즉 보수적인 입장으로 전향하게 되었습니다. 샤또프 역시 스따브로긴과 뾰뜨르와 함께하다가 그들의 사상과 이념으로부터 탈퇴한 인물로 그려집니다. 도스토옙스키의 전철을 밟은 것으로 해석할 수 있는 것이지요.

그렇다면 왜 도스토옙스키는 샤또프를 죽이기로 했을까요? 왜 자신의 모습이 투영된 그를 희생양으로 삼게 놔두었을까요? 혹시 도스토옙스키 자신은 그리스도를 믿는 자였지만 샤또프는 끝까지 무신론을 고수했기 때문은 아닐까요? 샤또프 역시 전향을 했지만 그 전향이 인생의 답이 아니라는 것을, 그리스도를 통하지 않은 길은 결코 답이 될 수 없다는 점을 상징적으로 보여 주고 싶었던 건 아니었을까요?

끼릴로프

『악령』을 다시 읽으며 결국 자살로 생을 마감하며 신이 되고자 했던, 그러나 실패할 수밖에 없었던, 이해하기 가장 어려운 인물 중 하나였던 끼릴로프가 측은하게 여겨졌습니다. 그가 아이와 함께 공 가지고 노는 장면, 공으로 운동을 하며 건강을 챙기는 장면, 돌아온 아내 때문에 먹고 마실 것이 필요하자 자기를 찾아온 샤또프에게 모든 것을 흔쾌히 내어 주는 장면, 그리고 샤또프에게 건네는 따스한 말에서 저는 이상하리만큼 끼릴로프의 죽음이 안타까웠습니다. 그가 신봉하는 인신(人神) 사상은 도저히 제 머리로는 이해할 수 없지만, 그 사상만 아니라면 끼릴로프가 참 괜찮은 인격의 소유자가 아니었을까 하는 생각마저 들었습니다. 이 작품에 등장한 인물 중 가장 너그럽고 지혜 있는 듯한 사람으로 보이기까지 했답니다.

도스토옙스키는 왜 끼릴로프에게 이런 인격을 심어 놓았을까요? 자살로 생을 마감할 것을 온 천하에 알린 사람에게 왜 이런 인격을 부여했을까요? 아무리 인격적으로 훌륭한 사람이라도 특정 사상과 이념에 사로잡히면 엉뚱한 짓을 저지를 수 있다는 사실을 보여 주고 싶었던 건 아닐까요? 인간이 신이 되고자 하는 인신 사상은 신이 인간이 된 신인 사상과 정반대되는 개념입니다. 도스토옙스키가 『악령』 이전에 『백치』를 썼다는 점에 비춰 보아도 인신 사상은 조롱받아 마땅한 사상이었습니다. 끼릴로프가 자살로 이룬 건 신이 아니라 피와 뇌수가 난자한 비참한 인간의 사체일 뿐이었다는 점은 이를 극명하게 대조합니다. 인간은 그 어떤 이유로도 신이 될 수 없습니다.

스따브로긴, 샤또프, 끼릴로프, 이 세 명의 공통점은 모두가 인간의 한계를 절묘하게 드러내고 있다는 것입니다. 모든 것에서 우월해 보이는 스따브로긴도, 사상과 이념의 전향을 스스로 이뤄 낸 샤또프도, 누구보다 훌륭한 인격을 가진 것으로 보이는 끼릴로프도 결국 악령 같은 그 무엇에 사로잡혀 스스로의 한계에 부딪힌 채 죽음을 맞이했습니다. 그들에게 구원은 존재하지 않았고 끝까지 무신론 및 허무주의를 신봉했습니다.

그들에게도 라스꼴리니꼬프의 소냐와 같은 구원의 한 줄기 빛이 임했다면 어땠을까, 생각해 봅니다. 그들에게도 도스토옙스키가 그랬던 것처럼 그리스도를 믿고 따르는 사람으로 거듭나는 기회가 주어졌다면 어땠을까, 하는 아쉬움도 듭니다. 그리고 한 걸음 더 나아가, 그리스도를 믿고 따르지 않으면 인간은 악령 같은 사상이나 이념에 사로잡힐 수밖에 없는 존재론적 한계를 지니고 있다는 메시지로도 이 작품을 해석할 수 있지 않을까 싶습니다.

함께 ◉ 읽기
이 시대의 악령이란?

저뿐만이 아니라 독서 모임 가족들 모두 이 작품이 어렵다고 고백했습니다. 이번이 열세 번째 모임인 만큼 도스토옙스키에 익숙해졌을 법한데도 말이지요. 그래도 그렇게나마 읽어 왔기 때문에 이 정도로 이해할 수 있지 않았나 싶습니다. 지난 1년 남짓 매달 한 작품씩 읽으며 내공이 쌓였구나, 내심 생각했답니다.

『악령』에는 여러 등장인물들이 활동을 합니다. 주요 인물만 해도 다섯 명이 넘는데, 재미있게도 독서 모임 가족들이 감상문에서 언급한 인물들은 한 손에 꼽을 수 있었고, 그중에서도 가장 많이 겹치는 인물은 스따브로긴이었습니다. 왜 스따브로긴은 이리도 많은 집중을 받게 되었던 걸까요?

짐작건대 모두가 작품의 제목 '악령'을 가장 잘 나타내는 인물로 스따브로긴을 꼽았기 때문이 아닐까 싶습니다. 특히 「찌혼의 암자에서」에 소개된 스따브로긴의 고백 속에 등장한 그의 범행 사실을 꼼꼼히 읽은 독자라면 '이 인간, 정말 인간이 맞는가?'라는 의문이 들 정도로 악랄하고 잔혹하고 차가운 그의 인격에 섬뜩한 기분을 느꼈을 거라 생각합니다. 그는 요즈음 말로 아동 성폭력자인 데다 직접 손에 피를 묻히진 않았지만 살인을 한 것이나 다름없는, 자살방조범 정도로 생각할 수 있습니다. 도스토옙스키가 그의 모든 작품에서 어린아이를 등장시킬 때에는 거의 항상 긍정적인 이미지로 사용한다는 점을 떠올릴 때 스따브로긴의 이 행각은 실로 인간으로서 저지를 수 있는 가장 큰 악행으로 볼 수 있습니다. 도스토옙스키 스스로도 스따브로긴을 이 작품 속에서 '악령'을 상징하는 대표적인 인물로 삼았을 거란 추측도 힘을 얻게 되는 것이지요.

독서 모임 가족 한 분이 모두가 함께 숙고하면 좋을 질문 하나를 던졌습니다. **이 작품에서 말하는 악령이란 그 시대 배경으로 깔려 있**

던 허무주의와 무신론이라는 사상과 이념을 대변한다고 해석하는 게 일반적일 텐데요. 그렇다면 우리가 처한 이 시대의 악령은 무엇일지 생각해 보자는 것이었습니다. 지금도 허무주의와 무신론이 사라진 건 아니지만 사람들을 홀려 폭동을 일으키게 만들지는 않지요. 어쩌면 지금은 너무 다양한 사상과 이념이 난무하는 과포화 상태라고 할 수 있습니다. 수십 년 전만 하더라도 사회주의나 공산주의 혹은 제국주의나 전체주의가 많은 사람들에게 영향을 끼친 사상이었지만, 그것도 이제는 옛일이 되어 버렸습니다. 지금은 오히려 자본주의나 물질만능주의 혹은 과학만능주의, 극우 세력의 반지성주의 같은 이념들이 한국 사회를 좀먹고 있지 않나 싶습니다. 시대마다 '악령'은 다른 이름으로 활동하고 있는 것이지요.

이 작품의 제사로 인용된 성경 말씀처럼 결국 악령의 최후는 파멸입니다. 자기도 죽이고 남도 죽이는, 공멸인 거죠. 이 작품에서 수많은 사람이 죽음에 이르고 결국 스타브로긴도 자살로 생을 마무리하는 결말도 이를 잘 대변한다고 볼 수 있겠습니다. 안타깝게도 이 작품에서는 『죄와 벌』에서처럼 구원의 서사가 드리워지지 않았습니다. 『백치』에서도 그랬지요. 많은 독자들이 이 작품을 읽은 후 어려워하면서도 암울하다는 느낌을 받을 수밖에 없는 중요한 이유입니다. 그러나 『악령』에는 그 어느 작품보다도 인간 본성에 대한 묘사가 여러 등장인물을 통해 잘 드러나 있습니다. 해피엔드가 아니라 아쉬운 감도 있지만, 어쩌면 그래서 『악령』이 더욱 매력적이고 도스토옙스키를 잘 느낄 수 있는 작품이 아닌가 싶습니다.

여러분은 어떻게 생각하시나요? 나와 이웃, 모든 사람을 파멸로 이끄는 사상이나 이념, 즉 악령은 무엇인가요? 그리고 그것을 퇴치하거나 그것에 물들지 않을 방법은 무엇일까요? 답을 요구하는 건 아닙니다. 그건 예언자로까지 불리던 도스토옙스키도 하지 못한 것이니까요. 다만, '인간이란 무엇인가?'라는 질문 앞에 저는 다시 서게 됩니다. 알다가도 모르겠고, 답을 얻은 것 같다가도 근간부터 흔들리는 기분을 자주 느끼게 되거든요. 이 질문은 도스토옙스키를 읽는 이유이자 나를 읽고 타자를 읽고 세상을 읽는 통로이기도 하지 않을까 싶네요.

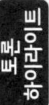

말, 말, 말

스따브로긴의 캐릭터에 대한 의견이 많이 개진됨. 악령이 의인화되면 스따브로긴 같지 않을까 하는 의견이 많았음. 뾰뜨르, 샤또프, 끼릴로프를 각자 다양하게 분석함. 허무주의와 무신론이 아닌 어떤 이념과 사상이 이 시대의 악령으로 해석할 수 있을지에 대해 진지한 토론이 진행됨.

홍이 쾌감을 위해 혐오를 수단으로 사용하는 존재, 스스로 낭떠러지 아래로 떨어지는 존재. 「찌혼의 암자에서」를 읽기 전에는 스따브로긴에 대해 그렇게 나쁘게 생각되지 않았지만, 읽고 난 후 소름이 돋았다. 소설 내내 이해할 수 없었던 그의 행동들이 납득이 가기 시작했다. 감방의 쇠창살을 뜯어내는 비상식적인 힘, 10살 소녀에게 행한 그 추악한 행위, 그는 악령에게 지배받는 불쌍한 인간이었다. 찌혼 신부는 스따브로긴을 간파한다. "당신의 오만함과 당신의 악령에게 망신을 주십시오." 통찰이 부족한 나는 1,000페이지를 읽는 동안 알아채지 못했다. 도스토옙스키가 나에게 이렇게 말해 주는 것 같다. 악마는 우리 곁에서 이렇게 존재한다고. 눈치채지 못하게, 교묘하게, 조용하게.

다희 악령. 어렵다. 독자를 악령으로 만들려는 책인가, 하는 생각까지 들었다. 악은 우리 안에 필연적으로 존재한다. 그러나 악을 대하는 태도는 우리가 결정할 수 있다. 악을 받아들이는 과정에서 우리가 악령이 되지 않을 방법을 찾을 수 있지 않을까.

써니 나는 악령을 읽으며 때로 우울했고 잠을 설쳤다. 악령의 여주인공들 속에서 나의 모습과 자주 대면했기 때문이다. 어린 시절 내 마음에 드는 캐릭터를 우상화하며 시간 낭비했던 기억이 떠올랐다. 사상이라는 게 얼마나 인간을 변형시키고 때로 타락하게 하며 타인과의 소통을 막을 수 있는지 뼈저리게 회상해 본 시간이었던 것 같다.

갱이 도입부는 진도가 나가질 않았다. 그런데 이게 웬일인가? 점점 몰입도가

더해졌다. 독서 모임 날짜가 임박한 것이 분명 한몫했을 것이다. 지난
일주일은 매일 반복되는 일상적인 일 외에는 『악령』 읽기에만 집중했다.
너무 빠졌던 걸까? 책을 읽고 난 후에도 작품에 대한 생각과 여운이
가시질 않는다.

『미성년』

현장 스케치

◇**날짜:** 2025년 1월 23일 목요일 저녁 6시

◇**장소:** 어,울림 도서관

◇**참석자:** 홍이, 다희, 갱이, 크리스(발제), 써니, 수홍쌤, 제다이, 김관장, 히어로.
이상 총 9명

◇**특이사항:** 김관장 님이 떡볶이 제공하심. 새해 첫 모임이라 그런지 완독률이 절
반 정도였음.

★★★★☆

들어가며

『미성년』은 도스토옙스키 5대 장편 중 네 번째로 쓰였고, 4대 장편을 꼽을 땐 제외되곤 하지만, 색다른 도스토옙스키를 만날 수 있는 독특한 작품입니다. 이 작품에서도 평생 '인간이란 무엇인가?'를 탐구한 도스토옙스키의 예리한 통찰력을 확인할 수 있답니다.

✦처음 읽기
헤세와 다른 맛의 성장소설

헤르만 헤세를 읽으면 자아의 발견과 성찰, 성장과 성숙, 그리고 실현에 이르기까지의 기나긴 여정에서 적잖은 도움을 받을 수 있습니다. 그의 작품 속에서는 자아의 분열과 대립마저도 점진적인 합일로 나아가지요. 반면, 도스토옙스키를 읽으면 바닥까지 곤두박질칠 정도로 난잡하고 추잡한, 그러면서도 세밀하고 농밀한 인간 심리 묘사의 정수를 맛볼 수 있습니다. 헤세를 읽고 나면 무언가 흩어져 있던 것들이 모이고 정리되는 듯한 느낌이 드는 반면, 도스토옙스키를 읽고 나면 벌거벗겨지고 더욱 파헤쳐지는 당황스러움과 함께, 자칫 불쾌할 정도의 씁쓸한 기분까지 들기 때문에 한동안 그런 감정에서 벗어나기가 쉽진 않습니다. 가끔은 정말이지 깔끔하게 목욕이라도 하고 싶은 심정이 듭니다. 비록 도스토옙스키 역시 인간의 절망과 악함의 심연 가운데에도 소망과 사랑과 구원이 깃들 수 있다는 메시지를 강렬히 보여 주기도 했지만 말입니다.

헤세가 절제되고 상대적으로 우아한 길을 걷는 느낌을 준다면, 도스토옙스키는 더 낮고 어둡고 여러 갈래로 나 있으며, 전혀 정돈되지 않아 어지럽고 복잡한 야생의 숲속을 걷는 느낌을 줍니다. 그럼에도 불구하고 소설을 통해 인간의 내밀한 심리의 민낯을 대면하거나 탐구해 보고 싶다면, 저는 반드시 도스토옙스키를 읽어야 한다고 생각합니다. 인간의 삶에는 부정할 수 없는 현실, 다시 말해, 보고 싶은 것만이 아닌 언젠가 볼 수밖에 없거나 반드시 봐야만 하는 추악한 것들도 버젓이 혼재하기 때문입니다.

도스토옙스키의 네 번째 장편소설인 『미성년』에서 저는 헤세의 냄새를 맡았습니다. 무엇보다 이 책에는 이렇다 할 만큼 강한 인상을 남기는 서사가 부재합니다. 또한, 『죄와 벌』과 『악령』에서 특히 두드러졌던 '이념과 사상의 의인화'도 찾아볼 수 없었습니다. 대신, 관념적이고 사변적인 1인칭 주인공 시점의 독백이 주를 이루고 있습니다.

그래서 누군가가 이 작품의 줄거리를 말해 달라고 하면 저는 딱히 뭘 말해 줘야 할지 난감합니다. 『미성년』은 '아르까지 돌고루끼'의

자서전적 수기입니다. 그는 이 책의 제목이 가리키는 바로 그 '미성년' 이기도 합니다. 도스토옙스키는 주인공 돌고루끼를 통해, 성숙하지 못한 모습으로 현실과 이념 사이에서 부유하는 한 청년의 방황을 그려 냅니다. 이 책은 도스토옙스키의 자서전적 소설로도 불린다고 합니다. 이런 관점만으로도 이 책은 충분히 읽을 만한 가치가 있다고 볼 수 있겠습니다.

'미성년'이라는 제목이 아주 적절하다고 여겨진 건 화자인 돌고루끼에게 부여된 특성이 명료하지 않기 때문입니다. 『미성년』의 돌고루끼는 『죄와 벌』의 라스꼴리니꼬프처럼 어설프게 산술적인 공리주의에 입각한 사상을 가진 고독한 이상주의자도 몽상가도 아닙니다. 그렇다고 해서 『백치』에 등장하는 미쉬낀 공작처럼 순수한 인간미를 간직한 인물도 아니며, 미쉬낀 공작과 대비되는 로고진처럼 돈의 힘을 빌려 자신의 욕망을 채우기 위해 악한 일도 서슴없이 저지르는 인물도 아닙니다. 또한, 『악령』에 등장하는 뾰뜨르처럼 인간의 탈을 쓴 악령의 모습도, 스따브로긴처럼 모든 사건의 배후에 존재하는 신적 존재처럼 그려지는 인물도 아닙니다. 돌고루끼는 그저 미성년일 뿐입니다. 설익은 채로 마치 어른인 것처럼 행동하는 인물이랄까요. 그는 성년이 아니면서 성년인 것처럼 보이려 하는, 그러나 어쩔 수 없이 미성년인 존재입니다.

워낙 도스토옙스키의 문체가 장황하기로 정평이 나 있기 때문에, 이 책의 주를 이루는 돌고루끼의 독백이 장황하다는 점은 전혀 이상하게 느껴지지 않습니다.

그러나 위에 언급한 다른 장편소설 주인공들의 독백이나 그들을 묘사하는 도스토옙스키의 문체가 돌고루끼를 묘사하는 문체와 다르지 않음에도 불구하고 이 책의 독백이 그것들과는 달리 명료하지 않고 산만하게까지 느껴지는 이유는 작가의 의도로 보입니다. 비록 돌고루끼 스스로는 자신만의 이념을 위해 살아가려고 시늉하고 마치 그 이념만으로도 행복한 사람처럼 행세합니다. 그의 이념은 실현되지도 않았고, 그의 행동은 다분히 돌발적이고 감정적이며 자기분열적인 색채까지도 띱니다. 이 모든 것이 작가의 실수나 미숙함 때문일 리가 없는 것이지요.

돌고루끼의 미숙함이 의도된 것이라고 생각하는 이유는 이 작품이 작가의 5대 장편 중 첫 번째가 아닌 네 번째 작품이라는 사실에 근거합니다. 특히 미성년적인 특성과 정반대되는 강렬한 캐릭터들이 등장하는 『악령』에 이은 바로 다음 작품이 『미성년』이라는 점을 고려할 때, 이 작품에서 도스토옙스키는 더욱 원숙한 작가 정신을 발휘했을 것이 분명하기 때문입니다. 한 젊은 영혼의 방황을 이보다 더 사실적이고 현실적으로 솔직하게 보여 줄 수 있을까 싶습니다. 그러한 미성년적인 특성을 보여 주는 데 도스토옙스키의 장황한 문체보다 더 적확한 방법이 또 있을까 싶고요. 어쩌면 도스토옙스키만의 그 독특한 문체가 이 작품에서 가장 잘 활용되었다고 해석해도 무방하지 않을까요?

인간의 다른 이름, 미성년

저에게도 '이념'이 있었습니다. 허영 혹은 허세라고도 부를 수 있는 그 이념은 하나의 진리처럼 저에게 빛을 비춰 주었고, 저의 빈약한 내면을 풍선처럼 부풀려 주었으며, 구름 위를 걷는 듯한 기분을 느끼게 해 주었을 뿐만 아니라, 저의 세계관과 가치관마저도 형성해 주었습니다. 문제는 제가 세상을 바라보는 렌즈도 바로 그 우물 안에서 제작되었다는 사실입니다. 우물 밖을 볼 땐 왜곡될 수밖에 없는 명백한 한계를 가지고 있었습니다. 저에겐 두 가지 선택권이 있었습니다. 하나는 그 렌즈를 계속해서 사용하며 '나'라는 우물 안에 머무는 것, 다른 하나는 그 렌즈를 벗어던져 버리고 용기를 내어 우물 밖으로 탈출하는 것이었습니다.

　우물 안이 세상의 전부인 줄 알았던, 정신적으로 어렸던 시절에는 큰 문제가 발생하지 않았습니다. 발생했다 하더라도 인지하지 못했거나 삶에 큰 영향을 끼치지 못했을 것입니다. 하지만 고인 물은 썩는 법. 언젠가부터 냄새가 나기 시작했습니다. 저는 우물 밖 세상이 존재한다는 사실을 차차 알게 되었고, 제가 유일하게 들고 있는 렌즈로 우물 밖을 바라보고 판단하고 해석하려는 노력을 기울였습니다. 처음엔 괜찮았습니다. 어느 정도의 합리화는 저를 지키는 하나의 방법이라 믿었습니다. 그러나 시간이 갈수록, 우물 밖 사람들을 더 많이 만날수록, 그 렌즈의 왜곡은 점점 더 심해져야만 했고, 급기야 저를 제외한 모든 것을 판단하고 정죄하는 태도를 취하는 자아가 형성되고야 말았습니다. 저는 언제나 옳아야 했고, 제가 생각하고 판단하고 믿는 것은 진리여야 했으며, 저와 다른 시선을 가진 모든 사람은 저를 해하려는 적으로 간주하게 되었습니다. 심각한 병이었습니다. 결국 저의 존립 자체가 흔들리기 시작했고, 나중엔 붕괴될 수밖에 없었습니다. 기나긴 세월을 거쳐 근근이 명맥을 유지하던 '나'라는 우물은 그렇게 말라 갔습니다.

놀라운 일은 그다음부터 일어났습니다. 우물은 파괴되었지만, 그래서 어쩔 수 없이 우물을 버리고 나올 수밖에 없었지만, 저는 죽지 않고 여전히 살아 있었습니다. 게다가 죽어야만 했던 자아는 진작에 죽어야 했다는 사실을 뒤늦게 고백하게 되었습니다. 제가 살려고 발버둥 쳤던 모든 행동들은 성장하지 않겠다는 철부지 어린아이의 몸부림 또는 생떼에 불과했습니다. 저를 이끌고 저에게 하나의 진리로 자리 잡았던 이념이란 것은 궁극적으로 저의 성장을 가로막는 가장 큰 장애물이었습니다.

인생은 우물 탈출기와 같다고 저는 생각합니다. 나아가, 삶은 양파와 같아서 하나의 우물을 탈출하여 다다른 곳은 우물 밖이 아니라 또 다른 우물 안이라는 사실도 나중엔 알게 되었습니다. 안타까운 인간의 한계는 가장 바깥의 양파 껍질에 닿기 전에 죽는다는 점, 그리고 그 껍질에 언제쯤 닿을 수 있을지조차 계산하지 못한다는 점에 있다는 사실도 뒤늦게 알았습니다. 알고 보니 깊이와 너비가 다를 뿐 인간은 누구나 우물 안에 있는 것이었습니다.

건강한 사람은 끊임없이 우물을 탈출하는 과정의 연속선상에 있는 사람이라고 저는 생각합니다. 어떤 우물이든지 정착하는 순간 성장은 멈춥니다. 성장이 멈춘 인간은 정도가 다를 뿐 모두 미성년이지요. 이런 이유로 인간의 또 다른 이름은 '미성년'이라 할 수 있을지도 모르겠습니다. 이것이 바로 제가 도스토옙스키의 5대 장편 중 네 번째 작품 『미성년』을 재독 후 내린 중요한 결론 중 하나입니다.

이 작품을 읽고 저는 '성장과 성숙이란 무엇인가?'라는 질문 앞에 섰습니다. 저를 돌아봤습니다. 과연 저는 성장하고 성숙하는 과정 중에 있는지, 아니면 몇 번째인지는 모르지만 어떤 우물 안에 멈춰 거기서 뿌리내리려고 애쓰고 있진 않은지 궁금해졌습니다. 아마도 이 작품을 읽은 독자들은 '미성년'이라는 제목의 의미를 물으며 저와 비슷한 생각을 하지 않았을까 싶습니다. 저는 그리 어렵지 않게 답을 낼 수 있었습니다.

그것은 저에게 두 가지 자아가 있다는 사실을 솔직하게 받아들이는 것이었습니다. 하나는 여전히 어떤 이념에 사로잡혀 그것을 숭상하며 그곳이 우물인 줄도 모르고 정착하려 애쓰면서 현실이라는 핑계로 물질과 욕망에 이끌리는 삶을 추구하는 자아였습니다. 다른 하나는 안정적인 정착이 가져다주는 정체감에서 신물을 느끼고 불안을 감수하고서라도 또 다른 이념을 좇아 성장과 성숙을 도모하는 자아였습니다. 하나인 줄 알았던 저의 내면은 이렇게 적어도 두 개의 자아로 분열되어 있었던 것입니다. 두 자아가 모두 저라고 인정하고 받아들이기까지 얼마나 많은 시간이 걸렸는지 모릅니다. 이제는 이 분열이 제겐 새로운 세계관과 가치관의 렌즈를 형성하는 출발점이 되었다고 생각합니다. 저는 하나가 아니었습니다. 둘 이상의 자아가 서로 다투기도 하고 융합하기도 하면서 한 몸 안에서 합일을 이루는 존재자가 바로 저였습니다.

이 작품 속 이야기를 이끄는 중추는 '이념'에 있습니다. 1인칭 주인공 시점으로 쓰인 수기 형태의 작품 속 주인공 아르까지 돌고루끼는 19세로 법적으로는 갓 성인이 된 청년입니다. 성년이 되었으나 여전히 미성년에 머문 인물이 바로 아르까지 돌고루끼입니다. 그의 나이를 19세로 설정한 이유에서 저는 도스토옙스키의 합리성과 현실성을 찾을 수 있다고 생각합니다. 나이로 봐도 '미성년'이라는 제목을 충분히 이해할 수 있기 때문이지요.

그러나 저는 이 작품의 제목 '미성년'이 단지 아르까지만을 지칭한다고 생각하진 않습니다. 그의 생물학적 아버지로 등장하는 베르실로프, 여자 베르실로프라고 할 수 있고 모든 남자들이 반하게 되는 까쩨리나, 아르까지의 친동생 리자, 리자를 임신시키고 또 다른 여자에게 청혼을 하는 세료자 공작, 어떤 독특한 이념에 사로잡혀 자살로 생을 마감하는 끄라프뜨, 까제리나의 아버지이자 돈의 원천으로 상징되는 소꼴스끼 노공작, 아르까지가 주머니에 바느질로 꿰매어 보관하고 있던 중요한 편지를 결국 훔쳐 가 아르까지의 뒤통수를 때리며 과거 아르까지를 폭행하기도 했던 학폭 가해자 람베르뜨, 그의 프랑스 연인으로 다소 코믹하게 나오는 알폰신느, 베르실로프의 허망한 사랑의 실천이 가져온 커다란 상처와 오해로 인해 자살을 선택한 올랴, 그녀의 어머니이자 이름이 작품 중간에 바뀌어 혼동을 조장했던 다리야 오니시모브나, 그리고 아르까지의 법적인 부모인 마까르와 소피아까지 모두 정도만 다를 뿐 미성년이라고 보아도 무방하다는 생각입니다. 말하자면 모든 인간을 미성년으로 볼 수 있는데, 모두 어딘가 분열되어 있고 어리숙하며 성숙하지 못한 모습을 보여 주기 때문이며, 나아가 모두가 저마다의 이념에 사로잡혀 있기 때문입니다. 그래서 저는 작품 제목 '미성년'을 '인간'이라고도 읽습니다.

　넓은 의미에서 모든 등장인물에게 해당되겠지만, 아르까지 돌고루끼에게는 이념이 있었습니다. 그 이념이 그에겐 힘의 근원 같은 것이었습니다. 그의 이념은 우습게도 로스차일드와 같은 인물이 되는 것이었습니다. 그러나 그가 진정 원하는 것은 단순히 부자나 저명인사가 되는 것이 아니라 굳은 의지와 억센 인내심으로 얻을 수 있는 '혼자만의 고독한 상태'였습니다. 그는 단지 돈과 명예를 쟁취하는 데에 머무르지 않고 돈과 명예를 쟁취한 이후에 누릴 수 있는 자유, 즉 더 이상 돈과 명예에 압도되지도 속박되지도 않는 상태에 이르기를 원했습니다. 말하자면, 강한 자가 되는 것이 아닌 강한 자의 여유를 원했던 것입니다. 이는 강한 자보다 우위를 점하는 상태의 심리를 조장하기 때문에 아르까지는 지상 최고의 우월감을 느낄 수 있는 이념을 가진 사람이 될 수 있었습니다. 그러나 그의 이념은 망상에 가까울 정도로 허망하다고 할 수 있는데, 그 이유는 그 이념이 지향하는 상태에 들어가기 위해서는 반드시 먼저 가장 강한 자가 되어야만 하기 때문입니다. 그것은 불가능한 것이었습니다.

그는 여기서 돈을 지목합니다. 그 이념의 주된 내용은 돈이야말로 보잘것없는 인물까지도 최고의 지위로 이끌어 주는 유일한 수단이라는 것인데, 그것을 쟁취함으로써 비로소 그의 이념에 힘이 실린다고 스스로 고백합니다. 그러나 그에겐 돈이 없었습니다. 그러므로 큰돈을 거머쥐기 위해 그는 굳은 의지와 억센 인내심으로 말초적인 욕망을 이겨 내는 자기 극복을 실천해 보지만, 결국 도박 같은 한탕주의에 빠지는 모순적인 모습도 보여 줍니다. 그의 이념이 만들어 낸 이상은 그가 처한 현실과 너무 동떨어져 있으며, 그 결과로 그는 이념과 현실이라는 양극으로 분열된 채 이중적인 삶을 살아가고 있었던 것입니다. 이런 면에서 '미성년'의 의미는 모든 인간으로 확장될 수 있는 여지가 생기는 것이지요.

그의 생물학적 아버지인 베르실로프는 아르까지의 가까운 미래의 인물로 설정된 듯합니다. 베르실로프는 누가 봐도 성년임이 분명했지만, 그의 삶은 극명하게 분열되어 있어 모순을 느낄 수밖에 없습니다. 단적인 예로, 이념을 추구하는 베르실로프의 자아는 자신을 러시아를 가장 사랑하는 귀족으로 여기면서 전 인류를 사랑하고 그 사랑을 베풀기 위해 어설픈 용기를 내어 영혼 없는 실천을 일삼는데, 그 실천이 낳은 열매는 한결같이 불행을 가져다주었습니다.

그렇다면 베르실로프의 마음은 완전히 가식 혹은 거짓이었을까요? 아닐 겁니다. 그 순간만큼은 진심이었을 것입니다. 그러나 반쪽짜리 자아의 진심이라 할 수 있습니다. 저는 이 부분에서 도스토옙스키가 '사랑'이라는 개념을 간접적으로 설명한 게 아닌가 싶습니다. 사랑은 이념에 따른 것도, 현실에 따른 것도 아닌, 두 가지가 모두 하나가 된 전인적인 마음과 행동이라고 말입니다. 전 인류를 향한 공상적인 사랑은 사랑이 아닙니다. 한 사람을 향한 실천적인 사랑이야말로 진정한 사랑입니다. 자신의 공간과 시간을 내어 주지 않는다면, 즉 자신의 희생이 동반되지 않은 사랑은 사랑이라 할 수 없습니다.

베르실로프의 또 다른 자아, 즉 현실과 욕망을 따르는 자아 역시 파괴를 가져왔습니다. 그가 마음을 품었던 까쩨리나에게 베르실로프의 현실 자아는 유부남이면서도 청혼을 하는 엽기적인 행동을 선보였는데, 이것이 어쩌면 이 작품 속 모든 이야기의 근간에 깔린 불협화음의 원인이 되었을지도 모르겠습니다. 또한 그는 마까르가 죽으면서 선물한 성상을 두 조각으로 부서뜨리며 또다시 소피아를 떠나 방랑을 일삼겠다고 선포하기도 하는데, 주위 사람으로서는 충분히 기겁할 만한 일입니다.

베르실로프의 이념 자아와 현실 자아의 분열은 단적으로 각각 소피아와 까쩨리나를 통해 발현된 것으로 해석할 수도 있습니다. 아르까지는 베르실로프의 이념적인 자아를 숭배할 정도로 감동했고 사랑했던 것 같습니다. 이런 면에서 아르까지는 베르실로프의 이념적인 자아가 낳은 이념적인 아들로 볼 수도 있겠습니다.

그러므로 아르까지만이 아니라 그의 아버지 베르실로프 역시 정신적인 면에서 볼 때 미성년이었다는 저의 주장은 어느 정도 설득력을 갖는다고 할 수 있습니다. 이뿐만이 아닙니다. 앞에서 언급했듯이 다른 등장인물들도 저마다의 이념에 사로잡혀 성숙하지 못하고 치우친 생각과 판단으로 엉뚱한 일을 저지르기도 합니다. 모두 미성년의 의미를 충족시키는 행위로 볼 수 있습니다. 다시 한번 이 작품의 제목 '미성년'의 다른 이름은 '인간'이라고 저는 생각합니다. 이 글을 쓰는 저도, 이 글을 읽는 여러분도, 우리 모두는 신체적인 나이와 상관없이 미성년을 내면에 간직하고 있는 것이지요.

그렇다면 성년은 무엇일까요? 어떤 하나의 이념에 사로잡히지 않고 끊임없이 낯설고 새로운 물줄기의 유입을 수용하며, 한 우물에 머물지 않고 계속해서 우물을 탈출하며, 깊고 풍성한 삶을 도모하는 길 위에 있는 모든 사람을 성년이라 할 수 있지 않을까 싶습니다. 이념은 성장으로도 정체로도 이끌 수 있는 힘을 지녔습니다. 정체되면 미성년에 머물고, 성장의 길 위에 있기만 하면 성년을 지향하게 됩니다. 그러므로 성년은 완성형이 아닌 진행형입니다. 우리 안의 미성년을 인지하고 겸손한 마음으로 성년의 길 위에 서는 저와 여러분이 되면 좋겠습니다.

함께 ○ 읽기
이념과 본능의 분열, 그리고 사랑의 힘

이 작품을 읽고 독서 모임 가족들은 대부분 화자인 아르까지와 그의 아버지 베르실로프에게서 이중적이고 모순된 모습을 발견했습니다. 아르까지는 작품 초반부터 이념에 이끌리는 듯한 인물로 스스로를 소개하지만 실제 삶에서는 그 이념이 추구하는 방향으로 정진하기보다는 그 이념을 달성하기 위해 반드시 거쳐야 하는 거대 자본을 위해 도박을 일삼는 모순적인 행동을 하는 인물입니다.

많은 돈을 갖는 것이 아닌, 많은 돈을 가진 자가 누릴 수 있는 초월적인 그 무엇에 다다르는 게 그의 이상이었지만, 그것에 다다르는 방법은 아무래도 상관이 없다는 뜻이었을까요? 그 돈을 불의하게 벌어들이거나 도박과 같은 운으로 얻게 되더라도 과연 그 이념이 추구하는 것을 달성할 수 있다고 여겼던 것일까요? 아르까지는 이러한 한계와 모순을 인지하지 못했던 것 같습니다. 이런 면에서 어쩌면 아르까지는 어설픈 이념에 빠졌던 『죄와 벌』의 라스꼴리니꼬프와 그리 다르지 않은 것처럼 보입니다. 조금 과장하자면 아르까지는 살인을 저지르지 않았으나 이념에 사로잡혀 모순되고 분열적인 삶을 살아가는 라스꼴리니꼬프라고 묘사할 수도 있겠습니다. 두 인물의 공통분모는 미성년이라는 단어로 나타낼 수 있습니다.

독서 모임 가족들의 베르실로프를 바라보는 시선도 비슷했습니다. 오히려 이중적인 모습이 아르까지보다 더 명징하게 드러난 인물로 보입니다. 독서 모임 가족 중 한 분은 다음과 같이 그를 단적으로 표현했습니다. **"베르실로프의 이념은 소피아 안드레예브나를 향하고, 본능은 까쩨리나 니꼴라예브나를 향한다."** 이 관점으로 베르실로프를 **들여다보면 이해하기 쉽지 않은 그의 기행과 정신분열 증상처럼 보이는 여러 행동들을 어렵지 않게 이해할 수 있습니다.** 이 작품을 읽을 미래의 독자들이 착안하면 좋을 포인트가 아닌가 싶네요.

이념과 본능의 분열은 비단 베르실로프나 아르까지에게서만 나타나는 증상은 아닐 거라 생각합니다. 모든 인간으로 확장해도 충분히 설득력이 있습니다. 우린 살아가면서 어떤 생각, 사상, 신념, 혹은 이념을 가지게 되고 그것에 따라 움직이면서도 동시에 현실적 요소, 즉 자신의 한계와 제한된 환경 때문에 본능에 충실한 선택을 해 버리곤 하기 때문입니다. 이런 면에서 '모든 인간은 미성년이다'라는 명제가 다시 한번 힘을 얻습니다.

아르까지와 베르실로프의 이념과 본능의 분열이 낳은 괴리는 어쩌면 사랑으로 좁힐 수 있다는 재미있는 해석도 독서 모임에서 나왔답니다. 실제로 작품 속에서 아르까지의 여동생 리자가 다음과 같은 말을 하지요. "오빠 같은 사람은 두 팔로 꼭 끌어안아 줘야 해요. 그러면 아무 문제 없을 거예요!" 조금은 엉뚱하게 들릴지도 모르겠지만, 혹시 이 문장이 분열과 모순을 극복하는 해답을 담고 있진 않을까요? **이념을 좇으나 본능에 사로잡힐 수밖에 없는 인간의 운명, 그러다가도 본능만을 따르는 자신의 모습을 알아채고 다시 이념을 떠올리며 자괴감과 죄책감에 빠지게 되는 인간의 숙명에 한 줄기 해답의 빛을 비춰주는 게 바로 한 사람의 진정한 사랑 아닐까요?**

이념과 본능의 괴리를 오가는 모든 인간에게 필요한 건 사랑이라는 말은 언뜻 감상적으로 들리기도 하지만 그 안에 심오한 뜻이 담겨 있는 것 같기도 합니다. 비록 논리적이지도 합리적이지도 않지만, 사랑받은 인간이 분열되지 않고 전인적인 모습을 띤다는 주장으로도 이어집니다. 세상과 사람들로부터 고립되고 단절된 인물들이 도스토옙스키 작품에 주로 등장하는 분열적인 주인공 유형에 속한다는 사실은 이에 대한 증거일 수 있습니다. 라스꼴리니꼬프도 단 한 사람 소냐에게 받은 진정한 사랑으로 인해 구원의 길로 접어들었었지요.

　　인간은 누구나 분열적인 속성을 띠지만, 모든 인간이 정신분열증에 시달리지도 않고 파괴적으로 편향되지도 않습니다. 어쩌면 사랑이야말로 이러한 극단적인 모습으로 진행되지 않도록 막아 주는 완충제 역할을 하진 않을지 생각해 보게 됩니다. 나아가 미성년의 미성숙함을 건강한 성숙미로 인도하는 동력 역시 사랑으로 해석해도 되지 않을까요. 여러분은 어떻게 생각하세요?

말, 말, 말

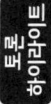

읽기 힘들었다는 분도 있었고, 의외로 재미있었다고 고백한 분도 있었음.
아르까지와 베르실로프에게서 이념과 실제 삶 사이에서 발생한 괴리를
발견하고 이율배반성을 목도하고 인간의 본성을 고찰함.

써니   뚜샤르의 사숙에서 힘들게 학창 시절을 보내던 어느 날 어머니가 찾아오고
남루한 옷차림에 마음이 쓰여 어머니에게 마음조차 열지 못하고 대하다가
그걸 눈치챈 어머니가 마치 하인인 듯 먼발치에서 자신에게 머리 숙여
인사하는 장면이 아직도 눈에 선하다. 나는 감정이입이 되어서 눈물을
쏟다가 한참 동안 멍하니 앉아 있었다. 어릴 적 어머니가 떠올랐다. 사춘기
시절 아침에 반찬 투정을 하며 두고 온 내 도시락을 다시 챙겨 교실 창밖을
서성이던 나의 어머니. 나도 그 당시 꽤나 나의 이념을 챙기며 인식의
지평을 넓히기 위해 혼자 고독한 소녀 행세를 했지만, 학교에 나를 찾아온
어머니조차 따뜻하게 안아 주지 못하고 도시락만 받고 내빼듯 교실로
돌아가며 친구들의 시선을 의식했던 기억이 났다. 아르까지처럼.

홍이   서로의 나약함을 인정하고 안아 주는 것 말고는 나는 답을 모르겠다.
주인공이 베르실로프의 손을 잡아끌어 그의 죽음을 막았듯이, 본능에
패배한 누군가의 손을 우리는 잡아끌어 주어야 한다. 미성숙한 주인공을
그의 가족들이 끌어안아 주었듯이, 자신의 생각이 다 옳다고 떼쓰는
이념에 사로잡힌 자들을 우리는 끌어안아 주어야 한다. 인간은 혼자 살 수
없다. 함께 가야 한다. 가만히 손을 잡아 주고 안아 줄 수 있는 사람과 함께
말이다.

열다섯 번째 만남

『까라마조프 씨네 형제들』

● ● 현장 스케치

◇**날짜:** 2025년 3월 20일 목요일 저녁 6시

◇**장소:** 어,울림 도서관

◇**참석자:** 홍이, 다희, 갱이, 크리스, 써니, 제니, 수홍쌤, 제다이, 본회퍼(게스트), 낙동강(발제), 김관장, 히어로. 이상 총 12명

◇**특이사항:** 히어로 님이 커피 제공하심. 써니 님이 떡볶이, 치킨, 김밥 제공하심. 부산에서 오랜만에 참석하신 낙동강 님의 강의 같은 발제에 모두들 감동했음. 본회퍼 님이 두 번째로 게스트로 방문하심.

★★★★★

들어가며

드디어 대단원의 막이 내립니다. 도스토옙스키의 유작이자 완성도 높은 미완성작인 『까라마조프 씨네 형제들』로 들어갑니다. 깊고 풍성한 도스토옙스키의 정수를 느껴 보기 바랍니다.

✦처음 읽기
진창 속에 빛나는 진주, 하나의 밀알,
한 사람에게 행한 작은 실천적 사랑

살아가면서 이렇게 압도적인 순간을 맞이할 수 있다는 건 실로 기적 같은 선물입니다. 1,000페이지를 훌쩍 넘기는 이 작품을 도로 책장에 꽂은 지 일주일이 지났건만, 여전히 저는 그 무언의 기운에 압도되어 있습니다. 읽기 전과 후, 책이 꽂혀 있던 자리는 동일한데, 그것을 바라보는 제가 달라졌습니다. 저의 영점은 또 한 번 미세하게 재조정됩니다. 그렇습니다. 도스토옙스키는 약 140년이란 세월을 훌쩍 뛰어넘어 제게 무언의 말을 건넸습니다. 도스토옙스키의 글은 여전히 살아 있습니다. 이제 저도 그 역사의 숱한 증인 중 하나가 되었습니다.

이 작품에서는 전작들에서 다뤘던 인간의 본성, 죄와 벌의 의미, 선과 악, 개인과 사회, 자본과 권력, 군림과 억압, 허무와 혼돈, 그리고 구원과 소망과 사랑 등에 대한 철학적, 신학적, 심리학적, 사회정치학적인 굵직한 질문들이 모두 등장하여 한층 더 복합적이고 심층적으로 다뤄집니다. 한마디로 『까라마조프 씨네 형제들』에는 도스토옙스키의 정수가 녹아 있습니다.

"안나 그리고리예브나 도스토옙스카야에게 바친다." 이 작품을 펼치면 가장 먼저 눈에 들어오는 문장입니다. 도스토옙스키가 그의 아내에게 바치는 헌사입니다. 이 방대한 작품은 단 2년 만에 완성되었다고 합니다. 그리고 두 달 뒤 그는 유명을 달리했습니다. 속기사로 고용되었다가 그와 결혼한 안나가 없었다면, 아마도 이 작품은 영영 세상의 빛을 보지 못했을 가능성이 높습니다. 그를 대신해 펜을 쥐었던 그녀를 통하지 않고는 이 작품은 그저 글이 아닌 말로만 남아 끝내 공중분해 되었을지도 모르기 때문입니다.

우리가 알고 있는 이 작품은 총 2부 중 1부에 해당됩니다. 저자가 원래 계획했던 작품의 절반입니다. 나머지 절반, 즉 2부는 영원히 그의 계획으로만 남았습니다. 다시 말해, 『까라마조프 씨네 형제들』은 완성도 높은 미완성작입니다. 이는 또 한 번 안나의 존재감에 비중을 둘 수밖에 없는 이유입니다. 만약 그녀가 없었다면, 1부조차도 완성되지 못했을 테니까요. 그러므로 이 헌사는 합당합니다. 마땅히 그녀에게 돌려야 합니다. 모든 독자들은 마땅히 그녀에게 감사를 표해야 한다고 생각합니다. 그녀는 실로 도스토옙스키의 펜과 잉크였고, 우리는 시간을 초월하며 그녀의 덕을 톡톡히 보고 있는 셈이니까요.

"정말 잘 들어 두어라. 밀알 하나가 땅에 떨어져 죽지 않으면 한 알 그대로 남아 있고 죽으면 많은 열매를 맺는다." 헌사에 이어 등장하는 두 번째 문장입니다. 신약성경 요한복음 12장 24절입니다. 『악령』에서도 성경 구절(누가복음 8장 32~36절)이 막을 올렸습니다. 제겐 그 성경 구절이 작품 전체를 관통하는 해석이 가능하도록 해 준 열쇠였고, 저는 그 방식이 방대한 문자와 사상의 총합 저변에 깔린 도스토옙스키의 작품 의도에 그나마 조금이라도 근접하는 것이라 생각했습니다. 같은 이유로 저는 이 작품을 요한복음 12장 24절의 의미, 즉 하나의 밀알의 죽음과 열매의 의미를 중심으로 해석해 보려 합니다.

「대심문관」만 읽으면 마치 작품을 다 읽은 것처럼 여기는 사람들이 있습니다. 안타깝게도 제가 보기에 이들의 입장은 『까라마조프 씨네 형제들』이라는 거대한 숲에 대한 전체적인 조망 없이, 마치 그 숲의 절반만을 본 뒤 그것이 전부인 것처럼 부풀립니다. 나아가 그 절반의 숲에서도 가장 눈에 띄는 나무 한 그루만으로 세상의 빛도 보지 못한 나머지 절반의 숲까지 대변한다는 것과 다름없어 보입니다. 그래서 누군가 저에게 이 작품을 간략하게 대변하는 이야기를 선택하라고 한다면, 저는 망설임 없이, 할 말을 잃을 정도로 치명적인 매력을 띠는 「대심문관」이 아닌, 비록 상대적으로 덜 매력적인 하나의 우화에 불과하지만 '실천할 수 있는 작은 사랑'이라는 중요한 메시지를 담고 있는

「파 한 뿌리」를 고를 것입니다. 언제나 진리와 행복은 사람들의 기대와는 달리 깊숙한 곳에 숨겨져 있지 않고, 소탈한 일상에 광택 없는 모습으로 흩어져 있기 때문입니다. 「대심문관」과 「파 한 뿌리」는 뒤에서 소개하겠습니다.

저는 『까라마조프 씨네 형제들』에서 도스토옙스키가 궁극적으로 말하고 싶었던 메시지는 결국엔 무신론을 논리적으로 당당히 주장하던 자들까지도 신의 존재를 인정할 수밖에 없다는 사실입니다. 그리고 추잡하고 더럽고 혼란스러운 세상에서도 유일하게 작게나마 빛을 발하는 희망과 구원은 뛰어난 머리로 떠드는 인류 전체에 대한 보편적이고 이론적인 사랑이 아닌, 이웃 한 사람에게 행할 수 있는 개별적이고 실천적인 작은 사랑에 깃들어 있다고 해석합니다. 이렇게 해석할 때 우리가 얻을 수 있는 세 가지 장점은 다음과 같습니다.

첫째, 이 책을 요한복음 12장 24절로 연 의미가 명료하게 드러납니다. 하나의 밀알이 땅에 떨어져 죽어 맺는 많은 열매는 거창한 사랑이 아닌 한 사람에게 행한 작은 사랑의 힘입니다. 둘째, 전체를 여는 서문 격인 「작가로부터」에서 이 작품의 화자가 선택한 주인공이 이반이 아닌 알료샤라는 점을 별 의문 없이 이해할 수 있습니다. 「작가로부터」의 첫 문장은 다음과 같습니다. "나의 주인공 알렉세이 표도로비치 까라마조프(알료샤)의 전기를 시작함에 있어…." 셋째, 역시 「작가로부터」에 묘사되어 있는, 알료샤가 수도원을 나와 활동가로 활약한다는 내용을 담은 2부에 대한 간략한 시놉시스를 1부와 연결하면서도 어색하지 않게 받아들이며 2부를 포함한 작품 전체를 조망할 수 있습니다. 다시 말해, 비록 우리가 아는 『까라마조프 씨네 형제들』이 완성도 높은 하나의 방대한 미완성 작품이지만, 아무리 완성도가 높다 하더라도 그것은 결국 2부를 위한 전주곡 역할을 하고 있음을, 그래서 『까라마조프 씨네 형제들』은 마침표가 찍히지 않은 작품임을, 이 작품을 제대로 이해하고자 시도하는 모든 독자들이 절대 놓쳐서는 안 된다고 생각합니다.

이 작품 속엔 수많은 작은 이야기들이 등장하지만, 가장 중심된 이야기의 정점에는 아무래도 표도르 까라마조프의 죽음이 자리한다고 봐야 합니다. 그는 살해당했습니다. 그것도 끔찍한 친부 살해입니다. 어찌 보면, 『까라마조프 씨네 형제들』은 이 살인 사건 이전과 이후로 구성되어 있다고 봐도 무방합니다. 또한 그의 죽음이 작품의 초반부터 예정되어 있었다고 해석할 수도 있는데, 만약 이런 관점을 취한다면, '과연 누가 아버지를 죽일 것인가?' 내지는 '과연 어떤 사상이 피를 묻히고 어떤 사상이 궁극적 승리를 거둘 것인가?'와 같은 내밀한 질문들을 염두에 두면서 처음부터 읽어 나가도 좋습니다. 참고로, 『까라마조프 씨네 형제들』의 전개 구도를 크게 나누어 보자면 다음과 같습니다. 간략한 줄거리도 곁들입니다.

상권

상권은 등장인물, 특히 추잡하고 방탕하고 탐욕스러운 졸부요, 여자와 돈에 눈이 먼 호색한인 표도르 까라마조프와 그들의 관계도, 그리고 그들 사이에서 벌어진 사건들의 소개로 시작합니다. 그리고 이반으로 대표되는 무신론 사상 및 그의 놀랍도록 매력적인 이성과 논리가 압축된 「대심문관」으로 마무리됩니다.

「대심문관」은 세 형제 중에서 가장 학구적으로 뛰어났던 명석한 두뇌의 소유자 이반이 지어낸 서사시입니다. 그 내용은 그의 기상천외한 발상으로 이뤄지는데, 이단들을 잡아 가두고 처형하는 데에 혈안이 되어 있던 16세기 스페인 세비야에 예수가 조용히 재림했고, 감옥에 갇힌 예수에게 대심문관이 밤에 홀로 조용히 찾아와 내뱉는 독백으로 구성됩니다. 조롱과 비난이 낭자한, 그러나 논리적으로 반박하기엔 거의 불가능한 궤변으로 볼 수 있습니다.

악마와 손을 잡은 존재, 혹은 악마가 현현한 존재라고도 볼 수 있는 무리들을 대표하는 대심문관의 독백이 주요 타깃으로 삼은 성경 본문은 마태복음 4장, 즉 예수가 40일 금식 이후 광야에서 사탄에게 시험받는 장면입니다. 대심문관을 내세운 무리는 교회와 종교 지도자들이라고 볼 수 있습니다. 즉 예수의 정신과 정반대로 돌아선 그들의 거침없는 타락을 꼬집는 메시지로도 읽을 수 있습니다. 예수는 기적과 신비와 권위라는 키워드로 각각 해석할 수 있는 사탄의 세 가지 유혹에 대하여 성경 말씀으로 대처합니다. 그러나 대심문관은 그때 예수의 선택과 대응이 부적절했고 심지어 지혜롭지 못했다고 일갈합니다. 그 저변에는 예수의 인간에 대한 기대가 과장되었고 지나친 존중과 사랑을 인간에게 준 나머지 그들에게 주었던 자유의지는 그들이 감당하기에 거의 불가능에 가까운 이상이며, 감당할 만한 인간이 있다 하더라도 어차피 극소수에 불과할 테고, 그렇다면 결국 예수는 인간을 사랑

3부 후기작 + 미완성으로 완성한 5대 장편

하지 않았다는 논리가 흐릅니다. 한마디로, 예수는 인간을 너무 사랑한 나머지 결국 사랑하지 않는 것처럼 되었다는 것입니다. 예수가 인간에게 주었던 자유의지는 결국 그들을 옭아맸을 뿐이며, 그들에게 준 평화는 그들을 불안과 초조에 떨게 만들어 구속하는 효과를 냈을 뿐이라는 논리입니다. 이 치명적인 논리는 「대심문관」을 정직하게 읽은 모든 독자들에게 할 말을 잃게 만듭니다. 다음 발췌하는 문장은 대심문관의 핵심 논리를 잘 대변해 줍니다.

"맹세하건대 인간은 당신이 생각했던 것보다 훨씬 더 허약하고 비천하게 창조되어 있는 것이오! 당신이 했던 일을 인간이 해낼 수 있을 것 같소? 당신은 인간을 너무나 존중했기에 인간을 동정하지 않는 것처럼 행동하고 말았소. 그건 인간에게 너무 많은 것을 요구했기 때문이오. 그건 자신보다 인간을 더 사랑했던 바로 당신의 행위였소!"

어떻습니까? 기가 막히지 않습니까? 논리적으로 예수의 편에 서서 대심문관에게 반박할 수 있을까요? 그러나 「대심문관」에서 예수는 끝까지 침묵을 고수하다가 대심문관에게 조용히 다가가 입을 맞춥니다. 그리고 대심문관은 입술을 부르르 떨면서 감옥 문을 열고 다음과 같이 말하며 예수를 몰래 놓아 줍니다. "어서 나가시오. 그리고 다시는 찾아오지 마시오…. 앞으론 절대 찾아와선 안 되오…. 절대, 절대로." 이는 이성과 논리의 치밀함도 결국은 작은 실천적 사랑에 굴복할 수밖에 없다는 사실을 상징하는 장면이라고 해석할 수 있습니다. 또한, 이 서사시 속의 대심문관이 이반을 상징한다고도 볼 수 있는데, 실제로 중권을 지나 하권에서 이반은 처절하게 무너집니다. 이반의 무너짐은 대심문관의 굴복의 변주인 셈입니다.

중권

저는 도스토옙스키의 큰 그림을 이루는 숨은 메시지가 중권에 담겨
있다고 봅니다. 마치 상권의 대미를 화려하게 장식하며 독자들을 충격
의 도가니로 몰아넣은 이반의 사상에 대응하기라도 하듯, 중권은 신의
존재와 구원과 사랑을 대변하는 조시마 장로의 일대기로 시작합니다.
이어서 「파 한 뿌리」 우화와 함께 알료샤의 이야기로 초점이 맞춰지다
가, 돈과 여자 문제로 이미 아버지와 첨예한 대립각을 세웠고 조만간
무언가 큰 사고를 칠 것처럼 막다른 골목에 다다른 호색한, 첫째 아들
드미뜨리를 중심으로 이야기가 펼쳐지며, 소설이 주는 긴장과 위기는
극에 달합니다. 그리고 마침내 표도르의 살인 사건이 터지면서 소설은
절정에 이르고, 억울하게 살인 혐의를 뒤집어쓰고 드미뜨리가 호송되
는 이야기로 마무리됩니다.

　　「파 한 뿌리」 우화는 단 한 페이지밖에 안 되는 짧은 분량이며,
재미있게도 아버지 표도르와 드미뜨리와 삼각관계에 놓였던 그루셴
까가 알료샤에게 들려준 이야기입니다. 평생 착한 일이라곤 한 번도
하지 않았던 한 여인이 죽어 지옥 불바다에 떨어졌는데, 그 여인의 수
호천사가 불쌍한 마음이 들어 여인이 살아 있을 때 행했던 선행 하나
를 기억해 냅니다. 구걸하던 거지 여인에게 파 한 뿌리를 주었던, 아
주 사소한 사건입니다. 천사는 그 사실을 곧장 하느님께 아뢰고, 하느
님은 그 천사에게 그 파 한 뿌리를 들고 불바다로 가서 그 여인이 잡고

올라올 수 있도록 내밀라고 합니다. 천사는 이를 행동으로 옮깁니다. 불바다에서 고통당하던 여인은 천사의 도움으로 파 한 뿌리를 구원의 동아줄로 잡았고, 천사는 그 줄이 끊어지지 않게 조심스럽게 여인을 끌어올리기 시작합니다. 그런데 갑자기 불바다 속 다른 죄인들이 자기도 구원받겠노라며, 파를 잡고 올라가는 여인의 다리와 몸에 필사적으로 달라붙기 시작합니다. 자기에게 달라붙은 사람들을 발로 걸어차면서 여인이 내뱉은 말은 다음과 같습니다. "나를 끌어올리는 것이지, 너희들을 끌어올리는 것이 아니야. 이건 내 파지, 너희들의 파가 아니야." 그 순간 파는 끊어졌고 여인은 다시 불바다 속으로 떨어집니다.

개별적으로 이 우화를 보면 그저 충분히 우스갯소리로 치부할 수도 있습니다. 혹은, 전통적인 그리스도교 신학을 차치하고 생각한다면, 이 우화를 선행과 구원에 대한 인과관계로 받아들일 수도 있습니다. 그러나 『까라마조프 씨네 형제들』이라는 거대한 숲의 맥락에서 이 우화는 그저 의미심장하기만 합니다.

이 우화의 의미를 기독교적 해석과 무관하게 단순히 생각한다면, 파 한 뿌리를 거지에게 건네는 것처럼 아주 사소한 선행도 구원의 이유가 된다고 해석할 수 있습니다. 그러나 이 이야기의 요지는 구원의 '성취'가 아닌 구원의 '상실'에 있습니다. 수호천사 덕에 구원의 기회가 열린 사건보다는 타자를 발로 걸어차면서 자기만 구원받겠다고 소리친 결과, 즉 구원의 상실 사건에 이 우화가 던지는 메시지가 함축되어 있습니다. 그렇다면 이 여인은 왜 구원을 잃어버렸는가에 대한 질문에 답을 해야만 합니다. 파 한 뿌리의 작은 선행은 그 여인이 자기 몸에 달라붙은 다른 죄인들을 걷어찼다고 해서 사라지지 않습니다. 즉, 작은 선행이 구원의 이유라면 그녀의 구원은 유효했어야 합니다. 그러나 결과는 그렇지 않았습니다. 파는 끊어졌습니다. 왜일까요?

이 질문의 답은 파 한 뿌리의 작은 선행이 구원의 이유가 아니라는 데에 있습니다. 가정이 잘못되었기 때문에 답을 얻지 못했던 것입니다. 구원이란 작은 선행만으로 받을 수 있는 게 결코 아닙니다. 도스토옙스키가 「파 한 뿌리」로 말하고자 했던 구원은 하느님의 전적인 은혜를 오히려 더 역설적으로 강조하기 위함이지 않았을까요?

파 한 뿌리의 작은 선행은 인간이 할 수 있는 가장 사소한 선행을 대표하는 일이자 인간이란 존재가 할 수 있는 모든 행위를 압축적으로 표현하는 상징일 것입니다. 그리스도교에서 말하는 구원은 인간의 어떤 행위로도 얻을 수 없습니다. 그리스도 예수를 통한 전적인 하느님의 은혜로 말미암습니다. 여인이 타자를 걷어찬 이유 역시 이러한 구원의 유일한 방법, 즉 하느님의 전적인 은혜를 망각했기 때문이라고 해석할 수 있습니다. 아마도 다시 불바다 속으로 빠졌던 그 여인의 마음속에선 파 한 뿌리가 구원의 동아줄로 내려왔을 때 다음과 같은 생각을 하지 않았을까요? "맞아. 파 한 뿌리를 내가 거지 여인에게 건네줬었지! 내가 왜 그걸 몰랐을까. 고마워 수호천사. 나는 구원 받기에 합당했던 거야!"라고 말입니다. 즉, 이 우화는 그리스도교적인 해석에 어긋나는 게 아니라 오히려 그것을 더 강화하는 이야기이며, 인간의 그 어떤 행위도 하느님의 구원에 이를 수 없다는 점을 상기시켜 주는 이야기입니다.

그리고 이 해석은 곧장 '하나의 밀알'로 이어질 수 있습니다. '파한 뿌리'의 선행으로 상징되는 인간의 모든 실천적 사랑은 그 자체로써 구원의 척도는 될 수 없으나, 하나의 밀알로써 이후의 많은 열매를 위해 쓰인다는 해석입니다. 거기엔 기쁨이 있고 소망이 있으며 사랑이 있습니다. 진창 속에도 구원의 빛이 임할 수 있는 이유는 그 속에도 진주가 있기 때문이고, 그 진주는 바로 하나의 작은 밀알, 작은 실천적 사랑일 것입니다.

하권

하권은 갈등, 위기, 절정을 지나, 마치 표도르의 살인 사건과 무관하게 느껴질 수도 있는, 꼴랴 끄라소뜨낀과 일류샤로 대표되는 아이들과 알료샤의 관계 회복 이야기가 거대한 폭풍 후 다시 찾아온 조용한 햇살과 잔잔한 바람처럼 펼쳐지며 시작됩니다. 이어서 이야기의 초점은 다시 이반에게로 향하는데, 상권 끝에서 독자들을 압도했던 그 치명적인 매력은 '양심'이라는 인류 보편적인 매개물을 통과하며 조금씩, 그러나 철저하게 산산조각 나기 시작합니다. 그는 악마를 보는 등 정신분열증에 시달리고 육신까지 병약해지고 맙니다. 이반의 무너짐. 여기에 도스토옙스키의 메시지가 숨어 있지 않을까요? 이 무너짐을 위해 그토록 압도적인 「대심문관」을 이반이 창조하도록 만든 게 아니었을까요? 더 높은 곳에서 떨어질 때의 낙차가 더 큰 것처럼.

그리고 이어지는 법정 공방. 이 작품에서 결코 빼놓을 수 없는, 그리고 중도 포기한 사람은 한 번도 맛보지 못했을, 이 작품의 또 다른 빼어난 보석입니다. 검사와 변호사가 치열하게 전개하는 정곡을 찌르는 변론, 이어지는 증인들의 증언이 스릴 넘치게 펼쳐지는데, 재미있게도 이 마지막 챕터의 제목은 「오판」입니다. 드미뜨리는 아무런 물적 증거 없이 넘쳐나는 정황적인 증거만으로 공식적인 살인자 혐의를 쓰고 유죄 판결을 받고 시베리아로 끌려갈 날만 기다립니다.

여기서 드미뜨리의 존재와 의미에 대해 짚고 넘어가야 합니다. 저는 비록 『까라마조프 씨네 형제들』을 이루는 거대한 두 축을 이반과 알료샤로 보고는 있지만, 정작 스토리를 주로 이끌고 가는 인물은 드미뜨리라는 점을 감안할 때, 도스토옙스키는 그를 통해 무언가 하고 싶은 말이 있었을 것입니다. 드미뜨리는 이반과 알료샤와는 또 다른 존재입니다. 드미뜨리는 표도르와 첫 번째 아내 사이에서 태어난 아들인 데 반하여, 이반과 알료샤는 두 번째 아내 사이에서 태어난 아들입니다. 도스토옙스키가 굳이 드미뜨리를 이반과 알료샤와 다른 배에서 태어나도록 설정한 이유를 알 수는 없지만, 셋 중에서 드미뜨리가 표도르를 가장 많이 닮은 아들이라는 점, 너무 많이 닮아 아버지와 아들이 여자와 돈 문제로 서로 대립한다는 점을 생각하면, 조금은 이해할 수 있을 것만 같습니다. 여기서 또 한 가지 재미난 사실은, 마치 선과 악을 대변하듯 설정된 알료샤와 이반이 같은 배에서 태어났다는 점입니다. 세 형제 모두 표도르의 씨에서 비롯되었다는 점까지, 아니 표도르의 사생아이자 결국 그를 살해한 인물, 악의 화신 스메르쟈꼬프 역시 그의 씨에서 나온 열매라는 점까지 감안한다면, 네 아들들은 한 아버지 표도르의 분열된 자아 내지는 파생되고 분화된 열매 정도로 해석할 수도 있습니다. 그리고 네 형제를 모두 합치면 우리네 인간 군상을 대변한다고 볼 때, 까라마조프 가에 흐르는 피는 곧 우리 인간 안에 흐르는 피입니다.

도스토옙스키의 다른 작품 등장인물 중 드미뜨리와 가장 비슷한 인물을 고르라고 한다면, 『죄와 벌』의 라스꼴리니꼬프라고 저는 대답할 것입니다. 물론 확연한 차이점도 있습니다. 이를테면, 라스꼴리니꼬프는 단절된 세상에서 엉뚱하고도 위험한 사상에 도취되어 살인을 저지른 반면, 드미뜨리는 비록 타인의 눈에는 충분히 살인을 저지르고도 남을 정도로 과격한 호색한으로 비춰진다는 점입니다. 그러나 그는 살인자가 아닙니다. 오히려 드미뜨리는, 겉은 단순 무식하게 보일 정도로 폭력적으로 보이지만, 속은 누구보다도 여린 인물로 해석하는 게 바람직합니다. 작품 속에서 그는 돈과 여자 문제로 분노하며 아버지와 심한 갈등을 일으켰던 인물이지만, 그 누구의 부탁이나 바람과는 별개로 명예심을 중요하게 생각했습니다. 한 사람에게 입은 은혜, 즉 타자의 작은 실천적 사랑을 기억하고 보답할 줄 아는 사람이었고, 사람을 죽일 정도로 폭력적인 분노의 벼랑 끝에 서 있다가도 누군가의 한마디에 마음이 눈 녹듯이 녹아 속에 숨어 있던 어린아이가 드러나는 인물이기 때문입니다. 어찌 보면, 드미뜨리는 세 형제 중에서 가장 인간적인, 그래서 가장 우리의 모습과 닮은 인물일지도 모르겠습니다. 드미뜨리는 가장 까라마조프적인 인물이자, 가장 인간다운 인물입니다.

드미뜨리를 보고 라스꼴리니꼬프가 떠오른 이유 중 하나는 작품 마지막에 둘 다 시베리아로 떠나기 때문입니다. 비록 라스꼴리니꼬프는 살인을 실제로 저질렀고, 드미뜨리는 살인 누명을 썼다는 점이 다르지만, 그와는 상관없이 둘 다 그 극한의 상황에서 자신의 과거 행동을 진심으로 뉘우치고(회개), 한 여인의 사랑(라스꼴리니꼬프에게는 소냐, 드미뜨리에게는 그루셴까)을 매개로 새로운 삶을 시작(회심과 구원)하는 모습을 보여 줍니다. 적나라하게 까발린 인간의 본성, 끝이 없을 것만 같은 심연으로 곤두박질치는 타락, 몸과 영혼의 파멸, 그러나 하나의 밀알과도 같은 한 사람으로 주어지는 사랑, 모든 것이 새롭게 보이는 희망, 그리고 마침내 구원에 이르는 여정. 이런 플롯에서 『까라마조프 씨네 형제들』은 『죄와 벌』의 변주라고 할 수 있습니다.

표도르의 죽음은 각 등장인물 속에 숨겨졌던 사상들을 마침내 붉은 피처럼 선명하게 드러나게 만들어 저자의 메시지를 효과적이고 적나라하게 전달하는 통로가 되어 주었던 게 아닌가 합니다. 또 한편으로는, 결코 하나의 밀알이라고 할 수도 없는 표도르라는 인간의 죽음은 조시마 장로의 죽음 및 소년 일류샤의 죽음과 극적으로 대비됨으로써, 하나의 밀알이 맺는 열매가 무엇인지 보여 주는 통로 역할도 담당했다고 볼 수 있습니다. 표도르의 죽음은 이반으로 의인화된 무신론과 차가운 이성을 그의 몸에서 분리시키는 동력이 되어 줌으로써 하나의 밀알과 대척점에 있는 인간의 사상은 죽어서도 오로지 파멸만을 낳을 뿐, 그 어느 생명의 열매도 없다는 사실을 저자는 보여 주고 싶었던 듯합니다. 대신 조시마 장로와 일류샤의 죽음은 각각 이반과 대척점에 놓인 알료샤와 열두 명의 소년 친구들을 세상에 남김으로써 더 크고 풍성한 열매를 맺게 된다는 사실을 보여 주려 했던 게 아니었을까요?

만약 도스토옙스키가 조금 더 살아 2부가 그의 초기 계획대로 만들어 졌다면, 알료샤와 일류샤가 맺을 많은 열매에 초점이 맞춰지지 않았을 까요? 2부가 완성되지 못해 못내 아쉽습니다.

✦다시 읽기✦
까라마조프적인, 너무도 인간적인

먼저 이 대작을 다시 읽게 되어 영광이라는 말을 꼭 남기고 싶습니다. 읽고 싶은 마음만으로는 결코 읽을 수 있는 작품이 아니거니와 물리 적인 시간이 허락된다고 해서 읽어 낼 수 있는 작품도 아니기 때문입 니다. 함께 읽고 나누는 독서 모임 가족들이 없었다면 삼독은 불가능 했으리라 생각합니다. 마지막 페이지를 덮은 뒤 한동안 가만히 눈을 감고 고요 속에서 제게 홍수처럼 밀려든 감동과 긴 여운이 제 안에 가 능한 한 오래 머물기를 저는 기도했습니다.

명작으로 꼽히는 고전문학 작품을 읽어 낼 때마다 느끼는 공통된 정서는, 놀랍게도 경건함입니다. 이는 제가 현대문학보다 고전문학을 더 사랑하는 이유이기도 한데, 역사의 무게 때문인지 작가 정신의 깊 이 때문인지, 이러한 작품을 완독했다는 사실 하나만으로도 제 마음은 무릎 꿇고 바닥에 납작 엎드려 한동안은 예배하는 마음이 됩니다. 수 십 시간 저와 시공간을 향유한 위대한 작품 앞에서 미천한 한 인간이 보일 수 있는 최소한의 예의랄까요. 삼독을 마친 『까라마조프 씨네 형제들』은 저를 이렇게 세 번 연속 경건한 자로 만들었습니다.

눈을 뜨고 저는 손가락 사이로 빠져나간 모래처럼 사라져 버린 감동의 무더기들을 내버려둔 채 제 손에 묻어 있는, 아니 물로 씻어도 피부에서 잘 떨어지지 않고 착 달라붙어 있는 몇 가지 감상을 초독 때와 다른 점 두 가지로 정리해서 나눠 보려 합니다.

드미뜨리 표도로비치 까라마조프

먼저 저의 눈이 가장 많이 머문 인물이 바뀌었습니다. 초독과 재독 땐 이반과 알료샤에게 주목했다면, 이번엔 드미뜨리에게 마음이 더 많이 갔습니다. 인간의 양극성과 이율배반성에 제 시선이 더 오래 머물렀기 때문입니다. 물론 이반도 알료샤도 인간이고 까라마조프이기 때문에 인간의 본성에서 벗어날 수는 없겠지만, 드미뜨리만큼 까라마조프적이고 인간적인 인물은 이 작품 속에 없다고 생각했습니다. 소설을 읽을 때면 보통 독자는 소설 속 어떤 인물에 자신을 투영하기 마련인데요. 개인적으로 저는 저 자신을 드미뜨리와 가장 가깝다고 여기게 되었습니다.

법정 공방 장면에서 독자들은 검사보다 변호사의 말에 진정성을 느끼게 되는데요. 그 이유는, 검사는 이미 드미뜨리를 살인자로 규정한 상태에서 그 가설에 맞는 일관적인 근거를 추론으로 끼워 맞췄던 반면, 변호사는 인간의 이율배반성을 기본 전제로 깔고 드미뜨리의 행동을 추론했기 때문입니다. 검사보다 변호사가 인간의 본성을 더 깊고 정확하게 파악했습니다. 비록 법정 공방에서 공식적인 승리는 배심원들의 선택으로 검사에게 돌아갔지만, 진실에 얼마나 더 가까웠는지에 대한 측면에서는 변호사가 승리했다고 말할 수 있습니다. 이율배반성을 전제한다는 건 곧 인간을 좀 더 이해하고 있다는 말과 같은 것이지요.

미처 쓰이지 않은 2부가 아쉽습니다. 드미뜨리의 억울한 희생을 딛고 펼쳐질 알료샤의 활약이 몹시 궁금합니다. 과연 도스토옙스키는 어떤 방식으로 알료샤를 그리려고 했을까요? 드미뜨리의 누명 사건 때문에 인간의 이율배반성을 적나라하게 들여다본 알료샤는 과연 어떤 모습으로 성장하여 이야기를 펼쳐 나가도록 기획했을까요?

표도르 빠블로비치 까라마조프

삼독의 여유일까요. 가장 혐오스러웠던 까라마조프의 원조, 호색한이며 천박하고 돈밖에 모르며 자식도 잊을 만큼 이기적인 표도르 까라마조프가 묘한 매력으로 다가왔습니다. 어릿광대인 그는 자신이 광대라서 사람들에게 어떤 취급을 받는지도 잘 알고 있습니다. 그럼에도 불구하고 그는 매번 어릿광대짓을 서슴지 않는데, 중요한 점은 그가 수치를 당할 것을 알면서도 그것을 자발적으로 나서서 행한다는 사실입니다.

사람들은 보통 남들이 자기를 어릿광대 취급한다는 생각이 들면 광대 짓을 멈추고 수치스러워하면서 얼굴을 붉히거나 그 자리를 피하려고 합니다. 표도르는 달랐습니다. 그는 멈추지 않았습니다. 오히려 한 술 더 떴습니다. 나름대로의 방법으로 수치스러움을 극복하고 일부러 광대 짓을 더 했던 것입니다. 그는 수치심 때문에 어릿광대가 되었다고 말하는데, 과연 도스토옙스키의 인간 본성에 대한 통찰이 얼마나 깊고 정확한지를 알 수 있게 해 주는 부분입니다. 모순적인 상황에서 일반적이지 않은 방식으로 반응하는, 표도르 같은 소수 사람들의 모습에서 저는 인간의 이율배반성을 다시 확인하게 됩니다. 갈 데까지 간 다음 끝내 돌이키는 일반적인 법칙이 적용되지 않고 오히려 한 발자국 더 나아가는, 어쩌면 한계를 뛰어넘는다고 할 수 있는 인간의 모순된, 어쩌면 악한 본성을 다시 확인합니다.

혹자는 표도르는 자타가 공인하는 광대이기 때문에 광대 짓을 하는 것이므로 여기에 모순은 없다고 할 수도 있습니다. 그러나 저는 표도르의 경계를 초월하는 이러한 뻔뻔함을 목도하면서 인간을 조금은 더 이해할 수 있을 것만 같습니다. 그리고 한편으로는 적당한 광대 짓은 인간관계에서 필요하지 않나 싶은 생각도 듭니다. 다만 표도르처럼 자기밖에 모르는 심성을 가진다면 안 되겠지만 말입니다.

함께 ● 읽기
깊고 풍성하게 읽기

『까라마조프 씨네 형제들』을 독서 모임 가족들과 함께 한 달가량의 시간과 노력을 쏟아부으며 읽어 냈습니다. 비록 공간은 다르지만 같은 시간 같은 책을 붙들고 사투했다는 사실에 저는 동지애와 전우애를 느꼈습니다. 정말이지 함께라서 가능했습니다. 혼자라면 포기할 기회를 수도 없이 맞이했을 테고, 포기해야 할 이유를 여기저기에서 찾아 냈을 게 틀림없으니까요. 이런 벽돌 책을 독파하기 위해 필요한 건 개인의 의지, 물리적인 시간, 그리고 동지들이 아닐까 싶습니다. 독서 모임의 순기능입니다.

이 작품 발제자는 철학과 신학을 전공했습니다. 문학만으로 읽는 『까라마조프 씨네 형제들』은 상상할 수도 없습니다. 그렇게 읽는다면 중고등학생이 이해하는 수준의 맛밖에는 볼 수 없습니다. **반면, 철학과 신학을 곁들여 읽어 낸 『까라마조프 씨네 형제들』은 비교할 수 없을 정도로 깊고 풍성한 맛을 선사했습니다. 단순한 스토리 텔링만으로 이 작품에서 얻어 낼 수 있는 메시지들도 충분히 많지만, 그 이야기의 맥락을 함께 파악하며 읽으니 감동이 몇 배나 증폭되었습니다.** 아무래도 도스토옙스키 역시 단지 이야기꾼으로만 존재하는 건 아닐 테니까요. 도스토옙스키의 철학이랄까 신학이랄까 하는, 그 이면에 숨어 있는 의도를 읽어 내기 위해서는 그 당시의 역사, 사상, 문화 등의 맥락을 알려고 애쓰는 게 독자로서 최소한의 예의라고 생각합니다. 그리고 혼자 읽지 않고 함께 읽고 각자가 느끼고 생각한 점들을 말과 글로 나누는 시간까지 가졌으니 도스토옙스키가 살아 있다면 아마도 우리 독서 모임을 많이 칭찬하지 않았을까 싶네요.

독서 모임 가족들이 함께 나눈 감상들을 정리해서 몇 가지 적어 볼까 합니다. 앞에서 미처 다루지 못했던 점들 위주로 적어 보겠습니다.

연민의 방향성

표도르, 그루셴까, 일류샤의 공통점을 수치심으로 읽어 낸 분(홍이 님)이 있었습니다. **표도르가 어릿광대짓을 일삼았던 이유, 그루셴까가 나중엔 드미뜨리를 믿어 주고 도와주게 되지만 처음엔 음탕한 여자 역할을 자처했던 이유, 그리고 일류샤가 친구들과 괜스레 싸우고 알료샤의 손가락을 깨물기까지 했던 이유를 수치심에서 찾아낸 것입니다.** 그리고 이 세 명의 공통분모를 알료샤라고 보았는데요. 표도르는 알료샤를 진심으로 믿었고 자신을 위해 기도해 줄 수 있는 유일한 사람이라고 생각했습니다. 그루셴까 역시 라끼찐과 함께 알료샤를 넘어뜨릴 계획까지 세웠지만 알료샤의 진정성 앞에서 마음을 바꿔 먹게 됩니다. 일류샤도 자신이 알료샤에게 상처를 준 사건에 대한 죄책감을 느끼고 양심에 의거하여 알료샤가 중재자 역할을 하는 것을 받아들입니다. 덕분에 아버지가 결국 자존심을 떨쳐 버리고 금전적인 도움을 받게 되고, 일류샤의 친구들과의 화해가 성사되기도 하지요. 수치심에서 헤매던 세 인물이 모두 알료샤의 도움으로 선하고 바른 마음을 먹게 됩니다.

한 걸음 나아가 홍이 님은 이 세 인물과 알료샤의 차이를 '연민의 방향성'에서 찾았습니다. 표도르나 그루셴까나 일류샤나 모두 자학을 떠올릴 만큼의 병적인 연민을 느꼈습니다. 자기를 향한 병적인 연민은 파괴적인 속성을 나타내지요. 자기를 죽일 뿐 아니라 타자까지 죽이는 결과를 만들어 냅니다. 그러나 알료샤가 보여 준 타자를 향한 연민은 비록 초반에는 모욕과 수치를 당하는 순간들을 견뎌 내야 했지만 궁

3부 후기작 + 미완성으로 완성한 5대 장편

극적으로는 타자를 살리고 자기 자신까지 살리는 열매를 맺습니다. 이 열매는 한 알의 밀알이 궁극적으로 맺게 되는 열매이기도 합니다. 그 열매의 이름은 '구원'일지도 모르지요.

모든 것이 허용된다?

이 문장이야말로 도스토옙스키 후기작에 흐르는, 그리고 도스토옙스키가 반박하려고 애쓰며 보여 주었던, 주요 사상을 단적으로 표현하는 명제가 아닐까 합니다. 단, 저 문장 앞에 종속절이 있어야겠죠. '신이 없다면'을 포함해야 문장이 완성됩니다. 아래는 써니 님이 나눈 내용에 제가 부연하며 쓴 글입니다.

'신이 없다면, 모든 것이 허용된다.' 이 문장은 무신론자에게나 유신론자에게나 섬뜩한 말이 아닐 수 없습니다. 무신론자에게는 그야말로 천하무적의 힘을 부여하는 열쇠 역할을 하게 될 테고, 유신론자에게는 혹시나 가지고 있을 의심의 싹이 풍선처럼 금세 부풀어 올라 신앙과 믿음을 위협하는 작두 역할을 하게 될 수 있으니까요. 이 치명적인 명제는 과연 참일까요, 거짓일까요? 참인지 거짓인지 판별하지 못하는 문장을 명제라고 정의할 수는 없겠지만, 누군가에겐 목숨을 바칠 만큼 참이라는 사실을 작품 속에서 명징하게 보였기에 이 글에서는 명제라고 하겠습니다.

먼저 이 명제가 본격적으로 적용된 첫 작품은 『죄와 벌』로 보입니다. 『죄와 벌』에서 라스꼴리니꼬프는 스스로가 비범인임을 증명하고 싶어 했죠. 나폴레옹은 살인을 해도 영웅으로 역사에 기록되었다는 논리로 그와 같은 비범인에게는 모든 것이 허용된다고 성급하게 일반화를 해 버린 경우라 할 수 있겠습니다. 라스꼴리니꼬프는 그 논리에 기대 고리대금업자였던 노파를 살해했지만 단번에 뭔가 잘못되었다는 사실을 체감했습니다. 비범인에게 모든 것이 허용된다는 명제가 틀렸음을 본능적으로 알게 되었죠. 그 이후 그는 파멸의 길을 걷게 됩니다. 다행히 작품 끝에서 창녀였던 소녀의 도움에 힘입어 구원에 이르지만요.

『악령』에서도 이 명제가 차용됩니다. 정말 악령이 인간의 몸으로 들어온 듯한 인상을 자아냈던 스따브로긴을 필두로 하여 행동 대장이자 끝까지 살아남는 미꾸라지 악당으로 표현되는 뾰뜨르와 그가 부리는 5인조, 그리고 스따브로긴의 양극화된 사상이 사람의 몸을 입고 발현했던 샤또프와 끼릴로프까지 모두 '신이 없다면, 모든 것이 허용된다.'라는 명제 속에 사로잡혀 있었다고 보입니다. 그리고 이들 모두는 『죄와 벌』의 라스꼴리니꼬프처럼 끝내 파국을 맞이했지요. 서로 죽이기도 하고, 스스로 죽기도 하는 등 『악령』은 도스토옙스키 작품 중 가장 피비린내가 많이 나는 작품이기도 합니다. 그 피로 청년들을 붉게 물들인 주범은 바로 '신이 없다면, 모든 것이 허용된다.'라는 명제였다고 해석할 수 있습니다.

가장 대표적으로 이 명제는 『까라마조프 씨네 형제들』에서 빛을 발합니다. 이반과 스메르쟈꼬프가 작품 속에서 악역을 담당했다고 해석할 수 있는데요. 이반이 무신론자이자 사상가였다면 스메르쟈꼬프는 그의 영향 아래 그의 위험한 사상을 받아들이고 실행에 옮긴 행동

파 대원이라고도 할 수 있습니다. 그 위험한 사상이 바로 '신이 없다면, 모든 것이 허용된다.'였답니다. 이로 인해 학습 없이도 인간에게 금지된 행위인 살인마저도 가능해진 것입니다. 알다시피 스메르쟈꼬프가 표도르를 살해한 진범이지요. 그러나 작품을 잘 읽어 봐도 그가 죄책감을 느끼거나 회개하는 장면은 찾을 수 없습니다. 인간에게 남은 기본적인 양심마저도 저 유명한 사상이 담긴 명제가 완전히 거세해 버렸죠. 그나마 생각할 수 있고 지성적이었던 이반은 자신의 양심에 비추어 보고 『죄와 벌』의 라스꼴리니꼬프와 비슷하게 아버지를 살해한 사건으로 말미암아 영혼에 큰 상처를 입게 됩니다. 어쩌면 라스꼴리니꼬프보다 더 큰 상처를 입었다고 할 수도 있습니다. 적어도 라스꼴리니꼬프에게는 악마가 찾아오지 않았고 그는 정신분열증에 걸린 것처럼 미치진 않았으니까요.

모든 것이 허용된다는 문장은 정말 의미심장합니다. 아무런 기준이 없는 상태가 자유를 뜻할 수도 있지만, 그것은 결국 인간에게는 방종을 가져오게 합니다. 이것이야말로 인간의 한계이며, 도스토옙스키가 발라 낸 인간의 가장 깊숙한 본성이 아닌가 싶습니다. 이런 의미에서 까라마조프는 '인간'으로 읽힙니다. 사실 이 명제를 발설한 이반조차 자신의 손에 피를 묻히지 않았음에도 불구하고 죄책감에 시달립니다. 그조차도 그 명제에 반하는 어떤 기준을 가지고 있었다는 증거인 거죠. 고로 인간이란 어떤 기준 내지는 제한 속에서 참자유를 누릴 수 있는 존재라는 생각이 듭니다. 신의 존재 혹은 자연법으로 설명할 수도 있는 도덕과 윤리처럼 보이지 않고, 또 시대와 문화에 영향을 받기도 하는 어떤 기준 혹은 속박, 경계가 인간에겐 꼭 필요하지 않나 싶습니다. 모든 것이 허용되는 상황은 자유가 아닌 그야말로 혼돈인 것이죠. 이런 면에서는 그 혼돈을 자유로 여기는 인간, 그리고 어떤 속박 속에서 참자유를 누리는 인간, 이렇게 두 부류로 인간을 분류할 수도 있겠습니다. 저는 후자를 지향해야 한다고 생각합니다. 여러분은 어떠신가요?

스메르쟈꼬프를 공감할 수 있을까?

작품을 읽은 사람 중 8할 이상은 스메르쟈꼬프에게서 살의랄까 공포랄까 악이랄까, 이런 인상을 강하게 받았을 것입니다. 저 역시 초독과 재독 땐 그랬으니까요. 이반보다 스메르쟈꼬프가 저에게는 가장 무서운 인물이었습니다. 이 요주의 인물에 대해 독서 모임 가족 두 분이 집중적으로 통찰을 나눴는데요. 저의 해석과 통찰을 거뜬하게 넘어서는 것이어서 기록으로 남기지 않을 수가 없네요.

스메르쟈꼬프는 탄생부터 기이했습니다. 태어나고 나서 인생 전부를 경멸적이고 모욕적인 대우를 받으며 자란 그에게 원만하고 긍정적인 인생관을 갖기를 바랄 수는 없었을 것입니다. 스메르쟈꼬프가 간질병을 앓게 되고 무신론자가 되어 버린 것도 어렵지 않게 이해할 수 있을 것만 같습니다. 그에게 만약 평범한 출생 배경이 주어졌더라면 어땠을까요? 조금은 다른 사람이 되지 않았을까요? **본회퍼 님은 그에게 '회개하지 않은 살인자이며, 전혀 미안해하지 않는 가해자'라는 타이틀을 붙여 주었습니다. 저는 섬뜩하면서도 동의하지 않을 수가 없더**

군요. 그러면서 '과연 스메르쟈꼬프도 까라마조프 안에 있는가?'라는 질문을 남기기도 했답니다. 그 역시 표도르의 씨로 인해 태어난 인물이었지만, 철저하게 그의 아들이 아닌 것처럼 성장했기 때문에 그 간극을 어떻게 이해해야 할지 모르겠고, 까라마조프를 '인간'으로 읽을 때 과연 스메르쟈꼬프를 인간의 어떤 속성으로 봐야 할지 모르겠더군요. 모든 인간은 유전적인 부분과 환경적인 부분의 영향으로 이뤄집니다. 스메르쟈꼬프의 경우에는 이 두 가지가 모두 저주받은 듯해 보였습니다.

스메르쟈꼬프를 이해하고 공감하기는 정말 어려운 일이라 생각합니다. 그런데 다희 님의 의견이 저를 소스라치게 했답니다. 이제야 스메르쟈꼬프를 이해한 듯한 기분이 들었거든요. 주요한 부분을 그대로 옮겨 봅니다.

"스메르쟈코프는 자신의 존귀함을 인정받지 못하고 자란 불쌍한 인물이다. 그에게 이반은 자신의 불쌍함을 합리화해 줄 수 있는 논리를 내세운 구세주였다. 그래서 그는 자신이 살인할 수 있는 이유를 이반에게서 찾는다. 그러나 더 이상 이반에게 인정받지 못함, 유대감을 느끼지 못함을 깨달은 순간 자신이 살아갈 이유가 사라져 자살을 택한다. 모임에서는 공감한다는 정도로 말했지만 사실 스메르쟈코프를 이해하고 공감하는 것을 넘어 그에게 완전히 감정이입되어 슬프고 눈물이 났다. **잘못된 신념, 잘못된 철학으로 잘못된 삶을 살아가는 이들을 정당화하고 합리화하는 것은 아니지만, 그들에게 기댈 언덕이 있었는지 생각해 본다.** 사실 기댈 언덕이 수없이 많았을지도 모른다. 하지만 그 언덕들도 결국 불변하는 것은 아니었다.

스메르쟈꼬프가 살인을 저지르고 자살을 택한 이유를 저는 다희 님의 나눔에서 가장 설득력 있게 깨달았답니다. 모두에게 버림받은 스메르쟈꼬프에게 이반은 유일하게 기댈 언덕이었다는 표현이 마음 깊숙이 와닿았습니다. 그러나 그가 살인을 저지른 이후 그가 유일하게 믿고 신뢰했던 이반이 자기가 생각했던 언덕이 아니라는 사실을 깨닫는 순간 살아가야 할 이유마저도 상실해 버린 것입니다. 다희 님에게서 스메르쟈꼬프가 자살한, 아니 어쩌면 자살할 수밖에 없었던 이유를 들으며 움찔했습니다. 악의 화신으로 여겨졌던 스메르쟈꼬프에게 연민이 싹틀 정도로 말이지요. 이제는 그가 불쌍하게 느껴졌습니다. 얼마나 처절할 정도로 모욕적이고 버림받은 삶을 살았으면 이반 같은 자를 신뢰하고 살인까지 저지를 수 있었던 걸까요? 그 마지막 보루와도 같았던 이반이 표도르를 살해한 자신을 나무랄 때 그는 아마도 이 세상 모든 존재로부터 버림받았다는 생각에 사로잡혔을 듯합니다. 더 이상 살 이유가 없어진 것이죠. 저는 이 작품을 세 번씩이나 읽었지만, 이렇게 스메르쟈꼬프를 이해하고 공감하지는 못했습니다. 역시 함께 읽고 나눈다는 건 놀랍고도 신비한 일입니다.

말, 말, 말

토론 하이라이트

단순히 이야기를 읽고 나눈 모임이 아니라 이 소설이 담고 있는 신학, 철학, 역사적 배경을 함께 공부하는 시간이었음. 까라마조프라는 이름의 의미가 단지 소설 속 주인공 이름에 그치지 않고 우리 인간 일반의 이름일 수 있겠다는 의견이 오고 감. 까라마조프적인 것은 곧 인간적이라는 의미를 가진다는 의견에 모두들 공감함. 각 인물에 대한 분석과 평도 잇따름.

본회퍼 어머니의 죽음으로 태어나서, 아버지를 살해하고, 형제를 살인범으로 만들고, 자기 자신을 죽인 스메르쟈코프를 어디까지 이해할 수 있을까? 작가는 이상하리만큼 스메르쟈코프와 알료샤를 만나게 하지 않는다. 주요 등장인물들이 알료샤에게 자기 속마음을 고백하는데 스메르쟈코프는 예외다. 표도르에게도 사랑의 마음을 불러왔던 알료샤는 스메르자코프와 형제애를 나눌 수 있을까? 그리스도교를 상징하는 알료샤가 스메르자코프를 회개와 변화로 이끌 수 있을까? 소설은 인간의 모든 부정과 절망을 긍정하는 '까라마조프 만세'라는 말로 끝난다. 과연 이 까라마조프 안에 스메르쟈코프도 있는가? 마지막까지 남는 질문이다.

수홍쌤 죽을 때까지 먹고, 만지고, 모욕하는 등 하고 싶은 일은 다 하고 살다 결국 자식에게 목숨을 잃은 아버지 표도르! 아버지를 가장 닮은 삶은 살았지만 결국 사랑과 희생을 발견하고 회심한 큰아들 미쨔! 신을 알고 싶지만 세상 돌아가는 아픈 현실에(특히 아이들의 고통) 당신이 있다면 이렇게 돌아가는 것이 맞느냐며 신을 인정하고 싶지 않은 둘째 이반! 시끄러운 가정사를 뒤로 하고 자신만은 고고한 수도원에서 신을 섬기며 살아가기를 원하는 막내 알료샤! 불우한 삶을 결국 자살로 마감한 스메르쟈꼬프! 까라마조프 가의 사람들은 우리의 자화상 같기도 했다.

성공적인 독서 모임 꿀팁 3: 운영

회비

모임에 간식을 곁들이려면 회비가 필요합니다. 우리 모임에서는 매번 1만 원씩 걷어서 간식을 준비했답니다. 돈이 모자랄 때가 있을 법하지만, 모임 가족들이 저마다 함께 먹을 간식들을 집에서 가져오거나 사 오는 일들이 다반사여서 언제나 먹을 것은 남으면 남았지 모자란 적은 없었습니다. 책에 진심인 사람들은 독서 모임을 사랑할 수밖에 없고, 그 표현의 일환으로 간식을 자발적으로 가져와서 나누는 문화가 자연스레 정착되었습니다. 그래도 각자 1만 원씩 의무적으로 내는 시스템은 끝까지 유지했습니다. 무엇보다 공평한 자격으로 모임에 참여하는 마음은 중요하니까요.

단톡방 운영

우리 모임은 단톡방을 개설하여 서로가 자유롭게 의견을 나눌 수 있도록 했답니다. 매 모임 전에 의무적으로 공유하는 감상문도 이 단톡방에 올려서 서로의 글을 읽을 수 있었습니다. 『죄와 벌』 이후 장편들을 읽어 나갈 땐 모임지기로서 제가 간간이 어디까지 읽었는지, 혹시나 게을러진 마음을 다시 추스르도록 이 단톡방에서 메시지를 보내기도 했습니다. 또한 사정이 생겨 참석을 못 하게 되거나, 어떤 도움을 부탁하거나, 책을 읽다가 떠오른 즉흥적인 감상을 나누는 것도 모두 이 단톡방에서 이루어졌습니다. 1년 반의 모임을 마치고 저는 이 단톡방의 대화를 모두 백업해서 파일로 가지고 있답니다. 단톡방 운영은 모임 가족들이 소속감을 느끼는 효과도 있었습니다. 인터넷이 잘 터지는 우리나라에서 실시간으로 서로의 의견을 나눌 수 있다는 건 축복인 것 같습니다.

게스트 제도

모임이 진행되다 보니 이곳저곳에서 관심을 보이는 분들이 많았습니다. 타 지방에 거주하기 때문에 매번은 힘들어도 한두 번 참석하길 원하는 분들이었습니다. 이런 분들을 위한 방법으로 게스트 제도를 운영했습니다. 편도 교통비를 지원하기도 했답니다. 단, 게스트에게도 두 가지 사항을 반드시 지키도록 요구했습니다. 하나는 참석할 모임에서 나눌 책을 완독할 것, 다른 하나는 감상문을 반드시 써 올 것. 게스트들이 모두 흔쾌히 지켜 주어 모임에서도 곧장 본론으로 진입하는 데에 아무런 문제가 없었답니다. 게스트 제도 덕에 책을 좋아하는 사람들과의 새로운 만남도 가지게 되었고, 한층 더 풍성한 나눔을 할 수 있어서 여러모로 추천할 만한 방법이라고 생각합니다.

방학과 회식

매달 한 작품씩 읽어 나가는 게 쉬운 건 아니었습니다. 특히나 악명 높은 도스토옙스키니까요. 급기야 방학이 필요하다는 의견이 대두되었습니다. 그래서 1년에 두 차례 정도 중간에 한 달을 비우고, 독서 모임이 아닌 회식으로 대체했답니다. 마침 독서 모임 가족 중 한 분이 책을 출간해서, 그분의 책으로 북 토크를 겸해서 말이지요. 무언가를 오래 지속하기 위해서 휴지기를 갖는 건 필수인 듯합니다. 지치는 마음이 들어도 그 휴지기 덕분에 다시 시작할 다짐을 할 수 있으니까요. 이 휴지기 때 친목을 도모할 수 있다면 금상첨화겠지요. 1년 반 동안 도스토옙스키 독서 모임을 유지할 수 있었던 아주 중요한 이유 중 하나입니다. 책을 나누다 보면 자연스럽게 삶을 나누는 단계로 이어지니까요.

독서 모임을 마치며

저는 이 독서 모임을 소개할 때 '기적'이라는 단어를 쓰는 것에 주저함이 없습니다. 인터넷과 스마트폰과 동영상이 대세인 21세기 대한민국에서 200년 전 저 멀리 러시아에서 쓴 고전문학을, 그것도 부담스럽기로 유명한 도스토옙스키라는 산맥을 함께 넘는 모임이 여전히 가능하다는 사실과 제가 그 모임에 속해 있다는 사실 때문입니다. 누군가는 이 사실을 대수롭지 않게 생각할 수도 있겠지만, 읽기와 쓰기가 일상으로 스며든 저 같은 사람에게는, 특히 고전문학 마니아인 저에게는 정말 선물 같은 일이랍니다. 개인적으로는 평생 한 번도 읽기 힘든 도스토옙스키를 두 번이나 읽을 수 있는 기회까지 선사받았기에 저는 정말이지 여러분께 고맙다는 말을 드리지 않을 수가 없답니다.

책을 나누다가 삶을 나누게 되었지요. 적당한 거리를 유지하면서도 진지하게 서로에게 관심을 가지고 가족처럼 지낼 수 있는 건 놀라운 만남의 축복이 아니면 무엇일까 하고요. 이건 도스토옙스키의 힘이나 문학의 힘이 아니라 독서 모임 가족들의 힘이라고 저는 믿습니다. 아무나 모인다고 해서 우리 모임처럼 이렇게 1년이 넘도록 지속되지는 않거든요. 정말 각자의 개성이 기적처럼 잘 맞아떨어진 모임이 아

닐 수 없습니다. 환상의 궁합이랄까요. 저는 혼자 도스토옙스키를 읽
던 시절과 비교할 수도 없을 만큼의 깊이와 풍성함을 경험했답니다.
여러분의 감상문을 매번 모아서 읽고 코멘트를 달면서 여러분의 생각
과 마음까지 읽을 수 있어서 참 좋았습니다. 제 코멘트가 여러분에게
는 별 도움이 안 되었을지 몰라도 저에겐 여러분을 좀 더 알게 되는 계
기가 되었고, 함께 읽기의 묘미를 맛볼 수 있어서 너무 좋았답니다. 아
마추어 문학도에 불과한 제가 여러분에게 조금이라도 도움이 되었다

면 영광이겠습니다. 여러분 정말 감사드립니다. '도스토옙스키와 저녁 식사를'을 잘 마쳤으니 앞으로도 '톨스토이와 저녁 식사를' 혹은 '헤세와 저녁 식사를' 혹은 '고전문학과 커피 한잔을' 등등의 이름으로 이 모임이 지속되길 바라 마지않습니다.

독서 모임 가족들의 소감문 모음

김관장

　　어릴 때부터 사람을 참 좋아했습니다. 좋은 사람들과 함께한 날은 더 바랄 게 없을 만큼 행복했습니다. 그런데 어느 순간부터 사람이 두렵고, 사람과 함께하는 시간이 불편하게 느껴지기 시작했습니다. 타인 속에 있는 인간의 양면성을 깊이 들여다보는 동시에 나 자신이 얼마나 모순적인 존재인지를 뼈저리게 느꼈기 때문입니다. 하지만 그런 나를 다시 세상으로 이끌어 준 존재도 결국 사람이었습니다. 나를 있는 그대로 수용해 주고, 내 부족함을 기다려 주며 함께해 준 사람들 덕분에 다시 사람과 세상을 긍정할 힘을 얻었습니다.

　　도스토옙스키를 읽는 동안 사람 때문에 울고 웃었던 지난 시간이 주마등처럼 스쳐 지나갔습니다. 그의 작품 속 주인공에 비친 내 과거의 모습은 비수가 되어 나를 찌르기도 했고, 그를 구원해 준 인물들은 그런 비참한 나를 감싸 안으며 위로를 건넸고, 더 나아가 너도 이제 너 자신에 함몰되지 않고 너를 벗어나 살 수 있다고 희망의 손길을 내밀어 주기도 했습니다. 모순, 분열, 연민, 구원, 희망. 도스토옙스키 작품을 읽으며 어느새 내 마음에 자리 잡은 단어들입니다. 마지막 책은 덮었지만, 새로운 삶의 한 페이지가 열린 것 같은 마음을 선물해 준 도스토옙스키와 독서 모임을 통해 제 시야를 확장해 준 분들께 감사를 전합니다.

갱이

그야말로 '어쩌다' 나에게 찾아온 기회와 같은 만남이었다. '내가 도스토옙스키를?' 하는 낯설고 얼떨떨한 마음으로 시작한 독서 모임이었다. 역시나, 쉽지 않았다. 평소 소설책과는 친하지 않던 내가 '겁 없이 덤볐구나' 싶었다. 때론 무슨 말인지 이해가 되지 않아 한 페이지를 못 넘기고 맴돌아야 할 때도 있었고, 그런 나를 책망할 때도 있었다. 그렇게 겨우 읽고 나면 '독후감'이라는 마지막 고비가 늘 기다리고 있었다. '왜 이렇게 사서 고생을 하지?' 싶다가도, '그래, 고생은 사서 하는 거지.' 하며 마음을 고쳐먹곤 했다. 그렇게 우여곡절 끝에 드디어 『까라마조프 씨네 형제들』을 만났다. 마지막 페이지를 덮는 순간, 뿌듯함과 동시에 왠지 모를 아쉬움과 그리움이 밀려왔다.

그동안 써 온 독후감들을 꺼내 읽으며, 기억 속에 희미해진 작품 속 인물들을 떠올려 본다. 미웠다가도 가엾어지고, 마음에서 내치고 싶었다가도 그리워지는 한 사람. 도스토옙스키 작품 속 수많은 '한 사람'이 내 마음을 스쳐 지나갔다. 인간의 내면과 본질에 더 가까워지기 위해 매 순간 '의식하며 살기'를 멈추지 않았던 한 사람. 지극히 '인간적인' 그를 만나 행복했고, 그의 깊은 시선과 함께할 수 있어 감사했다.

다희

　　　　고전문학과 거리가 멀었던 내가 이 독서 모임을 알게 된 건 우연이었다. 그 우연이 1년 반을 넘기는 동안 깊어져 어느새 내 삶을 물들였다. 도스토옙스키는 역시 쉽지 않았다. 매 순간 나를 괴롭히고 힘들게 했다. 특히 책과 모임을 통해 '잘 살고 있는가?', '선과 악을 과연 구분할 수 있는가?', '당신은 어느 곳에 서 있는가?' 등 등, 때론 찔리기도 하고 때론 부정하고 싶기도 한 질문들을 던지면서 늘 의문을 품게 만들었다. 그러나 독서 모임이 마무리되어 가고 있는 지금 내 마음속에 조용히 내려진 결론은 '물음표가 함께 모였을 때 느낌표가 완성된다.'라는 것이다.

　　매달 새 책을 읽고 사람들과 나누고 나면 내 생각과 마음이 느낌표로 시원하게 마무리될 줄 알았다. 이상하게도 남는 건 늘 알 수 없는 물음표였다. 놀랍게도 그 물음표를 가지고 내 삶을 살아가다 보면 예기치 않게 느낌표가 찍히는 순간들을 만날 수 있었다. '내가 가진 다양한 모습들(그것이 악이든 선이든)을 있는 그대로 인정하고, 더불어 사랑하는 지혜'를 깨닫는 순간들이었다. 이 모임을 만나기 전까지 나는 나의 좋은 모습만을 내 모습이라고 인정하고 내보이기 위해 노력했다. 솔직히 이 모임을 시작한 이유 중 하나이기도 하다. 그런데 함께 책을 읽고 나누다 보니, 어느 순간 나의 다양한 모습들이 모두 괜찮게 느껴지기 시작했다. 그리고 나는 부족하지만 독서 모임 가족들과 함께여서 온전해진다는 안도감도 느낄 수 있었다. 모든 여정을 함께한 사람들과의 관계가 주는 묵직한 위로였다. 이 위로는 다름 아닌 도스토옙스키

문학이 주는 지혜의 선물이 아닌가 싶다. 여전히 도스토옙스키는 어렵다. 그러나 이 모임은 지금도 아름답고 소중하게 다가온다. 독서 모임 가족들도 그저 만나고 헤어질 인연이 아닌 듯하다.

홍이

　　　　　　　　내게 있어 인간은 엉킨 실타래였다. 이해하고 싶지만 어디부터 손대야 할지 모르겠는, 그러나 이대로 내버려두기에는 답답한, 복잡하고도 불가해한 것. 이런 내게 도스토옙스키가 들려

준 이야기는 인간 이해의 실마리였다. 그는 인간이란 본디 이율배반적 속성을 지닌 다면의 존재임을 깨닫게 해 주었다. 인간의 한쪽 면만 바라보던 나로서는 들여다볼 수 없던 인간 심연이었다. 이렇듯 나는 만난 적 없는 그에게 인간을 배웠다. 고된 여정이었지만 내 안은 깊고 풍성해져 있음을 느낀다. 내게 깃든 그의 이야기들이 앞으로의 내 삶에 과연 어떻게 꽃피울지 기대가 된다. 아, 평생 잊지 못할 여정이었다.

제니

　　　　　책을 읽는 일은 흥미진진한 일이다. 책을 통해 내가 모르는 세상을 여행할 수 있기 때문이다. 그런데 장르가 고전이라면 어떨까. 게다가 친밀하지 않은 사람들과의 낯선 여행이었다. 심히 고민스러웠지만 도전해 보기로 했다. 다행히 같은 목적을 가지고 모인 사람들의 모임이라 그런지 낯섦은 금방 친밀감으로 물들었고, 같은 생각과 다른 생각들이 모나지 않게 잘 뭉쳐진 눈처럼 다져져 가는 시간들이 새로웠다. 도스토옙스키라는 오래된 사람의 글 속에서 나를 발견해 가는 여정 또한 흥미로웠다. 혼자라면 시작도 못했을 일을 함께라 완주할 수 있었음에 생애 처음 완주의 기쁨을 누려본다. 물론 모임지기의 집요한 재촉과 압박이 있었음을 밝힌다. 『까라마조프 씨네 형제들』 마지막 문장이 "까라마조프 만세!"인데, 마지막으로 이 문장을 인용하고 싶다. "도스토옙스키와 저녁 식사를 모임 만세!"

크리스

　　　　　사진작가 사울 레이터의 작품 중에 빨간 우산을 쓰고 평지가 아닌 언덕을, 그것도 눈 속을 헤치며, 한 걸음 한 걸음 오르는 여인의 뒷모습을 찍은 사진이 있다. 어렵고, 외롭고, 고통스럽지만, 살아 내야 하는 현실을 표현하고 싶었던 것은 아닐는지…. 그 작품이 강렬하게 남아 있듯이 가난, 연민, 자기 분열, 자학, 자책, 구원, 사랑 등 도스토옙스키의 작품을 한 권씩 읽을 때마다 한 단어씩 머리와 마음에 맴돌았다. 단지 독서가 아니라 인간과 세상을 알기 위해 떠난 여행이었다. 안타깝기도, 이해하기 힘들기도 했던 인물들이 조금은 따스해지기를, 그들과 함께했던 우리도 평온하기를.

수홍쌤

도스토옙스키 님께,

안녕하세요. 저는 2025년의 혼란스러운 대한민국을 살아가는 한 사람입니다. 이 땅은 요즘 반목과 분열, 갈등을 넘어선 증오, 자비가 없는 이념의 대립, 조금의 양보가 굴욕인 듯 살아가는 인간 군상들의 손에 곧 파괴될 것 같은 두려움이 가득합니다. 그러나 겨울의 끝, 봄 새싹을 틔우듯 하루하루 열심히 자신의 역할을 감당하고, 몸과 마음이 가난한 이웃들을 사랑하고, 무너져 가는 자연을 돌보는 소중한 사람들이 있어 망하지는 않습니다. 200여 년 전 러시아를 살아 냈던 당신은 지금의 이 모습들을 예견한 듯 파괴된 세상을 재건하고 망한 것처럼 보이는 세상에 작은 희망을 싹틔운 사람들을 당신의 책 속에서 구현해 내었습니다. 1년 6개월간 당신의 작품을 읽으며 어떻게 이런 사람들을, 어떻게 이런 이야기들을 글 속에 만들어 갈 수 있는지 원망도 많이 했고 읽다가 지친 적도 있었습니다. 그러나 당신의 글은 인간 속에 구원이 있음을 말해 주어 200년 후를 살아가는 나에게 감사와 감동을 주기도 하였습니다. 당신이 러시아혁명을 경험하고 두 차례의 세계대전을 살아 냈다면 어떤 글을 썼을까요? 또 저와 21세기 동시대를 살아가는 작가라면 지금의 AI 시대를 어떻게 글로 담았을까요? 가만히 생각해 봅니다. 그리고 인간의 욕망과 증오, 분열과 상처, 종교와 신과의 관계, 남자와 여자, 부와 가난 등 인간이 멸망할 때까지 끌고 가야 하는 불변의 주제를 또 써 가지 않았을까 조심히 추측해 봅니다. 마지막으로 이 모임에서 매달 당신의 피와 살을 나누는 성찬과 같은 시간을 보냈음에 내 인생 한 줄 이력은 담아낼 수 있었다고 전하고 싶습니다.

제다이

나는 가까운 지인이 관장을 맡고 있는 작은 마을 도서관에서 어쩌다 '운영 위원'이라는 완장을 차게 되었다. 독서 모임이라는 게 무엇인지도 몰랐고 솔직하게는 관심이 없었다. 책을 심도 있게 읽는 것도 거의 해 본 적이 없었다. 그런 내가 '작은 마을 도서관에서 이루어지고 있는 그 독서 모임이 무엇인지 알아야 하지 않을까?'라는 지극히 현실적인 이유에서 이 모임에 참여하게 되었다. 도스토옙스키라는 작가를 좋아해서도 궁금해서도 아닌, 마치 업무를 파악하는 듯 어색하고 딱딱하게 읽어 내야 했던 첫 번째 소설이 『악령』이었고, 그 뒤 『미성년』, 『까라마조프 씨네 형제들』로 이어졌다. 읽는 내내 작품 속 등장인물들의 생각과 말, 그리고 얽힌 관계 등을 통해 어떤 인물인가를 곱씹어 보고, 작가는 도대체 무엇을 말하고 싶었을까 등에 대한 고민 속에서 사람이란 어떤 존재이며, 무엇에 살고 무엇에 죽는가로 생각이 차츰 확장되어 가는 시간을 가졌다. 이렇게 내 안에서의 생각이 자라는 것을 스스로 보게 되는 것도 즐거움이었고, 여러 사람과의 나눔을 통해 혼자서는 상상조차 못 했던 다양한 해석을 공유하는 것도 큰 재미였다. 후발 주자로 참여하여 비록 많은 작품을 함께 나누지는 못했으나, 도스토옙스키 작품이 건네는 특별하고도 맛보기 쉽지 않은 열매에 손을 내밀어 볼 용기가 생겼다. 이런 변화의 시간과 장을 만들어 주신 분들께 감사의 말을 전하고 싶다.

별셋맘

　　　　　　언제부턴가 내 손은 자연스럽게 책을 향하고 있었습니다. 시끄러운 세상 속에서 나와 마주할 수 있는 시간. 그것이 내게는 쉼이었습니다. 집 안 곳곳에 쌓여 있는 책들. 손만 뻗으면 닿는 곳에 책이 있다는 것만으로도 내 삶은 풍요로웠습니다. 책은 언제나 내게 말을 걸어 왔고, 나는 대답했습니다. 그러던 어느 날, 내 삶의 전환점이 되어 준 독서 모임을 만나게 되었습니다. 바로 '도스토옙스키와 저녁 식사를'이었습니다. 이 독서 모임은 단지 책을 읽는 자리가 아니라 삶을 나누고, 감정을 건네는 따뜻한 자리였습니다. 익산에서 기차를 타고 매달 대전으로 향하던 그 시간. 그건 단지 '독서'가 아니라 '삶의 숨구멍'을 찾아가는 여정이었습니다. 모임의 조건은 감상문 제출이었습니다. 처음엔 줄거리만 요약하던 글이 어느새 작품 속 인물과 나의 삶을 연결 짓는 글이 되었고, 그때부터 나는 '남에게 보여 주는 글'이 아니라 '나를 위한 글'을 쓰기 시작했었답니다.

선영

　　　　　　소설은 타자가 되어 보는 경험이라고 생각한다. 젊어서는 답은 없고 질문만 던져 주는 소설이 싫어서 눈길을 주지 않았다. 그러나 나이가 들수록 세상이 정확한 인과관계로 돌아가지 않는단 사실을 체험하면서 다시 소설을 읽기 시작했다. 인생이란 건 답이 아니라 질문을 갖고 살아가는 것이고, 내 속에 질문이 살아 있는 한 인간다움을 잃지 않을 것이란 지론을 갖게 되었다. 그래서 나는 소설을 읽는 곳이라면 먼 길을 마다하지 않고 달려갈 아주 조금의 열정(?)이 있는데, '도스토옙스키와 저녁 식사를'이 바로 그런 곳이었다. 게다가 혼자서는 도저히 읽기 힘든 도스토옙스키의 전작을 읽는다니! 광명에서 대전까지 가지 않을 이유가 없었다. 그럼에도 불구하고 겨우 두 번밖에 참석하지 못해 아쉬움이 매우 크다.

역시나 『죽음의 집의 기록』을 혼자 읽는 것은 만만치 않았다. 기승전결이 있는 스토리의 서사가 있는 것이 아니고, 마치 매일 있었던 일을 잊어버리지 않기 위해 메모해 둔 기록장을 읽는 것 같았다. 문자의 입체감이 느껴지지 않아서 애를 먹으며 읽었다. 겨우 읽기를 마치고 '도스토옙스키와 저녁 식사를'을 찾았다. 비로소 문자가 입체감을 입기 시작했다. 각자 인상 깊게 읽은 문장들이 자기 삶과 연관되어 흘러나왔다. 비로소 도스토옙스키의 글자들이 공간과 시간과 인물의 특성을 담아낸 연극 무대처럼 내 의식과 연결되기 시작했다. 독자들은 자기 삶과 연관된 글귀에 머물면서 나름대로 그의 언어를 해석했고 특징지었다. 한 권의 책을 100번 읽는 것보다 한 권의 책을 읽은 100명을 통해서 얻는 것이 더 많다는 경구가 틀리지 않음을 입증했다. 도스토옙스키의 『죽음의 집의 기록』을, 그것도 다른 여러 독자들과 함께 읽어 그 문자들의 입체감을 맛보았기에, 이후로 나는 하진의 『전쟁 쓰레기』를, 솔제니친의 『이반 데니소비치의 하루』를 읽을 수 있었다. 나는 아직도 도스토옙스키를 더 읽을 꿈을 가지고 있다. 그가 살았던 시대와 내가 살아가는 시대가 달라 보이지만 본질에 있어서는 그리 차이가 없는 듯하여, 그가 고뇌하며 찾아갔던 인생 질문에 대한 고견을 그로부터 엿듣고 싶은 마음은 여전하다.

본희퍼

　　　　어떤 모임이든 좋은 분위기가 중요한데, 좋은 분위기를 만들기 가장 어려운 모임이 책 읽기 모임 같습니다. 지정 도서를 완독한 의욕 있는 구성원들이 남을 가르치거나 자기를 내세우려는 욕심 없이, 성실하게 시간을 지켜 만나 서로의 생각을 배우고 속마음을 이야기하는, 유쾌하며 진지한 분위기의 책 읽기 모임, 참 드물고 귀합니다. 게다가 읽는 책이 도스토옙스키의 전 작품이라면 더욱 그렇겠지요. '도스토옙스키와 저녁 식사를'이 바로 그런 멋있는 분위기의 책 모임이었습니다. 두 번밖에 참석하지 못했지만 앞으로도 이 분위기 계속 이어 가길 바라며 감사의 마음 전합니다.

범이

　　　　도스토옙스키 독서 모임에 게스트로 초대되어 참석한 경험은 인상적이었습니다. 읽기 과제를 준비하며 발표하느라 다소 긴장했지만, 깊이 있는 토론과 편안한 분위기 덕분에 자연스럽게 어울릴 수 있었습니다. 1년 반이라는 긴 시간 동안 함께 작품을 탐구하며 성장해 온 모임이 마무리된다고 하니 아쉬움과 감동이 교차합니다. 단순한 독서를 넘어 삶과 인간에 대해 깊이 성찰할 수 있었던 소중한 시간이 되었으리라 생각합니다. 앞으로도 이 모임에서 나눈 이야기가 오래 기억될 것입니다.

혜정

재작년 9월의 어느 날, 난 50대 중반이 되어 첫 자유여행을 떠났다. 그 끝에 하이라이트처럼 '도스토옙스키와 저녁 식사를' 첫 모임의 게스트로 참여하게 되었다. 히어로 님은 과학자이지만 도스토옙스키 전문가로서도 전혀 손색없는 독서가인데, 우연찮게 김관장 님과 합을 맞추어 대단한 독서 팀이 결성된 것이다. 그날의 분위기를 당시 페북 포스팅으로 대신해 본다.

"첫 모임에 참석한 소회는 이 모임 일낼 것 같다는 확신이 든다는 것이다. 참여자들도 다 대단한 이력에 연령대도 다양하다. 입담 장난 아니다. 빵빵 터지다 왔다. 모임지기인 히어로 님의 열정과 김관장 님의 탁월한 섬김과 리액션까지 장착되니 가히 환상의 컬래버다. 더불어 나의 독서 모임들도 어떻게 운영해야겠다는 팁들도 얻어 간다."

이 모임은 이제 1년 반이 넘어서고 끝을 향해 달려가고 있다. 시간이 지날수록 얼마나 많은 성장과 성숙이 일어났을지는 안 봐도 알 수 있다. 나도 여러 독서 모임을 통해 나의 내면과 인식이 계속 확장되고 성장해 왔기 때문이다. 함께하는 멤버들과의 끈끈한 우정은 또 말해 무엇 할까! 서로 간의 다양한 관점들을 통해 배우고 속 깊은 나눔을 통해 우정이 소복이 쌓이는 시간이었으리라! 하물며 도스토옙스키 같은 대문호의 전작 읽기라니. 가히 혼자서는 꿈꾸기 쉽지 않은, 큰 과업 아니겠는가! 참 부러운 모임이다. 책과 함께 여기까지 여행해 온 이들의 여정이 어디까지 갈지 기대되는 순간이다. 같은 책 동지로서 옆에서 지켜보며 열띤 응원의 마음을 보낸다.

함께 읽기의 힘

도스토옙스키를 읽는다는 건 곧 '인간이란 무엇인가?'에 대한 답을 해 나가는 여정에 동참하는 일이라고 생각합니다. 그것은 인간으로서 물어야 할 가장 근원적인 질문을 마침내 숙고해 나가기 시작하는 과업이라고도 할 수 있습니다. 우리 인간은 인간 이외의 모든 것들을 탐색하고 많은 정보를 알아냈지만 정작 우리 자신인 인간이 무엇인지에 대해서는 여전히 잘 모르기 때문입니다. 지구는 둥글기 때문에 자기 뒤에 있는 사람이 가장 먼 존재라는 말이 있지요. 여기서 한 걸음 더 나아가면, 나 자신이 어쩌면 가장 멀리 있는 존재라고 말할 수 있겠습니다. 출발점이 도착점이 될 테니까요. 그만큼 우리는 우리 자신을 알기가 쉽지 않고 '나'는 가장 나중에서야 알게 되는 존재이지 않나 싶습니다. 인간의 본성을 파헤친 여러 작가들과 학자들이 있습니다. 저는 도스토옙스키만큼 그것을 날것 그대로의 모습으로 드러내어 관찰하게 하고 성찰하게 하며 통찰을 이끌어 내는 작가는 이전에도 본 적이 없었고 이후에도 없을 것 같습니다. 그래서 저는 인간이란 무엇인가에 대한 물음에 진지하게 화답하고 싶은 사람이라면 꼭 도스토옙스키를 읽으라고 제안한답니다.

그러나 도스토옙스키를 혼자 읽는다는 건 여간해선 성공하기 어려운 과업입니다. 저는 혼자서 도스토옙스키 전작 초독을 마쳤습니다. 약 10년 전 저는 인생의 낮은 점을 지나면서 어떤 절박함을 느낀 이후로 헤세 전작을 시작으로 도스토옙스키 전작 읽기에 몰두했답니다. 제 인생은 이 두 작가의 작품을 읽으면서 인생의 후반전을 시작했다고 말할 수도 있습니다. 저로서는 잊지 못할 추억이자 제 인생의 큰 자산이라고 생각합니다.

어느 날 그 소중한 자산을 혼자 누리고 있긴 아깝다는 생각이 들었습니다. 필연 같은 우연으로 만난 김관장 님과의 대화 덕에 마음속에서만 품고 있던 도스토옙스키 읽기 모임을 시작할 수 있었습니다. 1년 6개월 동안 독서 모임 '도스토옙스키와 저녁 식사를'과 함께 읽고 쓰고 나누면서 아마 저만큼 가슴이 벅차도록 만족과 행복을 느낀 사람은 없을 것 같습니다. 이 모임을 이끌기도 했지만 저는 이 모임으로 인해 가장 큰 수혜를 입은 자라는 생각입니다. 다시 한번 독서 모임 가족들에게 감사의 말씀 드립니다.

이 책을 모두 읽은 독자 여러분은 어떤 심정일지 궁금합니다. 저와 독서 모임 가족들이 느낀 것의 몇 퍼센트가 전달되었을지 모르겠습니다. 이 방대한 감상문들을 모으고 정리하면서 이 책이 또 하나의 읽기 부담스러운 책이 되진 않을까 하는 우려도 했습니다. 그러나 이 책을 손에 든 독자라면, 그리고 도스토옙스키를 읽고 싶은 열의가 조금이라도 있는 분이라면 이 정도 분량의 책은 거뜬히 소화해 내리라 생각하고, 이 책이 도스토옙스키라는 거대한 산맥을 등반하기 위한 여러분의 발걸음에 추진력을 더하는 역할을 해냈으리라 기대합니다.

　도스토옙스키에 관련된 글들은 대부분 러시아 문학을 전공한 분들의 노력으로 이루어져 있습니다. 대중이 쉽게 접근할 수 없는 논문이나 전문 서적 등으로 출간되어 있지요. 그러므로 아마추어인 일반인들이 열정을 가지고 읽으려고 해도 쌍방의 소통이 아닌 일방적인 가르침을 받는 용도로밖에 쓰이지 않습니다. 이 책의 가장 큰 약점이자 강점은 바로 비전공자가 쓴, 그리고 비전공자들과 함께 읽고 쓴 책이라는 사실입니다. 프로와 아마추어의 차이인 셈이지만, 도스토옙스키를 읽기 위해서는 아마추어의 글이 어쩌면 더 큰 도움이 될 수 있겠다고 생각합니다. 나와 비슷한 사람들의 감상을 읽으며 그들과 함께 이야기 나누는 것과 같은 효과를 톡톡히 볼 수 있으니까요. 도스토옙스키 관련 서적 중에 이처럼 읽기 만만한 책이 또 있을까 싶네요. 부디 작은 도움이라도 되면 좋겠습니다. 그리고 도움이 되었다면 독서 모임 같은 공동체와 함께 그 기쁨을 증폭시키고 이어 나가길, 혼자 읽기도 좋지만 함께 읽기의 힘을 꼭 맛보길 바랍니다.

© 이정아

촬영 팀 '화몽 사진 모임' 소개

화몽 사진 모임은 경기도 고양시 덕양구 삼송동의 작은 카페에서 시작되었습니다. 카메라를 통해 아름다운 세상을 바라보는 카페 주인장과, 그 시선을 함께 배우고자 네 사람이 매달 함께 둘러앉아 사진을 공부하고 있습니다.

사진 공부 여정의 일환으로 '도스토옙스키와 저녁 식사를' 모임의 여러 장면을 기록해 이 책에 실었습니다. 그날의 분위기와 표정, 그리고 따뜻한 공기가 사진을 통해 독자 여러분께도 자연스럽게 전해지길 바랍니다.

[모임 구성원]

최배문
사진과 커피를 통해 섬세한 시선을 전하는 카페 화몽의 주인장이자 사진작가

김담희
오랜 배움 속에서 자신만의 사진적 관점을 차분히 다져 온 전직 공무원

이정아
예술을 사랑하고 사진을 좋아하며 예리한 비평 속에 감성을 담아내는 한의사

정주원
쉰 살에 카메라를 처음 들었지만 뜻밖의 감각으로 모임의 숨은 에이스가 된 조기 은퇴자

임서윤
마음공부와 명상에서 길러진 시선으로 순간을 조용히 기록하는 관찰자